棄女成凰

卷一 女兒當自強

木子西 著

好讀出版

目錄

大順皇朝後宮品位

正　宮　皇后
正一品　皇貴妃
從一品　貴妃
正二品　妃
從二品　昭儀
正三品　婕妤
從三品　充儀
正四品　貴嬪
從四品　嬪
正五品　貴人
從五品　才人
正六品　常在
從六品　答應

第一章 入宮求生

「鳳凰滿枝之處，亦是冤魂群聚之地。即使做了寵妃，成為娘娘，一樣跳不出這牢籠。」

我天天鞭策自己要努力往上爬，卻常覺力不從心，無從著手；如今這突來的聖寵猶如救命稻草，我須得想盡辦法抓住了往上爬，到底這後宮三千佳麗的榮辱全繫於他一人之身！

一　覲選交易

我跪在地上渾身打顫，分不清是因爲天冷，還是膽怯。從一刻鐘前管家將我從柴房帶到這裡，我便在眼前這兩個人的注視下跪到現在。

父親坐在椅子上用審視的目光打量著我，二娘早圍過來對跪在地上的我上下細瞧，猶勾起我原本低垂的頭挑剔了半晌，才抽出絲巾滿臉嫌惡地擦手，起身坐了回去。她刻薄地說：「長得雖不怎麼樣，送進去倒也不至於被發現，只是你看看她那個土樣。」

父親咳嗽一聲，打斷二娘的話，「打扮打扮叫人調教一下，不被揭穿即可，我本沒奢望她能被選上。若是雪兒，以她的才情和美貌肯定能夠攀上高位，光耀門楣，可惜她偏偏……」說到興處，卻又歎起氣來，「不說也罷，不說也罷。」

被父親召喚，我本是異常興奮的，畢竟十六年來幾未與父親正式接觸過。打母親生下我後，父親相繼娶進了四娘、五娘，就再沒有踏進過母親的小院。我自懂事起就連家裡最下等的奴婢都不如，常遭他們欺辱，吃的是殘羹冷飯，穿的是由母親舊衣改縫而來的衣物。每次只能遠遠躲看著父親對大姐和二哥笑，也許父親眼裡從來就沒有我這個女兒，更或者他根本不記得自己還有我這個女兒。

如今聽得管家說父親要見我，我怎能不激動！但眼前二娘的打量和父親的言語於我猶如當頭一棒。是了，十六年未正眼瞧過的女兒，如今又緣何突然想起來呢？我雖不曉是甚事，但猜得出定與大姐有關，否則父親不會這樣上心。認清了事實，我也不再對他抱任何冀望，想想這些年來母親與我所過的生活，我不由得有所算計。

「不知老爺找我來有甚事？」

聽得我如此冷靜的口吻，父親臉上閃過一絲詫異，但旋又恢復平靜，擺擺手示意二娘說話。

二娘立刻滿臉堆笑，上前將我扶了起來，一邊說：「哎呀，丫頭啊，你交好運了，以後可有好日子過了。」

「我不明白。」我厭惡地皺了皺眉，不習慣這般殷勤而微微掙脫她的手，往旁邊靠了靠。

她察覺到我的動作，不甚在意，又接著說：「宮裡傳下旨意，明年開春進宮選秀。丫頭啊，你的好日子來了，趕明兒身居高位，錦衣玉食，享不盡的榮華富貴哪！」

「哼，只怕是姐姐不願去，你們才想到這李代桃僵之計的吧？」

二娘一聽倏地冷下臉來，「怎麼叫李代桃僵呢，你也是老爺的女兒。」

「這時候想起我是莫家小姐來了？十六年來不聞不問，連府裡的奴才丫鬟都敢欺負的小姐？」

「你！」父親滿臉怒氣，高高揚起手。我不讓不躲，目光直視著他。

父親歎了口氣，硬生生放下了手，背過身道：「要怎樣你才願意代雪兒去？」

終於談到我等待的重點了，與其在莫府受盡屈辱，還不如離去，換得母親半生無憂又有何不好？

「讓我娘親後半生衣食無憂。」

「好。」

交易成功，各取所需。

接下來的日子，我從丫鬟都可欺侮的女奴搖身變爲莫府二小姐，母親也得以搬離那個陰暗潮濕的小院，久病的身子總算獲得了治療。看著母親日漸康復，我常暗自慶幸當初的交易成功。二娘儘管嫌厭我，然因著我要代姐姐進宮選秀，而找了先生每日教我詩書禮儀。母親出身青樓，卻是才藝兼備，平素不時授我，這會兒先生每日所教的我很快便熟練了，父親也異常滿意。

眨眼間冬去春來，選秀之日趨近。

娘自得知此事以來便時常抹淚，她今日這般生活竟是拿女兒的青春做爲代價，教她怎能不痛心？如今眼看著選秀的日子快到了，娘更時常地哭，她說：「宮裡哪是人待的地方？我寧願過往昔的苦日子，也不要你進宮去。一想起今兒的錦衣玉食是你犧牲自己而換來，爲娘的心裡……」說到傷心處，娘早已泣不成聲。

看著娘掩面痛哭，我歎了口氣，扶娘同坐榻上，「娘，這府裡又豈是咱們母女待的地方呢？十六年來，我們哪天不是過著俯首讓人欺、引頸讓人宰的日子？那宮裡不是人待的地方，可女兒去了就能換得您後半輩子衣食無憂。再說，他們既想到這計謀，又怎可能善罷甘休？娘，我們其實別無選擇呀！」

娘哭得更厲害了，卻也認清了事實，此後不再哭泣，日日教導我種種處事生存之道。府裡因著我是唯一可能飛上枝頭的鳳凰，縱然心中不滿亦不敢在嘴邊說甚，尤其那幾位姨娘對娘的態度變得尊重起來。連大娘走後便掌握府裡大權的二娘，也對我們僞笑連連。娘嘴上應著，神情卻顯落寞，我明白她是看清了這世間的人情冷暖。

今早內務府的人過來傳過話後，娘就一直紅著眼，我曉她心裡不捨，一入宮門深似海，母女倆皆知此回分別可能一輩子再無法相見了。娘私心念望我選不上，至少她還能再看到我；我卻滿心希望我能選上，哪怕僅是當個宮中侍女，也能逃出這牢籠。

門外傳來丫鬟小倩的聲音：「小姐，老爺要見您，現下正在書房等著呢。」

「言言，老爺要見你，是有甚事麼？」娘立時緊張起來。

我心底不由發酸：可憐的娘，經歷了百般欺辱，一絲風吹草動就令她惶恐不安。

我上前握住娘的手，輕拍著安撫道：「娘，沒事的，您別擔心，在這兒等我。」

父親仍坐在上回與我談交易時的椅子上，只是這一次居然掛笑而語：「言言，明早進宮面見太后、皇上，你切要謹言愼行，萬不可失了禮數，露出破綻。」

「是。」我心裡冷笑，你不過怕我露出破綻牽連到家裡而已，又何必裝出一副慈父的樣子。

父親欲言又止，只揮了揮手道：「罷了，明早進宮，你早點回去休息吧。」

翌日天未亮，我便坐上轎子進宮去，我偷偷掀起簾子，映入眼中的是金碧輝煌、巍峨蜿蜒的黃金屋簷。轎子在窄巷裡穿梭許久終於停下，想是抵達了錦繡殿。進了錦繡殿，殿內早已站滿黑壓壓的一群少女，個個屏心靜氣，有四處張望的，有低眼順目的，也有忙著打扮的，皇帝的「三十六院，七十二妃」果眞名不虛傳。

初選是由總管太監和太后身邊的管事嬤嬤篩選，挑出五十名秀女入殿面聖，由太后、皇上及皇后選定妃嬪。

我並不想做甚妃嬪，但卻知必須擠入面聖行列，因爲唯只這批秀女才有機會在落選後被送到各宮娘娘跟前使喚，我既不想再回那個家，自然得花點心思設法留下。正想著，小太監已持簿點名，我和另外四位秀女一起被帶到總管太監和管事嬤嬤面前。

待我們站定，小太監又開始點名，點到我名字時，我故意低著頭不出聲。小太監又叫了一次，我依然沒出聲。喚第三次時，小太監不由提高音調喊道：「莫言！」

總管太監和管事嬤嬤正坐在太師椅上小聲交談，突地拔高的聲音引來兩人注視。我這才出列，盈盈一拜，抬首時綻出面若桃花似的笑靨，引得兩人微微一愣。我歸列後過了少頃，才聽到小太監喚下一位。那一刻，我知道我成功了。

通過初選的五十名秀女，入夜被安排於鍾粹宮東西兩排廂房，兩兩一室。我和太后的姪女端木晴同住一間，從初試時她便引起我的注意，彼時眾人皆三兩成群，唯獨她隻身站在角落，神情孤傲，不與人言語。這會兒只我二人一起，她仍不開口，只默默收拾自己物事，貌似心事重重。

三月天暖洋洋，我開了窗讓屋子透透氣，不想隔壁卻傳來高昂的女聲：「宛如妹妹，你看那端木晴，仗著自家姑母是太后便不把他人放在眼裡，擺出甚清高自傲的架子。」半晌，有個溫婉嗓音接道：「雨瑤姐姐，我瞧見了，興許是她不愛與人說話吧，不過她的確很美，恐怕這次是要拔頭籌了。」另一人又回道：「哼，就算她拔了頭籌也未必能得寵，我表姐說皇上最喜溫柔可人的女子。」

我暗自後悔，擔憂地望她一眼，轉身準備關窗。

「不用了，隨她們說去吧。」端木晴神情落寞，彷彿她們說的是別人，不關她的事。

她既這樣說，我也不好再說甚，只回轉榻前收拾東西。

「進來這地方，等同進了牢籠，一個個盡成井底之蛙。」端木晴臉上浮起一絲冷笑。

我急忙起身關了窗，「隔牆有耳，這種話姐姐切莫胡說。」

「鳳凰滿枝之處，亦是冤魂群聚之地。即使做了寵妃，成爲娘娘，一樣跳不出這牢籠。」

我見端木晴行徑殊異即知她必懷心事，此時見她說出這款話來，遂上前扶了扶她道：「姐姐，這話心裡擱著就好，不必說出來的。」

端木晴不再多言，卻掉起淚來。

我忙遞上手絹，說道：「姐姐定是藏了心事。」端木晴淚掉得更猛了，我歎了口氣又道：「姐姐不說，我亦不多問，人人都有自身苦事，進到這地方皆有各般無奈。只是姐姐，進了這地方，我們就得說這地方該說的話，做這地方該做的事。」

端木晴這才止了聲，「妹妹說得對，倒是姐姐失態了。」

如斯偶然的機會，我倒和太后的姪女變得親近起來。

次日清早由宮女伺候梳洗後，秀女們齊被帶到榴香閣外等候殿選。俄頃，便有小太監出來高聲道：「各位秀女，太后有旨，殿選開始，請各位秀女依次覲見。」說罷拿出花名冊按序點召。秀女們五個一列入殿面聖，未輪到的便留在這偏殿等候。

我站在最裡邊角落，掃看著這群各地趕來的名門千金，個個青春美貌，無不背負著家族深盼，只求能被選上，來日飛上枝頭變鳳凰，光耀門楣。我卻猛地想起端木晴的那句話：「鳳凰滿枝之處，亦是寃魂群聚之地。」——使足了力擠進這座金碧皇宮後，最後變成鳳凰還是鬼，誰能知道呢？我瞄到了同樣站在角落的端木晴，從側面看去她眞眞是個美麗的女子，唯惜面帶寒霜、眉宇深蹙，雖不曉她所憂何事，但她確實不願入宮。只是，女子的命運又豈是自己能作主的？

由於不欲被選中，只圖安心在宮裡任事，我從父親所準備的衣物中揀最樸素的穿了。這會兒我是最後一批面聖，又站在最末，心想妃嬪人選早已定下，我定然選不上了，心裡異常平和，慶幸事情正朝著我想的方向發展。

進得榴香閣，我和其他四人按太監指示，行三跪九叩大禮，而後退到一邊，待太監點名再出列參見聖顏。我偷偷望過去，坐在正中者便是我大順皇朝的皇帝，雖至不惑之年，但雙目有神、嘴角堅實，精神抖擻，一身明黃色龍袍尤襯出尊貴之氣。左首慈眉善目的老太太，身著繡有鳳凰圖案的黃色緞袍，頭戴同樣冠飾，不消說，肯定就是當今太后。右首坐著一身金絲紅鳳袍的美婦，體態略豐，她笑容可掬地端坐在皇帝身側，一副鸞鳳和鳴之貌，想必就是皇后了，而下首坐著的年輕女子豔麗無比、風情萬種，應當就是後宮最得寵的麗貴妃。

「母后，折騰了大半天，您必定累了吧？我看最後這幾個就不著依次見駕，叫她們一塊上來吧。」太后到底年事已高，微微頷首，太監即命我等一同上前參見聖顏。我心裡不由微喜，齊列面聖，我能引起注意的機會就更低了，只求老天保佑我能被派至和善的娘娘跟前侍奉。

「抬起頭來。」太監肅聲喊道。一列秀女緩緩抬頭，眼睛卻不敢直視，緊張得直打顫。有好一會，殿裡靜悄無聲，眾人都在等太后開口。

王皇后面帶微笑，轉向太后道：「母后，今年的秀女個個都長得如花一般嬌美，選進宮來定能爲皇家開枝散葉。」說話間用餘光瞥了麗貴妃一眼。麗貴妃一愣，眼裡閃過一絲恨意，皇后卻早已轉頭朝著太后。

「嗯，方才選了幾個？」

「回母后，已選了九個，不妨再選一個，湊個整數。」

「嗯。皇兒，方才都是哀家與皇后、貴妃定下的，這個就由你自己來選吧。」

皇帝抿了抿嘴，懶懶地伸手一指，太監馬上唱喏道：「戶部侍郎莫新良之女莫言，留！」

怎會這樣，怎會這樣呢？我不敢置信，猛地抬起頭，只瞧見皇上注視著麗貴妃的神情。一陣寒意直徹心扉，我腦門一脹，人微微晃了一下，幸虧及時穩住腳才未昏倒。我急忙跪謝皇恩，抑不住心底一片淒涼。

原來他不過是隨手一指，敷衍了事；而我的夢想，卻因著他的隨手一指，化為烏有。

殿選結束後，秀女們回轉鍾粹宮，選上的等著晉封位分後入住自己的寢宮，未選上的當日下午就被安排到各宮娘娘跟前侍奉，原本擠得滿滿的院子一下子變得冷清。看著被分派做宮女的落選秀女們，我一陣心疼，這些如花似玉的姑娘哪個不是爹生娘養，哪個在家不是被萬分呵護的，入得宮來卻要侍奉別人。

隔日一早，便有內務府的公公前來引領我們到皇后所在的儲秀宮聽封。端木晴果真拔得頭籌，成了新進秀女中唯一的正五品貴人，寧雨瑤當場就綠了臉，其他人各有所封，我和另外兩名秀女同為答應。麗貴妃臉上一直掛著和藹可親的笑容。

宮訓一結束，新人按例被安排到了各宮娘娘殿裡，我和受封為才人的孟宛如一同被安排在淑妃的永和宮。

回鍾粹宮收拾東西時，恰逢端木晴收拾妥東西正前往儲秀宮。她從我窗口經過時停了步，我們目光相對，她微微張口似要說甚，最終只轉頭離去。我快步走至窗前，直望著她孤獨背影離開我的視線。

永和宮主殿內，淑妃端然而坐，我和孟宛如在下首位依次落坐。

淑妃面帶微笑，溫和地道：「我這永和宮內人丁稀少，今兒有兩位妹妹住進來，總算添了熱鬧，往後妹妹們可要多到我這裡走動走動。」

我和孟宛如急忙起身，一齊盈盈拜道：「謝淑妃娘娘抬愛。」

「妹妹們快別多禮，同爲皇上身邊的人，以後就是自家姐妹了。你們過於多禮，我反覺不自在。」

我們這才坐下，淑妃又說：「我這永和宮內四個偏殿，原有兩個妹妹住著，可年初又空了下來。方才奴才帶你們看過了，兩位妹妹想住哪裡就直接入住，等安頓好後打發個人告訴我一聲便就成了，不用太過拘束。」

我們剛要起身謝恩，即被淑妃擺手制止，「妹妹們再要行禮，我可眞生氣了。」

我和孟宛如忐忑不安地坐著，摸不清淑妃是眞情還是假意。我惦記著先前所想之時，這會兒見淑妃提起，便主動道：「淑妃娘娘，婢妾見那櫻雨殿裡兩排櫻花開得正嬌，心裡甚是喜愛，想住進去日夜觀賞，不知娘娘意下何如？」

淑妃一愣，隨又笑顏展開，「妹妹既然喜歡，住進去便可。」

我並未忽略淑妃眼中一閃而過的流光，心下鬆了口氣，知道自己做對了。儘管新進秀女中我屬位分最低者之一，但我始終是皇上唯一親選的秀女，此乃宮裡娘娘們心裡共同的刺。如今我住進了永和宮，裡裡外外不知有多少雙眼睛盯著、多少雙耳朵聽著，淑妃意欲何爲我尙不明，但卻知曉：若想在這宮裡安身立命，過上自己想要的清靜日子而不淪落爲鬼，就必得先拔了這根刺。

二　桃花情事

住進櫻雨殿後，除卻每日晨昏定省和偶至淑妃殿裡，我幾乎足不出戶。即便這樣，我仍時常感到有奇怪之人出沒櫻雨殿周遭。輪到我侍寢之後，皇上連照例之晉位也無，甚至往後的一段時間裡亦未再翻我的牌子。娘娘主子們的心這才安收，沒空再盯著我這小小的從六品答應了，畢竟她們要關注的是下一個受寵的人兒，櫻雨殿周圍跟著清靜下來。

我一片淡然，照舊赴淑妃殿問安，淑妃看著我的眼神從猜疑不解變成放心，目光漸趨柔和。內務府那邊也虧淑妃打了招呼，他們才沒有因我不得寵而剋扣我的例俸。我為這事前去謝恩，淑妃卻拉著我的手說：「妹妹何須多禮，住進永和宮便是和我有緣。這宮裡的形勢想必妹妹同樣清楚，皇上跟前我說不上話，如今我能幫妹妹的也就這麼多了。」

宮裡向是個踩低墊高的地兒，我雖為皇上親自所選，可未得寵，淑妃卻在眾人鄙棄之時關照有加。聽得淑妃的話，她也有滿腔無奈，我頓時心裡一暖，起身拜倒在地，「日後娘娘有用得著婢妾的地方，婢妾定萬死不辭。」

我眞正過上了與世無爭的日子，平素閒來無事，便帶領殿裡兩個宮女秋菊、秋霜和太監小安子莳花弄草，櫻雨殿儼然成了我的祕密花園。

六月時節夜裡稍嫌炎熱，我早早命小安子他們下去安歇。我因無法成眠，沿著櫻雨殿後園朝通往桃花源的小門走去。

這桃花源是我前些日子發現的，從小安子口中得知，此處是皇上年輕時為已故薛皇后所建，親題

「桃花源」。薛皇后故去後，太后怕皇上睹物思人而傷情，遂命人封了園。內務府怕園子荒廢了遭皇上見責，只定期派人料理。皇上不進這園子，久而久之，宮中人們幾乎忘了還有這麼個地方，桃花源也就日漸疏落冷清。

我才知道，原來這王皇后並非太子生母。然此與我無關，我只想著娘現下在府裡衣食無憂，而我在宮裡過得悠閒自在，雖相隔兩地不能相見，心裡仍感歡喜異常。

走在寧靜園子裡，看著掛滿枝頭的蜜桃，忍不住想摘上幾顆帶回去，好待明日與小安子他們分享。剛上前準備摘桃，卻聽見桃林中傳來細細的交談聲，我心裡一驚，怕被發現而急忙躲到樹後，仔細聆聽。

「表妹，好不容易趁他設宴，我裝醉脫身，這才得了機會前來。」

「表哥……」話未成句便只聞嗚咽之聲。

我用力地捂住嘴，避免驚呼出聲，腦中猛地閃出「偷情」二字，腳上再沒了力氣支撐身體重量，遂順著桃樹慢慢滑坐到地上。要知道，宮裡的妃嬪與人私通是何等大罪，只怕會禍及家人啊！

過了許久，我終於蓄足力量，扶著樹幹爬起身，思量半晌終抵不過一番好奇心，便在桃樹茂密枝葉遮掩下，悄悄朝抽泣聲趨近。乍見月光下有兩道背影緊靠著，並排坐在石椅上。

「表哥，你我現下算是緣盡了，如今得見表哥一面，晴兒便已心滿意足。表哥切莫掛記晴兒，只盼有個好姑娘能照顧表哥，我就、我就……」女子再次淚如泉湧，泣不成聲。

「晴妹妹，不准你說這話。我西寧楨宇對天發誓，這輩子除了端木晴，絕不娶其他女子爲妻，若違此誓則願遭天打雷劈。」

「別、別再說了，表哥。」女子失聲痛哭。

「晴妹妹，我說的句句是心裡話。我定會竭盡所能帶你離開，隱居山林，就算窮盡一生才能得償所願，我也無怨無悔。」

「西寧哥哥，晴兒何德何能，得你眷顧至此？」

聽到此處，我已知那女子便是新進貴人，如今最得寵的晴貴嬪；而那個男人便是皇上身邊最受器重的青年將軍，西寧楨宇。我鼻子微微發酸，心裡發堵，帶著幾分羨慕、幾絲惋惜。

原來她那份淡然乃因心裡早有了良人，且這良人對她情深意重。只是這又能如何呢？進得宮裡，便如進了籠的金絲鳥失卻自由，入了棺材才有機會出得宮去。

我正想著，突聞西寧楨宇小聲喝問：「誰？」

我心裡咯噔一聲，不敢細想撞見這般事被發現的下場。我深深吸了口氣，正待走出，一旁桃樹中恰有隻大鳥飛上半空，西寧楨宇復又與端木晴低低細語。我緩緩舒了口氣，跳到嗓子眼的心慢慢安下，接著悄聲回轉櫻雨殿。

翌日一早到皇后宮裡請安時，端木晴未現身，聽說是病倒了。我微湧心疼，返回櫻雨殿取了東西便逕去煙霞殿。端木晴原本膚白勝雪的臉蛋倍添蒼白，全無半點血絲，眼睛如一潭死水，毫無生氣地躺在床上，更顯楚楚動人。

見我到來，她掙扎著要起身，我急忙上前按住，順勢落坐床邊軟凳上，道：「姐姐，你病著呢，快躺著。妹妹許久沒見你了，聽說你身子不爽，這才厚著臉皮過來探看。」

「妹妹，你能來，我可高興得緊呢。姐姐知你素喜清靜，只惜我這身分怕是想得清靜也不可得，因此好幾次想去妹妹殿裡，都忍下了。」

我在宮裡這幾個月的情況，端木晴想必得知，再加上鍾粹宮那晚，她此時已不再對我客套，只恨有些心裡話無法直接跟我言明。

我卻是已然知道對方心事，心疼有餘卻無法替她苦，只接過秋霜手裡罈子放到端木晴的貼身嬤嬤雲秀手上，然後拉著端木晴的手道：「姐姐，這是妹妹採擷院中櫻花釀的花酒，有定神安眠之效。姐姐臉色蒼白、雙眼浮腫，定是淺眠所致，以後夜裡睡不安穩時可小飲數杯，有益入眠。」

端木晴微露驚訝之色，隱隱躲著我的目光，默然不語。雲秀嬤嬤拿罈子之手微微一顫險些摔落，她抱住酒罈，眼底閃過一絲寒光，緊盯住我的臉，瞧我只心疼地對端木晴噓寒問暖且臉色如常，許久雲秀嬤嬤才從我身上轉開目光。

那一閃而過的寒光解了我心底之惑，煙霞殿中能幫端木晴傳遞消息的，除了她，誰還有這個能耐呢？

孟宛如和我同住永和宮偏殿，我自動請命住進了櫻雨殿，她則聽從淑妃安排住進梅雨殿。孟宛如溫柔可人，剛進宮時受封常在，侍寢後受封才人，因著性情溫和而頗爲得寵，雖比不上端木晴，但在新進嬪妃中亦算聖寵正濃了，皇上每月裡總會翻她幾次牌子。正因爲這樣，她不久成了後宮娘娘主子們的肉中刺。畢竟端木晴受寵乃是有太后當靠山兼皇后的扶持，而孟宛如左右不過是翰林院替皇上修書的翰林之女，在朝中無權無勢、在宮中無依無靠卻能夠蒙聖寵，如何不教後宮主子們心如貓搔。

然這位孟才人並未恃寵而驕，反倒行事更爲低調，一時半會讓人拿不住甚把柄。平日於人前我們彼此冷淡有禮，私下她卻總愛趁夜往我殿裡跑，想是年紀小而心思單純，白日裡在別的娘娘主子面前得了哪般賞賜、受了哪款氣，總會到我面前娓娓道來。人前恬靜賢淑的小姑娘，在我面前卻喋喋不休，直把宮中大小事扯說上一輪，方心滿意足地離去。我不由苦笑，興許我成了宮內上上下下最安全的傾訴對象吧，然回頭一想則未嘗不是好事，我雖不常於宮裡走動，可宮內之事倒也曉得個梗概了。

皇上已屆不惑之年，太子乃故薛皇后所出。當時太后病倒，皇上傷心欲絕，貴妃王氏孤身照顧太后並主持皇后葬禮，生生把三月身孕累掉了，故在禮成後受太后懿旨封了后位，將太子抱養在身邊。

王皇后心裡始終不踏實，畢竟這后位並非皇上親封，遂在皇上跟前有意無意地提攜起隨她陪嫁入宮、自小情同姐妹的丫鬟香草。香草在得寵兩年後方懷上龍種，皇后喜出望外，親自照料，只盼著能誕下皇子。麗貴妃即是在這時候進宮，皇后初時並未將她放在心上，只看顧著當時尚是昭儀的淑妃。待淑昭儀十月懷胎產下長公主心雅後，皇后回頭方覺爲時已晚，皇上的心早已偏向風情萬種的麗貴嬪。淑昭儀產下長公主後晉封妃位，麗貴嬪雖無所出，卻一升再升，直升到了離皇后僅一步之遙的貴妃之位。

這回選秀，雙方尤卯足了勁，麗貴妃將自家表妹接進宮，只望表妹能有所出以鞏固自己的地位；皇后雖不受寵，卻瞄準了太后，她素來與太后親近，如今聽說太后的姪女進宮，自然盡力協持，又見秀女中只我乃皇上親選，便叫淑妃討了我入住永和宮。

偏偏事與願違，端木晴雖得寵，卻並不情願；我雖是皇上親選，卻並不受寵；寧雨瑤雖受麗貴妃盡力提攜，卻因行爲乖張，也不受寵。怎教人不感歎「人算不如天算」？

晚膳後，我獨坐在窗前看書，腦中卻想著孟才人講述的宮裡舊事。雖說是些舊事，卻聽得我步步驚心，而今輕描淡寫的幾句，當初是如何驚心動魄，恐怕只有當事人回首憶想才能看得清、想得明了。

今時這宮裡表面一團和氣，明眼人都曉得暗已分爲兩派，皇后和麗貴妃的爭鬥從未休止過，皇后背後站著太后，麗貴妃背後站著皇上。淑妃雖和皇后情同姐妹，然一個無勢無子的妃子又幫襯得了什麼？就在雙方勢均力敵而勝負難分之時，湧進了一群秀女打破這般平衡，新一輪的爭鬥早已拉開序幕。這後宮不曉是會多幾隻飛上枝頭的鳳凰，還是多幾縷藏在角落的冤魂……

我也不知道自己還能躲在這角落裡安寧幾日，住在永和宮裡受著淑妃的恩遇，指不定哪日就要加倍還回去；麗貴妃那廂只怕早將我劃入皇后陣營，興許哪天我就成了殺雞儆猴的人柱……我閉上眼凝住氣，把腦子裡的雜念悉數趕出，告訴自己要好好享受這來之不易的寧靜，此來，在牆外日夜掛念的娘才能夠安心。

秋菊入房報孟才人來了，我忙將她迎進，又喚秋菊上了茶。我知曉皇上陪太后同赴歸元寺，想是並無娘娘們相邀，她便來我殿裡跟我聊聊。其實說是跟我聊聊，一般都是她說，我聽著。可今天卻與往日不同，孟才人進得殿裡坐了好一陣也沒閒話長短，一副欲言又止的樣子，還微微有些害羞。

我只好先開口，笑道：「姐姐平日裡總有說不完的話，今日難道尋不著話對妹妹說了麼？」

「我要有你半分沉著穩重，這姐姐倒也做得，只是如今，叫你姐姐我這心裡倒舒暢些。」

「姐姐這話莫要亂說，宮裡有宮裡的規矩，姐姐位分高，妹妹自該尊你爲姐姐。倘亂了規矩，傳將出去如何了得哩。」

「好，好。我不好與你爭，妹妹如何說便如何是了。」

「姐姐滿腹心事，倒是說也不說？不說我便叫秋霜送客了。」我半促狹地說。

「妹妹不可。」孟才人見我作勢趕人，這才急了，半低著頭細聲說道：「我本月月信遲了幾日了。」

我一聽這話又見她害羞模樣，立時明瞭，「這是喜事，姐姐羞甚呢。姐姐可有稟報皇后，請太醫診脈？」

「這個，太醫請了，不過尚未回稟皇后。」

「卻是爲何？」

「皇上昨兒陪太后前去歸元寺，五日後歸來。我並不十分肯定，怕稟了皇后之後，待太醫請完脈卻又報不是，豈不遭人笑話？我便命丫頭偷偷請了太醫前來診脈，只說是身子不爽。」

「現下既已確診，理應及時回稟。明兒一早，姐姐就該遣人稟了皇后，好好養胎才是。」

「我想等皇上回來，給他個驚喜。」

看著一臉欣喜幸福的孟宛如，我心頭微湧不安卻不便再多言，只細細叮囑她要好好照顧自己。這朵溫室小花經歷的畢竟太少，還未能看清這宮裡凶險，只單純地以爲自己不去害別人就能安然生存下去。我微微替她感到擔心，不知她是否眞的能爬上去，是否眞的能安全地活到看清楚此間黑暗的時候。我也微微替她感到難過，她把我當作知心人，甚事甚話都告訴我，渾不知我卻是對她留了一手，處處將她隔閡在外，只保護著自己的領地，不讓別人進來，她亦不例外。

六月的午後已然豔陽高照，我躺在睡椅上食了點水果便瞇盹著，朦朧間總做些人鬼蛇神的噩夢，半睡半醒之際卻聽見秋菊、秋霜嘀咕說甚杖責、快不行了之語。

正要瞇睡回去時，我又清楚地聽到小安子在呵斥她們：「不要命的小蹄子，平日裡主子是怎麼教你們的，如今拿這等事來主子跟前嚼舌根，片刻安寧也不給主子麼？」

我聽著心下不禁狐疑，咳嗽了兩聲喚她們進來伺候梳洗，兩人埋頭做事，眼神閃躲竟無人啓口，我也不說話。直到梳洗完畢，喝著小安子端上來的甜品，我才裝作不經意的問：「方才我午憩時，你們在外頭嘀咕甚？」

見三人都低頭不語，我重重地將碗擱放茶几上，隨著碗響，三人不禁打了個顫。

我沉聲道：「如今都長出息了，主子也不放在眼裡了，連主子問話也不答啦？」

小安子見從不在他們面前擺架子的我神色微黯，又說此般重話，急忙上前搶道：「沒甚事，是秋霜、秋菊倆打嘴杖，奴才怕主子聽了心煩才呵斥她們，沒有瞞主子的意思。」

我也不理他，沉下臉，兩眼緊瞅著秋菊。秋菊感受到我逼人的目光，抬臉對上我的眼睛，一害怕便跪倒在地，囁嚅半天才顫聲道：「主子您別生氣，奴婢說便是，只是主子您聽完別著急。方才主子午憩時候，奴婢去內務府領甜品，回來時聽淑妃娘娘宮裡的侍女們正小聲議論。奴婢上前湊了熱鬧，從淑妃娘娘身邊的宮女口中得知孟主子因撞傷了瑤嬪主子，被貴妃娘娘杖責了……」

我聽聞「杖責」二字，心裡咯噔一聲，手不自覺地緊抓住身旁的茶几，「甚時候的事？」

「前日下午的事，聽說孟主子……」

未等秋菊說完，我已起身疾步往外走，打翻了桌上的甜品也無暇顧及。小安子急忙跟隨我，叫了秋菊拿披風再趕上來，和秋霜一同貼身地照顧我。

我沿著櫻花道一路狂奔，出殿門至梅雨殿尚有一段路，平素不覺得遠，如今只恨自己少生兩條腿。

我向以爲自己不怎麼在意她，只站在局外看著她走的路，如今才知原來自己並無想像中那般冷漠無情，此刻竟一心祈盼上蒼憐憫，保她平安。

許久才有個小太監出來開門，進得院裡也是四處無人，想來都在跟前伺候著。剛接近正堂，便聽得有人哭叫：「主子！」「小姐！」，接著是哭聲一片。

奔至梅雨殿門口時，我已氣喘吁吁。小安子示意秋霜上前扶著我，自己前去敲門。

我心裡咯噔一聲，倏地一沉，腳下再無半分力氣。秋菊已拿上披風趕到，同秋霜扶了我進得殿內，我雙手顫抖，連掀簾子的力氣都沒。小安子急忙上前掀開簾子，我跨入繞過屏風，床前滿地宮女、太監哭成一團，孟才人的貼身婢女彩衣跪在床邊，扒著床褥失聲痛哭。

見此情景，我眼淚撲簌簌直掉，腿軟得站都站不住，卻掙脫開秋菊、秋霜，一步步走上前去。輕紗暖帳，繡著鴛鴦戲水的錦被密密覆蓋著孟宛如，只剩瓜子小臉露在被外，面色蒼白不見半絲血色，與鮮紅錦被形成鮮明的對比，教人怵目驚心。她凌亂的長髮被汗水濡濕，黏在額頭臉頰，散亂披落錦被上。

彩衣見我到來，喚了聲「答應主子」便退至一旁。我上前側坐在床邊，顫巍巍地伸出手將孟宛如臉上凌亂的頭髮輕撩至一邊，咬牙吞下哭聲，嘶啞道：「姐姐，我來看你了。」

原本靜躺著的孟宛如，淚如斷線珍珠般自眼角滾落，半晌才睜開雙眼。她緩緩轉過臉瞧見我，微微揚起嘴角想給我個安慰的笑容。我一陣心酸，剛止住的淚又忍不住溢出。孟宛如張了幾次嘴發不出半點聲音，只好以眼神示意。我順著她的眼神注視她的肚子，頓時明瞭她的意思，我如遭雷擊，心如刀絞，眼淚簌簌而下。

見我瞭然知意，她似安心地閉上眼，長長歎了口氣。我卻不知該怎生安慰她，如今說甚都是多餘。再望向她時，我的心倏地一緊，急急連喊兩聲：「姐姐，姐姐！」無人應聲，我心裡慌成一團，又連喊了幾聲，仍不見回答，這才鼓足勇氣伸手探其鼻息，已是氣息全無。

我頓時驚愣住了，不知該做何反應，只覺四周一片靜悄，唯聞彩衣的聲聲痛哭傳進耳裡，刺得心裡生疼。不知過了多久，我猛地發現自己癱在床邊，屋子裡太監、宮女們齊聲慟哭。我這才明白孟宛如真真是去了，登時再忍不住心裡的痛，死死咬住拳頭，身子瑟瑟發抖，眼淚更如泉湧般直往外流，哽了好一會才哭出聲來。

前幾日還欣喜異常、巧笑嫣然的宛如，轉眼之間卻平躺於床上再也醒不過來了，好端端的一個人說沒了就沒了，這究竟是個什麼吃人不吐骨頭的地方啊！都怪我、都怪我自己，明明看得清楚，想得明白，卻沒能早些提醒來保護她，才害她落得如斯淒涼下場，成了漂泊在這深宮中的一縷冤魂。我又悔又恨，全然沉浸在自己的思緒中，連皇上和淑妃出現在殿裡都不知曉。

皇上的貼身太監楊公公上前示意，我才恍然驚覺屋子裡早已跪倒成一片。我忙跌跌撞撞上前行禮道：「臣妾拜見皇上，萬歲萬歲萬萬歲，淑妃娘娘千歲千歲千千歲！」我明知自己駕前失儀，卻因著宛如之死而心生怨氣，也不賠罪，只跪著不語。

皇上想是亦知發生了何事，未搭理我，只沉聲問身邊的淑妃：「這是怎麼回事？朕記得離宮之時，孟才人仍是活蹦亂跳的，還說等朕回來要給朕一個驚喜，這就是給朕的驚喜麼？」

淑妃急跪落回話：「回皇上，此事臣妾也不甚清楚，只聽說前兒個妹妹在貴妃姐姐宮裡撞傷了瑤嬪妹妹，被貴妃姐姐以宮規杖責二十，不想宛如妹妹就這麼沒了，臣妾也……」淑妃說到一半便說不下去，拾出絲巾抽抽噎噎起來。

這當頭，簾子被掀了起來，麗貴妃恍未見到他人似的急奔到孟宛如床前，痛哭失聲道：「妹妹，妹妹啊，姐姐對不起你。姐姐只是按宮規略施小懲以示告誡，不想妹妹身子如此嬌弱，竟這麼丟下姐姐就去了……教姐姐怎麼跟皇上交代啊，妹妹……」

寧雨瑤一副病懨懨模樣，在宮女攙扶下，跟於麗貴妃背後低低抽泣著，她頭裹白紗，白紗上血跡斑斑。我心中悲憤難平，見這二人裝腔作勢又聽得麗貴妃此番言語，再憋忍不住，想爬起來衝上前去找她理論，卻發現自己竟無法移動半分。低頭一看，原是秋菊、秋霜一左一右在裙衫下死死地將我拽住。我連試幾次都掙脫不開，方抑住情緒，如今已不比未入宮之前，宮裡上下有多少雙眼睛盯著。

這種時候，旁人避之唯恐不及，自己半點鹵莽行爲皆能授人以柄，更何況今在聖駕面前，逞一時之快便將淪爲後宮一縷冤魂，唯有忍，才能爲宛如討個平冤昭雪的機會。我緊握拳頭，指甲深深掐進肉裡，靠一絲絲的疼痛提醒自己定要保持冷靜。

淑妃雖抽泣著，卻不時偷覷皇上臉色，我微微明瞭皇上爲甚剛回宮就出現在梅雨殿。

皇上一直沉著臉，到此時才歎了口氣，沉重地說：「如今人也去了，再談這些已是無用，朕不想追究此事，只是朕希望後宮這類事件到此爲止，否則，朕絕不輕饒。」

此話一出，麗貴妃再也顧不上身分、形象，疾步上前撲倒在地，哀聲道：「皇上，臣妾冤枉。臣妾絕無此心要害妹妹，臣妾協助皇后娘娘管理後宮諸事，妹妹犯了錯，臣妾只是按照宮規辦事，不想妹妹卻……定是那行刑的奴才……」

皇上打斷麗貴妃的話，「有心無心都不重要。朕說了，此事，到此爲止。」語罷旋即轉過身去，也不理會跪倒在地淚眼汪汪的麗貴妃。

皇上接著又嚷一聲：「楊德槐！」

「奴才在！」

「傳朕旨意，追封孟才人為如貴嬪，厚葬之。」

我震驚萬分，心中之痛令我發不出任何聲音，再流不出半滴淚，只抬起頭直直看著他。我用盡全力、用盡全心看著他，從他眼裡望進去，一直望到他心裡，想把那顆心瞧清楚。想看清他的心是什麼做的，想看清他的心裡究竟想的什麼？這金碧輝煌、錦衣玉食的深宮眞眞是黃金如土命如紙，活生生一個人就這麼去了，竟輕描淡寫，金口玉言追封為嬪便不了了之；活生生的一條人命，換來的卻只是一個「貴嬪」封號。

皇上覺察到了我的眼神，楊公公暗示我幾次，我絲毫不予理會。皇上被我看得不甚自在，微避開我的眼神，咳了一聲道：「楊德槐，即刻辦理。」

楊公公尖著嗓子高呼：「皇上擺駕。」

眾人齊跪恭送聖駕。皇上走到簾前復又回首，見我仍直盯著他，深深地看了我一眼後才轉身離去。

三 深宮故人

我晃晃蕩蕩出了梅雨殿，不讓秋霜她們攙扶。小安子領會了我的意圖，安排秋霜她們先行回了櫻雨殿，自己遠隨著我出了永和宮。

我渾然不知方向，見了路便走，心裡對宛如的死湧現千頭萬緒。想來宛如有孕之事麗貴妃定然得知了，否則不會這般倉促下手，只是她到底如何這麼快就知曉呢？太醫？抑或是她宮裡有人？

正苦無頭緒之時，聽得有人叫：「莫主子。」我轉身一看，原來是彩衣。彩衣想來是有話要對我說，又怕有心之人見了多生事端，方才躲躲藏藏尾隨，直到無人之處才敢來到我跟前。

小安子也是個極謹慎機警之人，見彩衣出來，忙上前引我們到僻靜之處，找了地方扶我坐下。彩衣「咚」的跪於我跟前不停磕頭，小安子扶也扶不起來。彩衣哭道：「莫主子，我家主子好冤枉啊！」

我聞言心生憐惜，鼻子一酸，眼裡又蒙起霧氣。我上前扶彩衣同坐石椅上，輕道：「你有甚話就儘管說吧。」

彩衣緩愣了一陣，才止住眼淚哽咽道：「前日裡貴妃娘娘邀各宮主子到靜怡閣小聚，大夥兒相談甚歡，我家主子同樣歡歡喜喜的。臨散時，我家主子被瑤嬪主子拉著敘話，兩人有說有笑的隨眾人散去。走到一半時，瑤嬪主子卻直呼『妹妹，不要』，便從臺階上滾落而下，當場暈了過去。宮女硬扯說我家主子存心將瑤嬪主子推落，我家主子又急又氣百口莫辯。好不容易等到太醫把瑤嬪主子救醒，瑤嬪主子言之鑿鑿指我家主子妒忌她受皇上和娘娘喜愛，將她推下臺階。我家主子受這等不白之冤，登時急得罵人，貴妃娘娘馬上沉了臉，喚人將主子杖責二十……」

彩衣說到此處不由失聲痛哭，我拿了絲帕替她拭淚。彩衣強忍悲痛，又斷斷續續地說：「主子被抬回來時已是奄奄一息，雙手緊抱肚子，衫裙上滿布血痕教人怵目驚心。我心知主子已是小產，加之傷勢嚴重，遂匆匆奔往太醫院。哪知太醫院竟以忙碌爲由而讓主子等著，後虧淑妃娘娘心善，放了正在她殿裡的周太醫來替主子診治。周太醫看了直搖頭，要我們聽天由命，只開了些止血藥膏便走了。可憐主子疼得冷汗淋漓，一時清醒一時昏迷，清醒時眼直瞪望著窗外，半句話也沒說。待今早莫主子來探望，我家主子才似回復了生氣，奴婢正高興主子有救，不想她一句話沒留便這麼去了。」

彩衣早已泣不成聲，而我滿腔哀傷化爲濃濃悲憤，半晌才平靜地啓口：「我知曉了。彩衣，你回去吧，聽楊公公安排去處，今後別再提起此事，務必謹言愼行，切莫予人抓住把柄。」

彩衣滿臉詫異，忿然道：「莫主子，憑您和我家主子的交情，便這樣任我家主子不明不白的死了麼？」

我哭笑道：「彩衣，你在宮裡不也都瞧見了，你家主子身受皇寵尚且落到如此地步，我一個無寵無勢的答應又能做得了什麼？」

彩衣聞言，滿臉不豫，忽地站起來轉身便走。她本是孟宛如從家中帶進宮的貼身丫頭，打小一塊長大故情若姐妹，如今孟宛如就這麼去了，她心中悲憤難平，以爲找到我能替她主子做點什麼，不想我卻是心有餘而力不足。彩衣此去若逞一時意氣，不曉得會做出甚事來。

我忙示意小安子上前拉住她，不想這丫頭發了瘋似的竟將我揮開，又將小安子推倒在地。我站穩腳步，厲聲喝道：「夠了，彩衣。你以爲你逞一時之強便能爲你家主子報仇麼？不能的！只會賠上你的性命，讓這後宮平添一縷冤魂罷了。」

彩衣此時早已忘卻身分，只朝我怒吼：「那也總比當縮頭烏龜強！」

「呵呵，」我冷笑兩聲，「這宮裡最多的便是冤魂，你若爭著去做，我也不攔你，只嘆你再看不到你主子昭雪沉冤的那日。」

彩衣也是個聰明人，聽出我話裡有話，忙跪在我跟前，「奴婢愚鈍，請莫主子指點。」

我見她平靜下來，微微鬆了口氣，「彩衣，此時風聲正緊，唯一能做的就是忍。忍常人所不能忍，深藏不露才能尋到機會，只是這條路太漫長、太痛苦了，非一般人所能忍受。」

「莫主子放心，奴婢曉得該怎樣行事了，奴婢先回去，時刻等著莫主子。」彩衣朝我磕完頭後，一聲不響地離去。她的背影單薄卻剛毅，我能想像出此刻她眼裡的堅定和執著。

接下來的幾日裡，我稱病在櫻雨殿裡足不出戶，每日面無表情且不言不語，任秋霜、秋菊安排飲食起居。

一方面確是為孟宛如殞逝傷心難過，另一方面也是躑躅著下一步該怎麼走，該不該設法為宛如做點什麼。那日我對彩衣模稜兩可的引導，不過是想安撫她情緒、保她性命的權宜之計，自個兒心裡猶貪戀著今在櫻雨殿的片刻寧靜。然其實我明白得很，這宮裡哪有甚清靜的地方，一切不過是自欺欺人罷了，孟宛如落得如斯下場，指不定下一個成冤魂的便是我了。

近兩日我雖不言不語，卻聽得秋菊、秋霜兩丫頭轉述宮裡正流傳太子病重的消息，還說皇上陪太后赴歸元寺就是替太子祈福。太子不過才二十出頭，怎會突然病重？可宮內儘管謠言滿天，卻也非空穴來風，這形勢恐會日趨緊張，而我究竟該如何走下一步是好？

我整日沉浸在自己思緒中權衡利弊，不想我如此神情倒令小安子他們驚慌失措，擔憂無比。

也不知過了幾日，用過晚膳，小安子扶我躺在窗前的睡椅上歇息，又給我講了笑話。見我似未聽見般毫無反應，小安子終於忍不住，跪在地上失聲痛哭：「主子，您說說話吧。主子，您要是心情不好，只管拿奴才出氣，哪怕就是哭幾聲也好。主子，您別這樣嚇奴才啊。」

我面無表情地看了看跪在地上痛哭流涕的小安子，心裡莫名燒起一把火，隨著他滴落的淚水越燒越旺。我倏地坐起，劈頭就罵：「沒用的東西，就知道哭，哭有甚用？你不知道這宮裡最不缺的就是眼淚，最不值錢的就是人命麼？還不快收起淚來。」

「是，是，奴才遵命。」小安子被臭罵一頓卻欣喜異常，胡亂抹了一把眼淚，對著我嘿嘿而笑。

我看著不由「噗哧」一聲笑出來，心裡鬱著的那口氣竟散了開去，「行了，起來坐著陪我說會兒話。」

小安子謝過恩，起身給我換盞茶，方在小凳子上側著坐了半個屁股。

「小安子，我進宮日子也不短了，瞧你言行舉止亦是宮中舊人，聰明伶俐又辦事穩妥，怎地會被派在這櫻雨殿中當差呢？」

小安子眼中閃過一絲驚訝，迅速低下頭去，再抬頭回話時已是平靜如常，「回主子的話，小的從前在內務府總管楊公公跟前當差，只因辦事不力得罪了楊公公，才被調往櫻雨殿。」

「哦，原是這樣。」我若有所思點了點頭，驀地看到小安子右額上那道疤痕，又問：「許久以前就想問問，又怕碰了你的傷心事，如今問開，若生難過正可陪著我。你的額頭定是受了重傷，才留下疤痕的吧？」我仔細看了一下，不免稍生可惜，「好好的一張臉，倒教這疤痕破壞了。」

小安子被我瞧得頗不自在，紅著臉回道：「主子怎麼突然問起這個，奴才不覺難過。如果主子不喜歡，見了害怕，奴才今後會注意的。」

我倒有些慚愧了，「你不必驚慌，我就是閒來無事，與你隨意聊幾句。想來有這疤痕也非你所願，我如今無端提起，倒白白惹你心裡難受了。我倒不覺有甚不好，只隨口一問，你無須上心。」說著便起身出門，「罷了，小安子。這會兒日落了，你陪我到院子裡轉轉。」

小安子安排了秋霜她們掃除房間，才拿披風跟上來，一路陪我進入桃花源。原本碩果纍纍的桃園，如今只剩三三兩兩的小桃掛於枝頭。只有這翠綠茂盛的桃園能讓我暫時忘卻悲痛煩憂，予我半刻寧靜。

我穿梭桃樹間，見了桃子便上前採摘，小安子抓起胸前的上衣充作暫時簍子，將桃盛在裡頭。

夜幕降臨，我和小安子滿載而歸，路過園中凌波湖畔時聽得湖邊傳來陣陣低哭聲，飄渺得若有似無。小安子示意我快步離開，我卻想起上次夜間所見，遞眼色要小安子在原地不動，自己則以桃樹爲遮掩，緩緩靠過去。走近後發現是個小太監坐於湖畔石頭上嚶嚶而哭，似受了萬般委屈，一瞧便曉得是新進的小太監，大概受了主子的氣才躲到這兒偷哭。

我不再躲藏，信步走到他背後出聲道：「哪來的小太監，這般不知規矩，竟偷入禁地。」他聽得背後聲音，急忙轉頭，四目相對之時我們都怔住了。

他先回過神來，忙跪倒在地，道：「給娘娘主子請安，奴才知錯，請主子責罰。」

我忙上前將他扶起來，想肯定自己的錯覺。看著這張掛滿淚痕卻熟悉異常的清秀小臉，我既喜又悲，「小楓，你、你怎麼會在這裡？」

「言姐姐。」小楓只叫了聲姐姐，便忍不住失聲痛哭。

小楓本是我家府裡一名下人的孩子，因生得乖巧可愛，頗得我娘喜愛，久而久之我娘和他娘關係亦日漸親密。初時，小楓娘在府裡廚房裡做些雜事，看我和娘清貧度日，逢年過節總悄悄從廚房裡偷些飯菜叫小楓送到我們房裡。在我進宮前，娘搬遷院子，同把小楓和他娘接到了身邊。小楓早已和我形同姐弟，我走時直喚著姐姐，哭了一晚。可這一別尚不到半年光景，這會兒他怎地在宮中做了太監呢？

我扶他同坐湖畔石頭上，只默默聽著他哭，任他發洩心中的悲傷。過了少頃，才取出絲絹替他擦揩眼淚，安慰道：「小楓不怕，有甚事跟姐姐說。」話雖如此說，我心下卻明瞭，在宮裡自己唯一能做的就是安慰上幾句，此外什麼也幫不了他。

不料小楓卻起身直跪在我跟前，「言姐姐，你定要替夫人和我爹報仇啊！」

我見小楓進宮做太監已隱有不妙預感，如今聽得小楓此言，已是心急如焚，再顧不上其他，拉了小楓便問：「我娘？我娘她不是好好的在府裡麼？怎地說起報仇？究竟發生甚事了？」

小楓好不容易止住的眼淚又簌簌直掉，嗚咽著娓娓道出我進宮後發生的事。

原來我初被選中進宮之時，父親欣喜若狂，對我娘噓寒問暖、關懷有加，只盼我能飛上枝頭以光耀門楣，也能助益他仕途亨通。不料我之後在宮中默默無聞，他打聽到我並未得寵，連侍寢後照例的晉封也沒有，便信我定然無寵。父親得知我沒了飛上枝頭的機會，連帶著對我娘的態度也冷了下來。

二娘和幾位姨娘皆是懂得看臉色，極會趨炎附勢的人，對我娘從冷嘲熱諷變成苛刻以對。父親未遵守諾言，對此不聞不問，二娘遂更加肆無忌憚，將娘趕回原先住的小院子，小楓他爹出言阻止卻遭暴打一頓，躺在床上高燒不止，沒幾日便去了。我娘身心俱疲，染病上身，沒熬過一個月也去了。

小楓和他娘及弟弟三人被趕出府，無以爲生。小楓於是賣身進宮做了太監，一來每月俸銀可供家用，二來盼能碰上我，給我帶個信。

我如晴天霹靂，不由顫抖起來，渾身發冷。小楓擔心地看著我，想上前扶我，我卻哈哈大笑……原來一切的一切，不過是我自己給自己畫了個圈，躺在圈裡做上一場美夢而已。

怪自己太天眞，以爲他會遵守諾言，也一直以爲娘無論如何都是他的妻，至少他會念在結縭之情善待她終了此生，原來這一切純是我的一廂情願、自欺欺人罷了。

我若在宮裡蒙得皇寵，平步青雲，娘在府裡自然也會身受尊敬，錦衣玉食；如今我在宮裡卻是受盡娘娘主子們的冷眼猜疑，三兩個月均不見聖顏，毫無皇寵，娘在府裡自然只能過縮衣節食的日子，受盡冷嘲熱諷。

我連「一榮俱榮、一損俱損」這般簡單之道理都不明白，兀自以爲孝心一片，早保得娘可衣食無憂地安度餘生，不想卻生生害了娘的性命。

錯的，終歸還是自己。身爲弱者，怎能要求公平呢？弱者，不過是被權勢者玩弄於掌中的丑兒；生死，皆在別人掌握中。若要掌握自己的命運和他人的生死，唯一之路便是不斷地往上爬，做那個強者。

小安子等了許久不見我回返，焦急萬分，怕我出事便來探看究竟，見我只是跟個小太監說話，就在林中候著，伺機行事。如今見我大笑不止卻淚流滿面，小安子忙上前扶我，焦急地問：「主子，主子，您這是怎麼啦？」

我用盡全身力氣緊抓小安子，似要把他握在手中捏碎，從淒然大笑轉爲撕心裂肺的號啕痛哭。

小楓在旁也急得直掉淚，連聲喚道：「言姐姐，言姐姐。」我放開小安子，將小楓摟在懷裡，兩人哭成一團。

良久，我二人才平靜下來。小安子在旁見我們又笑又哭的，半天摸不著頭腦，偏又不敢多問。

發洩過心中悲憤，我穩持住情緒，抽出絲帕擦了擦眼淚，對小安子說：「小安子，這是我在宮外的故人，也是我的弟弟，往後要靠你多提點他了。」

小安子忙跪了下來，鄭重其事地說：「主子的事便是奴才的事，奴才定當盡心竭力。」

我親把小安子扶起來，用眞誠的目光看著他，「我信你。」

小安子身子一頓，眼底彌漫了霧氣，微顯激動，顫聲問小楓：「你叫甚名？今在哪兒當差？」

「奴才小玄子，今在楊公公跟前當差。」

小安子未接話，我拉了小楓安慰道：「楊公公是內務府總管，亦是皇上跟前的紅人，你在他跟前當差也算是你的福分。」小楓眼裡閃過一絲痛楚，微低下頭，口裡應著好。我忽想起小楓躲在此處偷哭，關切地問道：「小楓，剛才躲在這兒哭泣所爲何事？」

「沒、沒甚事。」小楓欲言又止。

「主子，奴才知道，還是由奴才來說吧。」我正疑惑之際，小安子似下定了決心，搶先開口：「只是此處不是說話的好地方，天色已晚，還是換個地方較妥。櫻雨殿後院的茅竹屋，幽靜淡雅，倒還是個說話的地方，奴才覺得不妨去那裡。」

我點了點頭，讓小安子扶了小楓，一起同往茅竹屋。

茅竹屋本是櫻雨殿角落裡堆雜物的地方，我閒來無事，便帶領小安子他們將那塊地方清理乾淨，擺上幾張竹椅之類物事，又在屋前窗外種些小花，養了一片紫竹，取名「茅竹屋」。屋子樸素整潔，清靜舒適，我時常過來乘涼，此時前來倒也不引人注意。

小安子沏了茶，擺上些平日裡備下的糕點，這才問道：「小玄子，你剛入宮時不在楊公公身邊吧？」

小楓正吃著我遞給他的糕點，只點頭而應。小安子歎了口氣，方對我說道：「今兒午後主子您問過奴才臉上這道疤，現下奴才就跟您講講吧。」

小安子陷入深深的回憶中，將那段過往娓娓道出：「奴才剛進宮那會兒因無錢賄賂掌事公公而被分到雜役房做苦役，日日辛苦勞作猶要受人白眼，奴才便偷偷躲在後花園哭，卻巧遇內務府總管楊公公，楊公公聽了頭尾，把奴才調到他跟前當差。奴才欣喜若狂，以爲苦盡甘來，不想卻是跳入另一個火坑。那楊公公被淨了身，成日裡跟著皇上穿梭在娘娘主子們身邊，雖是皇上跟前紅人，卻到底是個太監，娘娘主子們人前人後總有蔑視，對奴才們的話語多存輕貶之意。楊公公忍氣吞聲，淨把氣撒在身邊小太監身上，且隨著他在宮內權勢坐大，也就越來越肆無忌憚，在宮裡搜羅起長相乖巧的小太監。奴才到了楊公公跟前才曉得這些，他白日裡受了氣，晚上就把氣撒在奴才身上，奴才實在忍無可忍，遂便趁著替他辦事之際自造意外毀去容貌，才有了臉上這道疤。楊公公知曉後大發雷霆，將奴才調派到偏僻的櫻雨殿。如今看來，小玄子八成也被那楊公公收在身邊去了。」

我聽得目瞪口呆，再看向小楓時，他已淚流滿面，食不下嚥。我悲傷無比，輕撫著小楓的頭道：「小楓，咱姐弟的命怎地這麼苦啊？」

「主子，請恕奴才多嘴。這宮裡有些話不可說，只能心裡知道就好。」小安子語罷，小心翼翼觀察我的臉色，見我並無惱怒，一副洗耳恭聽的樣子，他方大膽地接著說：「主子，宮裡沒有您的弟弟，沒有小楓，只有一個小玄子。娘娘不曾見過小玄子，也不認識小玄子這個人。」

我點了點頭，「小玄子，小安子說得對。宮裡不比在外面，每行一步皆如履薄冰，稍有不慎便會粉身碎骨，咱姐弟要在此處平安地過下去，唯有忍。」

「主子，在這宮裡，只求平安自保而不努力往上爬，便只剩孤獨寂寞老死一條路。」

我斜眼瞥了他一眼，小安子便識趣地退了出去，「主子，奴才先去安排一下。時候不早，小玄子該回去了。」

小安子一關上門，我便拉著小楓道：「小楓，從明兒起，這宮裡便沒了小楓和言姐姐，有的只是小玄子和莫主子。你爹和我娘的仇，咱們一定要報；可目前咱們只剩忍辱偷生一條路，你要等著姐姐傳信。咱姐弟從今兒起便要努力往上爬，要做那掌握自己命運和他人生死之人。」

小玄子掛滿淚痕的小臉，霎時充滿了信心和堅毅，「吃得苦中苦，方爲人上人，咱們定會有成功的那天。」

「你扶持我，我扶持你，唯有相互扶持，咱們才能走得更穩，走得更遠。」我在他眼裡瞧見了同類的目光，我們有著同樣的仇恨和經歷，有著共同的目標，我們成了這宮裡最堅固的同盟。

四　禍福難測

我稱病不出的幾日，宮裡早已風雲突變。太子久病不起，皇后憂心忡忡，日夜操勞下竟病倒了，後宮大權遂落在麗貴妃之手。

我本想麗貴妃得權後定然會在宮中呼風喚雨，排除異己，卻不想她得勢之後卻態度謙和且行事低調，與往日飛揚跋扈判若兩人；宮中諸事事必躬親，月俸供給竟並無剋扣半分，誰宮裡少了什麼，稟了上去，必有回應。酷暑天裡，我這小小答應跟前解暑的冰竟也未少半分，每日午時定準時送來，我不由得對麗貴妃刮目相看，暗自佩服起來。

這後宮本就不是皇后一人獨大，照此下去，只怕皇后病好之時已是各占半邊天了，麗貴妃的城府確非尋常女子可比。

用過晚膳，我在屋中坐立難安，好不容易熬到亥正，只留小安子守於門口，叫秋菊、秋霜先行回了房，獨自躺在床上翻來覆去，心裡忐忑不安，就怕出了岔子。

到了子初，我換上素衣，把小安子喚到跟前，低聲吩咐道：「小安子，我獨自出去逛一下，你且守在門口，無論誰來，只說我已睡下。」

「是，主子。」

我匆匆出門，才到院中迴廊拐角處，小安子已拎了個黑布蓋著的籃子跟上來道：「主子，奴才早早便給您備下了。奴才在這兒守著，主子您快去快回，千萬小心。」我心裡一動，沒有出聲，只默默接過籃子，從小門疾步出了殿。

拿出小安子替我備下的香燭冥錢，點燃香燭，燒了冥錢後，我跪下輕喃道：「今兒是姐姐的頭七，妹妹來給姐姐送行了。」

孟宛如當日見我明瞭她的意思，面露欣慰，撒手而去。想來她定是撐著最後一口氣，苦等到我，方才放心地去了。平日裡全靠孟宛如時常走動說話聊以解悶，她對我更是挖心掏肺地真誠相待，在這爾詐我虞的深宮中，能得一人如此信任，何其幸運。

我想到此不由心痛如絞，悲從中來，淚水止不住湧出眼眶，哽咽著道：「妹妹的心情，相信不說姐姐也能明白的。妹妹以前糊塗，對不住姐姐，如今妹妹已清楚知道該怎麼做，請姐姐放心，也請姐姐保佑妹妹馬到成功。」

「想姐姐在時，不嫌棄妹妹，還時常到妹妹殿裡陪妹妹說話解悶，如今姐姐片語未留便這麼去了，妹妹……」說到痛處，又號啕痛哭起來。

「什麼人？敢在這宮中私祭。」

我渾身一顫，心裡咯噔一聲，背後何時多了個人我竟不知。宮中私祭乃是大罪，我心中慌作一團，想著趕快逃跑，只盼著夜幕掩護讓來人未能看清。

我爬起來轉身逃跑時，他卻已近身上來，黑暗中我想推開他往回跑，不想他力氣比我大了許多，三兩下已抓住我的手，將我緊緊抵靠在背後的假山。眼看已被逮個正著，即刻將要被看清面容，情急之下我將頭湊將過去，對著那人手腕狠狠咬下。

他始料不及，輕聲呼痛，手上力道一鬆，我抓住機會使勁一推，他竟然連退數步，直直落入旁邊的魚池。

「你，該死的，你居然……」

耳邊傳來的聲音和腳步聲嚇得我不及細想，拔腿就跑，一路躲躲掩掩奔回櫻雨殿。

還未到門口，小安子便迎上來，我一言不發，逕自掀簾進了屋。

我神色慌張，衣衫凌亂，髮絲散落，斜坐在睡椅上大口喘著氣。見此情形，小安子心知必然出事，也不敢多言，只默默奉上茶，靜立於一旁伺候著。

我喝完茶，微喘了口氣，才娓娓跟小安子吐說個梗概。他聽到我將那人狠咬一口推下魚池時，已是腿腳無力跪倒在地，顫聲道：「主子，您闖下大禍了，那人只怕是……」

見小安子話說一半即已驚恐萬分的模樣，我倒疑惑起來，追問道：「是誰？」

「主子，您怎地這麼糊塗，大半夜裡能待在宮內的男人有幾個呀？」

「啊！」小安子的話讓我醐醍灌頂，頓時害怕起來，身子一軟便要從睡椅上滾落。小安子忙上前扶住我，扶我躺回睡椅。

是啊，我眞眞是慌糊塗了，這半夜三更在宮裡走動的男人除了他又有誰呢？私祭、傷了龍體，還將他推落魚池，樁樁件件都是死罪，我就是有幾個腦袋也不夠砍。

平素自恃冷靜穩重，不想卻毛毛躁躁闖下這等彌天大禍。我死不足惜，唯憾大仇未報，可憐了跟在我身邊的小安子他們。我惹此大禍，只怕他也不免受到牽連吧？我只盼自己能判個滅族，那才叫解氣。

可小安子他們，平日裡跟著我沒少受氣，如今又要被我連累，無辜陪葬。不行，我得爲他們做點什麼才成。

想到此，我霍地爬將起來，「小安子，整理一下，我要去煙霞殿。」

「主子，這三更半夜的。」

「不行，非去不可，我只怕去晚了就來不及了。」

「主子！」小安子微微加重了語氣，「您暫沉住氣，咱們別先亂了陣腳。這夜裡黑燈瞎火的，萬歲爺身邊又沒跟著人，未必就瞧清是主子。主子平素鮮少於宮內活動，今夜外出又穿了丫鬟衣服，不招人注意。就算眞查起來，到時奴才只一口咬定主子早便歇下了，並未出殿。」

「可萬一……」

「沒有個萬一，主子。奴才們跟著您乃奴才們的福氣，眞要有個萬一也是奴才們的命，唯一能做的就是認命。主子您也是，闖過了這關，就去做該做之事，闖不過去也是您的命，只能認命。」

「小安子……」

「主子的心事，奴才都是清楚的。主子不說奴才便不問，但奴才能爲主子做的，定當盡心竭力，萬死不辭。」

「可這條路曲折漫長，一路行去如履薄冰，指不定哪天便冰破落水，死無葬身之地哪。」

「奴才說了，這就是命，贏了是命好，輸了就認命。」

「你爲何願意捨身幫我？」

「……只有在主子眼裡，小安子才是個人！」

翌晨我早早便起身，用過早膳後吩咐秋菊、秋霜翻箱倒櫃，將所有衣衫拿出來給我試穿。兩個小丫頭不明所以，只快活地在旁邊嘰喳評論著，一件件拾到我面前。左右選了好一會都不甚中意，我擺手示意，起身將我親自壓在箱底的那套白紗裙取了出來，讓兩個小丫頭伺候我梳洗更衣。

這白紗裙是娘受寵時留下的，娘一直沒捨得穿，到我快進宮時她親手修改縫製給我，只說是一點留戀，每日裡穿了午憩，權充是娘陪伴在側。因怕損壞我也老沒捨得穿，得知娘離世後我尤愛之如寶，如今穿了去見娘，她定當歡喜。

坐在梳妝鏡前給我梳頭時，兩個小丫頭還爲梳哪樣髮式爭吵，我不禁羨慕起她們來，簡單而快樂的生活向爲我夢寐以求，但上天是如此不公，竟連這點小小的奢望也不肯施捨予我。

小安子見丫頭們吵得不成樣子，上前瞪了她們把人趕出，自己拿了梳子替我梳頭。連梳了幾樣髮式我都不甚滿意，最後乾脆自己動手，梳了個在家時娘常給我梳的髮式，只綁了幾條絲帶飄在髮間。

終於滿意地起身，我朝小安子微微一笑，他愣了一下，兩眼發直看著我。直到我輕咳一聲，小安子方回神，急忙跪下道：「小安子知錯，請主子責罰。」

我笑吟吟地扶起他，「別張口閉口就是責罰，我本想你誇我幾句呢。」

他見我語氣如常，才道：「主子平日倘也這般重打扮，只怕如今寵冠六宮之人就非晴貴嬪，而是主子您啊。」

「早知今日，何必當初？如今已是這樣，不提也罷。小安子，去茅竹屋坐會兒，只怕今後沒機會去了。」

太陽西落，紅霞漫天，給整個院子披上一層淡淡緋紅。輕風撫過，羅紗雪裙、秀髮紗帶在風中飛舞飄蕩，眼望著院裡開得嬌豔的鮮麗花朵，蝴蝶在花叢中自在飛舞，我的一顆心沒來由地一軟，驀然回眸淺笑道：「小安子……」

笑容生生僵在臉上，話說到一半，我就直直地跪落下去，低著頭道：「叩見皇上！臣妾不知皇上駕到，有失遠迎，請皇上恕罪。」

「當日你在梅雨殿中，可不是這般知書達禮啊。」雖說是責怪的話語，卻聲音平和，全無半點責罰之意。

聖意難測，我只得再次低頭，「臣妾不敢。」

「還有你不敢的事？」皇上聲音裡透著濃濃笑意，他親自上前將我扶了起來，「想不到愛姬此處竟別有洞天，難怪平日難得在宮裡看到愛姬身影。」

「皇上過獎。」我心裡略感慌亂，也有些矛盾。

小安子在旁微微著急，我知他想示意我抓住這個千金難得的機會，我卻猶有些許猶豫。目光不經意地瞟了過去，瞧見站在楊公公背後的小玄子，不由心上一緊，我接收到他鼓勵的目光，感受到他的殷殷期盼，猛然明白身上所負的重擔不允許自己再生退卻。我這才下定決心，疾步跟在皇上身邊。

皇上轉身對著我，細細看著我，我緊張得有些打顫，朝他微微一笑，面媚如花，唇絳如櫻。他和藹溫柔地看著我，卻在和我目光相對時臉上一僵，轉開身去。

「楊德槐。」

楊公公大步上前，高聲道：「櫻雨殿莫答應接旨！」

我忙帶了小安子，和早已得令趕來的秋菊、秋霜同跪叩接旨。

「皇上有旨，櫻雨殿莫答應品行端正、賢良淑德，甚合聖意，特晉爲正五品貴人。欽此！」

我微微有些發愣，竟忘了要謝恩，楊公公見我久不回應，偷探了一眼坐在旁邊竹椅上的皇上，尷尬不已。小安子急得不顧禮儀，將身子微傾偷偷伸手示意，我方回過神來，叩首道：「皇上萬歲萬歲萬萬歲！」

楊公公這才喜笑顏開，虛扶了我一把，「恭喜貴人主子！」

我忙還了禮，走到皇上跟前跪下，「臣妾謝皇上聖恩，也請皇上收回成命。」

此言一出，眾人皆抽了口冷氣，皇上臉色微變，冷看著我不說話。楊公公見皇上臉色不豫，忙上前打圓場：「貴人主子，歷來後宮晉封乃皇上天大的恩賜，主子如今這般卻是為何？」

「楊公公在宮中多年，亦知曉宮中禮制。我一個從六品答應越級為正五品貴人，連升三級，這宮中哪有這樣的規矩？」我說著又轉向皇上，「能在皇上身邊伺候已是臣妾的福氣，臣妾不敢恃寵而驕。皇上垂青臣妾乃臣妾之福氣，晉封臣妾更是對臣妾莫大的恩典，只是這連跳三級的晉封臣妾萬萬不敢受，懇請皇上收回聖命。」

聽我如此一說，皇上臉色才緩和下來，俯身將我扶起，一起坐到竹桌旁，「難得愛姬如此明理。然聖旨已下，不能更改，此事不必再議。」

小安子早已命秋菊、秋霜她們擺上茶具，沏好茶。我起身為皇上斟了盞茶送到跟前，他卻拉著我的手輕語：「愛姬，前幾日我在晴貴嬪屋裡喝了幾杯花釀酒，醇香味甘，沁人心脾。追問之下，方知是出自愛姬之手。」

「雕蟲小技耳，難登大雅之堂。皇上既然喜歡，臣妾便伺候皇上小酌幾杯。」我邊說邊示意小安子前去安排。

不一會，小安子已領秋霜她們撤了茶具，擺上一小罈剛從地窖取出的櫻花釀，配上幾碟我用殿裡所採摘玫瑰花瓣自製的玫瑰糕。我親自為皇上倒酒，在楊公公安排小玄子試毒時按規矩先行喝下一杯，切了幾小塊玫瑰糕小口嚼著。玫瑰糕精緻絲滑，入口即化，櫻花釀味美甘醇，淡香撲鼻，堪稱人間絕品。

皇上聞香而動，示意太監們退下，用銀筷夾起一塊，仔細瞧看又聞了聞，讚道：「做工如此精巧，讓人不忍咬下，偏香味誘人，又忍不住食欲大開。愛姬真是心靈手巧。」將玫瑰糕放入嘴裡細嚼了幾下，又端起杯將佳釀一飲而盡。皇上連連稱絕，又連飲數杯，才道：「朕從來不知進食原是種享受。

哈哈，楊德槐，今兒朕便與愛姬在此暢飲，傳膳。」

用過晚膳，皇上在我再三催促下方去了光明殿批摺子。皇上剛走不久，楊公公便親自帶著小玄子前來宣皇上口諭，傳我準備侍寢。

半夜裡，按宮規我被太監們送回了櫻雨殿，小安子早已命秋霜二人替我備下熱水浸浴。歇息時，我囑咐秋霜喚我起身。

按例晉封的嬪妾第二日一早要赴皇后所在的儲秀宮接受宮訓，如今皇后病重，中宮令掌握在麗貴妃手中，我便要到長春宮接受宮訓。

我早早起身梳洗，揀素淨衣衫穿上，梳簡單髮式，帶秋霜往長春宮而去。

在門口等了一陣，其他妃嬪才陸續到來，我一一上前見禮。

淑妃遠遠看見我便迎上來，喜笑顏開地道：「恭喜妹妹了。妹妹怎起得這麼早，也不多歇會兒？」

我忙謝禮，「謝娘娘關心，婢妾愧不敢當。」

中間插進來一句冷冷的刺耳聲音：「來得早？怕是昨晚一夜沒睡吧？」

寧雨瑤於眾姐妹簇擁下姍然而至，她此話一出，我耳畔旋傳來陣陣嗤笑聲。眾妃嬪表情各異，有妒忌的，有同情的，更有看戲的。

我忙上前笑著見禮道：「見過瑤嬪姐姐。」

她也不跟我答話，只冷哼一聲便即走開去，留下我一人尷尬地站在原地。淑妃上前溫切地拉了我的手，撫慰似的輕拍幾下正要說什麼時，展翠姑姑出來傳話，麗貴妃讓眾妃嬪見禮。

麗貴妃身著宮裝，坐於長春宮正堂正位上，準備以皇后禮節接受我的覲見，她此刻心情定然是異常複雜的吧。激動，畢竟這是她頭一次以皇后禮節接受宮裡妃嬪的覲見，對新晉位的妃嬪進行宮訓。這是她多年的願望，離皇后之位尚有一步之遙，卻也是實實在在擁有了皇后的權限。妒忌，應該也是有的吧，畢竟一個名不見經傳的答應來了個鯉魚翻身，一夜之間晉爲貴人，雖不至影響她的地位，但連晉三級乃是寵冠六宮多年的她也未曾有過的恩寵，教她如何能欣然接受。更多的還是不甘心吧，畢竟君恩淺薄，說變就變。

我想麗貴妃心裡定如打翻了五味瓶，箇中滋味只她自己才知曉，但如今卻不得不面帶笑容，雍容華貴地接受我的覲見。

我們依例拜完，剛一落坐，我忙起身走到中間，趨前幾步，跪下對麗貴妃行三拜九叩的國禮。剛拜下去，麗貴妃已從座椅上起身，疾步上前將我扶了起來，「妹妹無須行此大禮，我如今不過代皇后姐姐管理後宮，這般宮訓之禮，還是待皇后姐姐病癒方行。」

我掙脫她的手，「咚」的跪了下去，「祖宗宮規，掌中宮令者履皇后之責，行皇后之權，享皇后之禮。如今娘娘既掌著中宮令，卻不受婢妾這宮訓之禮，定是婢妾有違宮規之處，請娘娘責罰。」

麗貴妃正要推託，淑妃亦已起身拜下，「請貴妃娘娘上座，受宮訓之禮。」眾妃嬪同起身齊拜道：「請貴妃娘娘上坐，受宮訓之禮。」

麗貴妃只得坐了回去，神情端莊地接受宮訓之禮。

待眾妃嬪起身坐定，我才端正地拜了下去，「婢妾拜見娘娘千歲千歲千千歲！」

待我拜完，麗貴妃方喜笑顏開，眨眼處餘光掃過淑妃，眼裡閃過一絲勝利的精光。她極客氣地說道：「妹妹快請起，都是自家姐妹，本不該如此生分，可祖宗規矩不能壞，姐姐話裡若有不中聽的地方，妹妹也別往心裡去。」

我忙連聲稱是，恭敬地低頭聽訓，眾妃嬪也跟著起身聽訓。

「今貴人妹妹晉封乃皇上恩賜，眾姐妹應歡喜接受，切不可心生嫉妒。妹妹如今得寵，應盡力爲皇家開枝散葉，亦應明白後宮應雨露均霑，切不可獨斷專寵。」

眾妃嬪又齊齊拜下道：「謹尊貴妃娘娘令，娘娘千歲千歲千千歲！」

「眾位妹妹快快起來。」此時的麗貴妃和善賢淑，面若桃花，容光煥發。

大夥兒閒說了幾句，麗貴妃關切地對我說：「妹妹辛苦了，早些回去歇息。待會我叫御膳房煲些上好的參湯送過去，好好給妹妹補補身子。」

我忙謝禮道：「娘娘仁慈，婢妾感激不盡，娘娘恩典婢妾銘記在心，這參湯卻是萬萬受不得。」

麗貴妃笑容一隱，語調未變，「妹妹連晉三級，這是宮裡其他妃嬪未有過的榮耀，如今妹妹乃皇上心尖上的人，本宮豈敢怠慢，若皇上責怪下來，本宮可擔待不起。」

我大驚，麗貴妃三言兩語便把我推到那浪尖上。在場妃嬪心裡哪個不嫉、哪個不恨，她這般突然翻臉發難，不過是想給我個下馬威，在眾妃嬪面前爭面子，好出了心裡那股鬱氣。

我忙上前跪落，高聲回道：「婢妾晉封，乃皇上和娘娘的恩典。能在身邊伺候已是皇上和娘娘的恩賜，婢妾萬不敢恃寵而驕，請娘娘明鑒。」

麗貴妃臉色這時才稍稍趨緩，「有妹妹如此賢良淑德的人兒是我大順皇朝的福氣，後宮諸妃切要以莫貴人爲榜樣，同心協力侍奉皇上。」

「謹尊貴妃娘娘令。」

又說了一會兒話，麗貴妃也乏了，遂令我們散去。

眾姐妹在長春宮們外話別，端木晴走上前道：「恭喜妹妹了。我今兒個身子不爽，來得略晚，方才沒趕得上給妹妹道喜，這會兒才來，妹妹可別怪罪。」

「姐姐客氣了。姐姐身子不爽，可有請太醫診脈？姐姐還是早點回去歇著，妹妹晚些時候過去探望姐姐。」

「只怕需要歇著的是你自個兒吧？」中間又插進來寧雨瑤的嗤笑聲和眾妃嬪的低笑聲。

端木晴素來最看不慣寧雨瑤仗著有麗貴妃撐腰而在宮裡橫行無忌，只是生性冷淡不與之計較。如今見寧雨瑤當眾給我難堪，她自是不忍，便要上前替我出頭，我忙拉了她，示意不可。

對著這個害死孟宛如的幫凶，我面帶笑容，語氣輕和地道：「貴妃娘娘和瑤嬪姐姐的關懷，婢妾牢記在心。」

「這話姐姐本不該說，不過念在妹妹態度謙和，我不妨實話對你講了。你連晉三級不過是皇上念在你初次侍寢後並未按例晉位，心生憐惜。你須有自知之明，別以爲從此便能飛上枝頭做鳳凰了。」

我臉上依舊笑意盈盈，「姐姐好言，妹妹銘記在心，多謝姐姐提點。」

寧雨瑤朝我發難，不過是想惹我沉不住氣發起火，她好到麗貴妃跟前挑撥是非。如今我謙和有禮，處事倒比晉封前更爲低調，她一時倒也拿我沒法子。

眾人見沒戲看，微微帶些失望，各自散了。我平安度過宮訓，回轉殿裡歇至傍晚，又往煙霞殿坐到夜裡才回了櫻雨殿。

還未到殿門口，便見小安子等在那兒著急地四下張望，我忙進了殿，示意秋霜領著我晉位後內務府新送來的丫鬟們退出去。小安子這才上前告訴我，小玄子稍早傳過話來，說這會兒皇上只帶了楊公公在逛御花園。我忙打扮妥當，帶上小安子從小門出了櫻雨殿。

甫近萬綠湖，即瞧見楊公公親提宮燈，領前照路沿著湖堤朝我倆方向而來。小安子正要抬手示意，我卻拉著小安子躲進了白玉亭旁的假山中。

皇上沿著白玉欄直進了白玉亭，在妃竹墩上落坐，楊公公恭敬地伺候在側。我和小安子躲在假山中，一動也不敢動，連呼吸都要小心控制，生怕被發現。

我偷偷向外望了一眼，只見天上一輪皓月，湖中一輪水月，兩相輝映。微風一過，湖面波光粼粼，皺碧鋪紋，真真令人神清氣爽。我正不由地心道：「銀蟾氣吐吞，藥經靈兔搗」，耳邊竟同時傳來皇上吟詠之聲：「銀蟾氣吐吞，藥經靈兔搗。」我微湧吃驚，倏又覺尋常得緊，我才疏學淺都能想到這句，更何況飽讀詩書的萬歲爺了。

「人向廣寒奔，犯斗邀牛女。」

「對得好！德槐，你的才學又長進了。」皇上歡躍地說。

楊公公卻已跪在地上，「奴才斗膽賣弄，請皇上恕罪。」

「此處只有你與朕，大可不必拘泥於君臣之禮。」

「奴才遵旨！」楊公公這才站起身來，仍然伺候在旁。

「銀漢迢迢夜未央，牛郎織女鵲橋傷。金蟾有意花含露，玉宇無塵桂散香。空暗許，枉柔腸，情天碧海恨茫茫。寒宮獨舞春心苦，徒羨人間對對雙。」皇上若有所思地望著天上那一輪明月，不禁黯然傷懷起來。

楊公公婉言相勸道：「普天之下，莫非王土。皇上坐擁天下，何必吐出此哀怨歎息呢？」

「朕雖坐擁天下，卻是知己難求啊。」

楊公公大是疑惑，「皇上不是一向甚寵貴妃娘娘麼？怎麼……」

「貴妃麼？」皇上不由陷入沉思，輕歎道：「想她初進宮時是那般天眞可愛又單純善良，可是幾年過去，她變了，變得熱中權力，變得心狠手辣，連侍奉朕之時一言一行皆充滿心計。她不累，朕看著都替她累，朕只企盼有個一心一意待朕的女子，不把朕當作皇帝，而當朕是她的丈夫。」

「新進妃嬪之中，皇上可不甚寵晴貴嬪麼？」

「晴貴嬪？」皇上搖了搖頭，「她是奉命進宮，亦只把朕當作皇上，不會把朕視作丈夫，即便她並不熱中權力。倒是那個莫貴人……」

「皇上怎地會注意到莫貴人？」楊公公笑道：「莫貴人生得個清靜性子，與晴貴嬪一同進宮，自己請旨住了最偏僻的櫻雨殿，平素深居簡出，就連初次侍寢後按例的晉位皇上因著太子殿下害病忙忘了，她也沒半句怨言。那日裡，皇上突然帶著奴才到櫻雨殿宣旨，奴才這才知皇上一直掛記著她呢。」

「朕還記得那日去櫻雨殿，漫天紅霞柔映在那樣個絕色女子身上，無端地感受到一股莫名的孤獨與清寒，讓人忍不住想納她入懷，好生保護。驀然回眸，靨媚如春桃、唇絳似櫻顆，冰清玉潤堪比絕代風華，微風撫過，羅紗雪衣在眼前飛舞飄蕩，淺笑顧盼百媚生。」皇上陷入深深的回憶中，「『回眸一笑百媚生，六宮粉黛無顏色』，朕活了大半輩子，這句詩的意境才算眞正領會了。」

楊公公服侍皇上多年，甚是聰明伶俐，皇上的心思向能猜到幾分，如今聽皇上這樣說，便接了下去，「皇上出來多時，夜深露寒。此處離永和宮不遠，不如奴才陪皇上去那兒吧。」

我和小安子一聽，心下著急萬分卻無計可施，正心急如焚之時，聽得皇上說：「今兒個是十五，按例應宿在皇后宮中，如今皇后病中，朕去探探皇后便回光明殿吧。」

「奴才遵旨！」楊公公打起燈籠，扶了皇上往儲秀宮而去。

直到二人走遠，我和小安子才重重地鬆了口氣。我一摸，手心一片汗濕。

五　富貴險中求

剛用過午膳，便聽得小太監在門口高聲通傳著：「楊公公到！」

我忙整好衣冠入得正堂，楊公公已帶了小玄子領著幾個捧著錦盒的小太監進來。他笑著對我說道：「莫貴人領賞！」

我和小安子等人忙跪了下來。

「皇上有旨，賞莫貴人枷金珊瑚項鍊一條！」

「皇上有旨，賞莫貴人鑲貓眼石玉如意兩對！」

「皇上有旨，賞莫貴人翡翠鑲金琅環步搖一對！」

「皇上有旨，賞莫貴人伽南香念珠一盤！」

……不一會，琳琅滿目的各式錦盒已擺滿正堂的楠木桌。

「臣妾叩謝皇上賞賜，皇上萬歲萬歲萬萬歲！」

秋霜奉上的茶，我示意小安子端給小玄子，自己則親自端到楊公公跟前道：「有勞楊公公了！」

楊公公客氣幾句方才接過茶，略略喝了幾口，閒話幾句就匆匆告辭，我讓秋霜送他出去。

「主子，這楊公公是皇上身邊第一紅人，宮中好多妃嬪都爭相巴結他，希望他能在皇上身邊美言幾句，您剛才怎麼不表示一下呢？」秋菊急急說道。

我微笑著等她說完，並不多言，只吩咐她領其他丫鬟把賞賜之物收妥，單把伽南佛珠送進暖閣。又讓她們取了線，才屏退了眾人獨留小安子在身邊。

「主子，依奴才看，秋菊說得對，雖說現下皇上對您寵愛有加，可楊公公咱們畢竟開罪不起的。」

小安子邊說邊將奉茶時小玄子偷塞的紙條給我看，自己則往薰香鼎中加櫻花香餅。

我坐在暖閣炕上，瞄完小玄子約了子正於凌波湖畔相見的紙條，示意小安子燒毀，自己則邊串佛珠邊說：「可楊公公畢竟不同於常人，一般之禮恐怕入不了他的眼。」

「楊公公入宮多年，從皇上尚是太子時伺候至今屆三十餘載，金銀珠寶已是不缺，如今又身兼內務府總管。主子要拉攏他，依奴才看，只能動之以情。」

我心下一動，「小安子，你說暗花的汗巾子配甚顏色的絡子好看？」

小安子想了一下，答道：「依奴才說，還是配湘紅的好。」

「嗯，淡雅之中帶些嬌豔，不錯！」我點了點頭，吩咐小安子：「你叫人去給我拿些湘紅的線來。」

我拿過線，打了個攢心櫻花的絡子，裝入一只小錦盒，拿在手裡又犯了愁，「這禮是有了，偏我這殿裡連個送去的人都找不到。」

「依奴才看，如今的小玄子合適。」

我頷首而應，褪下手腕上剛串好的伽南香念佛珠塞給他，笑道：「小玄子如今日夜在楊公公跟前當差，定是你拿的主意吧？」

小安子立時便跪了下去，「奴才替主子辦事是奴才分內之事，奴才並不奢求賞賜。」

我和顏悅色地將他扶起道：「小安子，如今你我皆是舉目無親，拿這些身外之物亦無用。小玄子和我相依為命，卻是咫尺天涯，如今只有你在身邊，我便是你的親人。這佛珠我甚是喜歡，剛親手串製的，我一串、你一串、小玄子一串，以後就是一家人了，你可不許生分。」說著又拿起早擺在桌上的庫房鑰匙，續言：「這宮裡向是『有錢能使鬼推磨』之地，庫房的鑰匙你留在身邊，裡頭之物倘有使得上的用處你儘管使。」

小安子見我態度誠懇，才鄭重其事地跪接了鑰匙，「主子既如此說，奴才便恭敬不如從命了。」

派出去的小太監回稟道，皇上和太病初癒的太子在太和殿聊至亥時方散，甫於光明殿獨自歇下。我這才命各自散了，入宮來都不慣歇息時有人於旁候著，我只留了秋霜和小安子守門。

我睜眼躺在紗帳裡輾轉難眠，許久不見小玄子的心情微湧激動，也微生惆悵。身在一處而如咫尺天涯，不能每日相見倒也罷了，明知他受苦自己卻使不上半點力幫襯。想想自己真是無用，娘親在外面保護不了尚可尋個藉口，小玄子明明就在眼前，我仍只能眼睜睜看著他受辱。

我天天鞭策自己要努力往上爬，卻常覺力不從心，無從著手；如今這突來的聖寵猶如救命稻草，我須得想盡辦法抓住了往上爬，到底這後宮三千佳麗的榮辱全繫於他一人之身！

熬到子正，小安子藉口把秋霜支開。待我出門他才吩咐秋霜，只說我已睡下不讓人打擾，讓她在門口守上半夜，自己換班守下半夜。

我在茅竹屋等到小安子，一起去往凌波湖畔，找了個清靜的地方坐下。

多日不見，甚是掛念。我直拉著小玄子細瞧，話未成句已是眼淚婆娑，「小玄子，讓我好好看看，幾次在楊公公跟前見到你都沒有機會說話，眞眞苦了你。」

小玄子安撫似的輕拍我的手，「主子，奴才一點都不苦。這段時日小安子教了奴才許多，今時楊公公已很少打罵奴才，只讓奴才跟在身邊辦事，他還時常誇奴才辦事得力，讓奴才好好幹呢。」

「是麼，那就好。你是怎麼讓楊公公願意帶你在側的呢？」

他二人尷尬地對望一眼，小安子跪了下來，「是奴才教小玄子到宮中雜役房之類處所，物色人選獻給楊公公，討他歡心。」

「這……」我一時有些疙瘩。

「主子，宮裡本是人吃人的地方，不找人替上，自己就是被欺負的那個，奴才也不想這樣。」

我點點頭，「你做得對，以後有甚事也不用瞞我，儘管去做便是。」然後拉了小安子坐在我身側，將一串伽南佛珠套在小玄子手上，將他的手放到小安子手裡，道：「小玄子，以後小安子就是我們的親人了，你倆可要相互扶持。」

「小玄子……」

「小安子……」

兩人目光炯炯，雙手緊握，一切盡在不言中！

我心裡突然一軟，伸出雙手將兩人的手捂在中間，溫暖無比。我不由在心底低道：「有親人真好。」

又閒聊了一陣，我才命小安子拿出錦盒遞於小玄子手上，吩咐道：「小玄子，你把這盒子拿去，明日裡瞅個沒人的機會交給楊公公，就說是妹子言言送他的，記住可別出了差錯。」

小玄子略顯驚詫看了我一眼，我朝他鄭重地點頭，他忙答應一聲，小心翼翼將盒子收進懷裡。

三人直聊到下半夜小玄子要值班時，方分頭散去。偷偷回到櫻雨殿，小安子上前與秋霜換了班，確定無人瞅見，我才悄悄進屋。

初秋的傍晚已浮現微微涼意，我用過晚膳後喚人掌燈在屋裡作畫，卻越畫越不滿意，索性擱筆，拾書來讀。看書看了少頃，覺腹中饑餓，我吃了幾塊玫瑰糕之後就躺在榻上，不一會便昏昏欲睡。秋霜拿來一床繡花錦被替我蓋上，揮揮手，帶著丫鬟們退出房，按例留了小安子一人守門。

「東風嫋嫋泛崇光，香霧空濛月轉廊。只恐夜深花睡去，故燒高燭照紅妝。」

半夢半醒間忽聽得男子吟詩聲，我一下驚醒過來，睜開眼卻見到皇上側坐在榻前，輕握著我的手，目光灼灼地看著我。

我不禁局促起來，臉蛋浮上一抹緋紅，拿住袖子將臉蓋住，待要起身卻被按住。他拉開我的衣袖，笑著說：「朕都看見了。」

我翻身坐起，微一偏頭，滿頭秀髮飄蕩到身側，頓顯風情萬種。我嗔怪道：「皇上幾時來的，怎不喚人通傳呢？害得臣妾駕前失禮。」

他一把將我摟進懷裡，喃喃地說道：「是朕不許他們通傳的，朕就喜看愛姬自然天成的模樣！」我雙頰浮上緋紅，用對著銅鏡演練過無數遍的含情羞怯眼神望著他，從他瞳裡瞧見了他心裡某根弦被撥動了一下，冰冷而麻木的心中湧出汩汩柔情。

他用手輕輕攬開我的長髮，溫柔至極地摟抱住我。我欲迎還拒似的掙扎了一下，他添上幾分力道，我便像隻溫順小貓般窩進他懷中，任他抱起，一步步移近床榻。

窗外幾縷陽光透過紗窗淺淺照射進來，初秋的晨風吹在臉上微微顯涼，我卻喜極這種冰涼。欲起身到窗邊，卻覺渾身痠痛，我忍不住低低呻吟一聲。

「主子，您醒了？」秋霜的臉出現在床邊，「奴婢已命人備好了熱水，主子先沐浴，安公公叫奴婢加了薰衣草，能緩解痠疼。」

洗浴後，身著繡房按我之喜好新製的月白繡櫻花衫裙，靜靜坐在妝臺前。我吩咐小安子梳了個簡單的參雲髻，除了幾顆與衣裙同色的晶瑩圓潤珍珠外再無多餘妝飾，接著拿起玉梳攏了攏鬢邊的淺髮，在鏡中左右顧盼，彷若芙蓉出水一般清新淡雅。

「主子，小玄子傳過話來，事兒辦妥啦。楊公公請他帶話給主子，說妹子的事就是哥哥的事。」

「嗯。」我點了點頭，「你覺得可靠麼？」

「可不可靠這不好說。主子，薑是老的辣，楊公公在宮中當差多年，最懂趨炎附勢，如今皇上惦著主子，他自然在主子面前討好賣乖了，主子想聖寵不衰，還得要打其他主意才行。」

「嗯，其實我也沒指望著他能幫什麼忙，只望這樣做了他日裡我落難時，他不落井下石。那小安子，你說我接下來該怎麼做？」

「主子如今甚得聖心，只要主子用心投皇上所好，寵冠六宮乃指日可待。」

「話雖如此說，可花無百日紅，後宮妃嬪眾多，哪個不是如花似玉、風情萬種，偏皇上只那麼一個，君恩淺薄，指不定哪天這寵冠六宮之人便易主了。」

「倒是，貴妃娘娘受寵多年，這聖恩說淡也就淡了，皇上既不喜好權勢之人，主子您在皇上面前可得淡薄些才好。」

「這個自然。可我在這後宮無權無勢、無依無靠，哪天不是如履薄冰呢？若真真冰破落水，又有誰會出手相救？」

「主子啊，這後宮娘娘主子雖多，可皇子除了太子外也就那兩三位。再又說了，主子跟晴主子不是走得挺近的麼？」

我若有所思地點了點頭，婀娜移步到紅木桌旁，喃喃道：「嗯，小安子，我進宮有半年了，與家中素無聯繫，也不知我爹娘現今可安好。」

小安子愣了一下，隨即笑了答道：「奴才記下了。」

門口有小丫鬟端了盅子進來，小安子接過盛入碗裡，用銀針試過，才捧到我跟前，笑吟吟地說：「主子，這是桂圓蓮子湯，祝願主子早生貴子！」

我看著陽光下泛著如玉光澤的精緻青花瓷碗，宛然一笑，「那就借你吉言了。」說著便將碗接過來，持勺一口一口送進嘴裡，喝得半滴不剩，心裡有道聲音不停默念：「龍子！龍子！」

一連三天，皇上早朝結束便來至櫻雨殿，只在我求他時才到光明殿批閱奏章。第四日一早我醒來，見皇上還在睡夢中便輕輕下了榻，坐在窗前對著銅鏡細細梳妝，鏡中之人膚白勝雪，雙瞳如墨玉般瑩黑透亮，直挺鼻梁配上櫻桃小嘴，活生生的絕代佳人，連我都不知道自己原來可以這麼美。

目光正流連間，突見頭上多了枝新開的秋海棠，我轉頭嫣然一笑，作勢要起身參拜。他按住我肩頭讓我坐了回去，從背後抱住我，把下頷抵於我的肩膀上，面頰在我髮間磨蹭，聞著絲絲髮香。

此時無聲勝有聲，我們恣意享受著這般靜怡，忽聽得窗外有人拖長音調嚷道：「皇上，該上朝了！」是楊德槐的聲音。

皇上微微鬆開了我，卻沒有放手的打算，只不耐煩地揮了揮手，「別來煩朕！今日不早朝！」

「遵旨！」楊德槐拖長了聲音答道。

我驚訝地回望皇上，他卻笑著點一下我的鼻子，隨手拿起桌上的玉梳，「朕把你頭髮弄亂了，來，朕好好給你梳梳。」

玉梳過處青絲齊落，飛舞在空中。我看著他認眞的表情，忍不住輕撫他臉頰，柔柔地叫喚：「肅郎！」

「哐啷」一聲，梳落髮停，他輕握我柔荑小手，放在唇邊細聞，低喃：「言言。」

美好時光，停在了這一刻！

春宵苦短日高起，從此君王不早朝！皇上一整天與我寸步不離的待在櫻雨殿裡，認眞爲我梳頭，細心爲我畫眉，與我閒聊往事。

我這才知道原來我第一次入得他的眼是在梅雨殿如貴嬪走的那天，那樣執著而純正的凝視直看進他心裡，讓他覺得愧對如貴嬪。遂在如貴嬪頭七時帶了楊德槐和西寧楨宇前去緬懷，不料卻被人咬了一口復推落魚池，當時他又急又氣，命了西寧楨宇悄悄跟蹤查訪。

待到西寧楨宇回稟推他落水之人是誰，他心中怒氣全無，只覺啼笑皆非，又在楊公公那裡問到我初次侍寢後連按例之晉位都因太子病情延誤，才親自帶了楊公公到櫻雨殿。

我憶起當天皇上見我時的情景，想起那日在白玉亭所聞，微微明瞭了皇上的喜好，只是後宮佳麗三千，氣質柔情在我之上者比比皆是，如何偏偏讓我入了他的眼呢？時也，命也！

茅竹屋裡，他只靜坐在旁，愣看著我澆花弄草，眼裡有令人窒息的寵溺。我不曉這般盛寵對一個宮妃來說是好是壞，心裡始終忐忑不安，隱湧起一股山雨欲來風滿樓的預感。

翌日清晨我早早便起身，思量許久又權衡利弊，終於開了口：「皇上，臣妾有一事相求。」

「愛姬有事儘管直言。」他笑吟吟地拉了我坐在身側。

「皇上，明兒您可非得去上早朝了。」

他劍眉一挑，微露驚訝，「怎麼了？言言，不喜歡朕陪著你麼？」

「不，臣妾視皇上如自己夫君，當然希望皇上每時每刻都陪在臣妾身邊。可是、可是您是皇上，不僅是臣妾一人的皇上，也是天下萬民的皇上，朝中定有諸多政務等著皇上前去處理。臣妾不能爲了一己之私，置天下蒼生於不顧。」我不安地揉著絲帕，低聲說：「再說，皇上您對臣妾這樣隆寵，只怕會引起不必要的爭端。」

屋子裡靜得可怕，我低著頭，連呼吸都控制得細細的。

良久，方聽到他淺笑一聲，伸手輕柔地抬起我的下頷，深深看著我，「愛姬說得對，朕不能荒廢了朝政。不過朕寵幸誰是朕的自由，誰也管不了，下朝後朕再來看你。」

我溫順地點點頭，撲進他懷裡，直膩到他去上朝。

皇上前腳剛走，寧壽宮的首領太監陳公公便前來拜見。我讓秋霜去接他進來，自己在炕上落坐。

「奴才寧壽宮首領太監陳林拜見莫貴人，貴人吉祥！」陳林已五十有餘，頭髮花白，面容清瘦，聽說打太后進宮時便跟隨她身側，如今已近四十載，是太后親信中的親信。

我忙叫秋霜扶他起來，招呼道：「陳公公請坐。秋菊，看茶！」

陳林倒也不客氣，於旁邊的紅木椅落坐。

我笑著看向他，「不知陳公公百忙之中抽空過來，有何要事？」

陳林接了茶，看也沒看一眼直接擱放旁邊茶几上，回道：「奴才是奉太后懿旨，特來召莫貴人前去寧壽宮的。」

我心裡咯噔一聲，吃驚中不由得問道：「公公可知太后宣召臣妾，所為何事？」

陳林一臉漠然地回道：「奴才只是奉命行事，其餘並不知曉。太后召見，貴人還是快些準備吧。」又像還有別樁急事似的，復再說道：「貴人做做準備，奴才趕著回去覆命，先行告退了。」語罷便匆匆而去。

我心中忐忑不安，隱隱覺得事情不妙。小安子大概也意識到了什麼，只命秋霜謹慎地為我挑了件米白繡紫色櫻花的衣裳，又親自為我梳了個簡單的髮式，只簪了支珍珠環步搖，既簡單又不失莊重。準備妥當，這才帶了秋霜和小安子出門。

我讓小安子二人在寧壽宮門口候著，自己疾步走進。院子裡已有不少妃嬪，正中之位仍空著，兩邊下首的十來張楠木椅上早坐了不少人，麗貴妃和淑妃也在，還有不少三品以下不能入座的妃嬪在椅後空曠處站著。

我感到無數目光向我投來，於眾滿嘲弄和看戲的目光中我感到了一絲眞誠，那是端木晴望過來的。看著她微露擔憂的眼神，我心裡略略明瞭太后今日唱的這齣戲怕是針對我而來。

淑妃瞧見我進來後朝我笑著點了頭，而麗貴妃只側身看著她旁邊茶几上的青花瓷茶杯，彷彿它能生出花來，唇邊帶著一抹似有似無的笑意。

我正欲上前聆聽眾人在談論什麼，順便打聽一下，卻聽見太監通傳：「太后駕到！」

太后在一群宮女、太監簇擁中走了進來，身著明黃繡鳳緞袍，雍容華貴。殿裡眾人紛向太后請安，我跟著下拜，只覺頭頂一道凜冽目光掃向我。

那明黃緞袍在我身邊停留了片刻，方才繼續緩緩朝主位走去。

「大家都起來吧！」太后正坐在中間雕鳳富貴寶座上，淡然開口道。

大家剛一落坐，太后緩緩開了口：「莫貴人，你知道何爲四德麼？」

太后冰冷凜冽的目光掃向我，我身上不由得冒起一層薄薄冷汗，從眾人中出列答道：「回太后，女有四行，一曰婦德，二曰婦言，三曰婦容，四曰婦功。」

「嗯，看來你記得很清楚。那你說說何爲婦德？」太后呷了口茶，雙目緊盯住我續問道。

「回太后。清閒貞靜，守節整齊，行己有恥，動靜有法，是謂婦德。」我在腦海裡思索著以前娘教我讀的班昭的《女誡》。——想到娘，我心裡一酸，但隨之湧起無盡的力量和堅持。我知道我眼下面臨著艱巨挑戰，我必須勇敢地去戰勝它才能爲娘親報仇，心中乍湧出力量來對抗這場風波。

「啪」的一聲，太后重重拍了一下雕鳳扶手，眾人不由跟著打了個顫。

太后厲聲喝道：「虧你還有臉說！莫貴人，你可知你身犯何罪？」

我心裡輕蔑地笑了一聲，「果然！」倏地握緊了拳頭，指甲深深掐入手心，心如明鏡般直發寒，「定是那有心之人嚼舌根嚼到太后跟前去了，才生今日這齣三堂會審。」

心中有了些底氣，我慢慢將手鬆開，從楠木椅後繞出，走至正中央跪落。我垂下頭深深吸了口氣，甫抬起頭來望著太后，目光清澈，態度誠懇地道：「太后，臣妾進宮時日尚淺，並不熟知宮中禮儀，故此犯下大錯，請太后教誨。」

「妹妹好像同我一起進宮的，有半載餘，時日也不算短了。」寧雨瑤在麗貴妃背後用極低淺卻又讓周圍人都能聽到的聲音說道。

麗貴妃恍若沒瞧見眼前事一樣，極端莊地坐在那裡，面帶微笑。

倒是淑妃向太后陪笑道：「太后，莫貴人妹妹雖說進宮時日不短，卻每日深居簡出，又是新近受寵，想來對宮廷禮節眞不熟知，才犯下這等大錯。」

淑妃向是宮裡公認最心慈善良的娘娘，可我每每都能捕捉到她眼裡的陰冷，感覺到她心裡的欲望。如今我身受聖寵，又是住在她宮裡，她自然得拉攏我了。

太后聽完歎了一聲，目光斜掃過我，對著麗貴妃不緊不慢地說：「本來皇上寵幸誰，哀家這做太后的管不著。可是你仗著皇上對你的寵愛，致使皇上荒廢朝政而不及時勸阻，是一大過也；再者，這獨占皇寵，使後宮不能雨露均霑，對皇嗣開枝散葉不利，此其二也；獨占皇寵致使後宮怨氣鬱結，引起不必要的事端，此其三也。貴妃，你說對不對？」

麗貴妃不料太后會點到她，慌忙站起身來，尷尬地笑了幾聲，應道：「太后說得極是！」

太后又看向我，「莫貴人，你說哀家說得對麼？」

我星眸坦然望著太后的雙眼，態度持平地說：「我知太后素是菩薩心腸，慈悲為懷，但臣妾自己知道這次犯的錯實是罪不可恕，不敢抱僥倖之心。」

既然伸頭是一刀、縮頭也是一刀，我索性豁了出去，咬咬牙，挺直了腰，「太后，千萬別為心疼臣妾初犯而壞了宮裡規矩，讓太后難做！請太后責罰，以正典刑！」

一語既出，周圍眾人皆詫異地看著我，唯有太后暗自點頭，眼裡竟有讚許之意。

太后微微沉吟少頃，瞥了一眼神情各異的妃嬪們，才說道：「雖說你對宮裡的規矩不大清楚，犯此錯誤亦情有可原。唯這一次茲事體大，你犯的錯又不能不罰，這……」

太后看向麗貴妃，麗貴妃卻像沒察覺似的，依然只端坐在那裡。

站在麗貴妃背後的寧雨瑤，卻迫不及待地開了口：「太后英明！所謂不以規矩不成方圓，今天出了這事情有可原，明兒出了那事又事出有因，那這宮裡豈不要大亂了麼？」

太后慈愛地看著她，溫和地說：「那依瑤嬪看，今兒這事該如何處罰為好？」

「宮裡有宮裡的規矩，臣妾說了不算，請太后宣行刑司的太監前來，一問便知。」寧雨瑤倒不點破，只搬出宮裡規矩推到行刑司處。

我聞言一驚，抬頭看向她，宮裡之事只要驚動了行刑司則皮肉之苦在所難免，她竟是一副幸災樂禍的樣子。

太后卻聽得連連點頭，吩咐身邊的陳林：「那就叫來行刑司的人問問。」

陳林聽後疾步走到後面，安排了人去傳行刑司的太監。

不久行刑司來了個人，遠遠便跪倒在地，「奴才行刑司掌事太監江鋒，拜見太后！」

「起來回話吧。」太后淡淡地說：「想來你也知道叫你前來所為何事，如今，你就當著眾人之面說說這宮規吧。」

「回太后，莫貴人所犯宮規依祖宗規矩，當廷杖二十。」江鋒不敢起身，只規規矩矩地跪著回話。

此話一出，眾人譁然，廷杖二十連尋常青壯男子都未必受得住，更何況是嬌滴滴的弱女子。太后沉吟道：「這……」

太后話未脫口，旁邊一人站出來，清晰地說：「太后，臣妾認為不妥！」

我心下詫異，此刻竟然有人替我說話，抬起頭瞧，只見一女子從人群後走了出來。她身著粉紅繡菊小襖，下繫一條月白繡菊紗裙，體態輕盈且身姿婀娜，我驟想起她便是進宮時和我同封為位分最低的答應的柳月菊。

如今已是柳才人的柳月菊行至中央，跪倒在地道：「太后，臣妾認為此項處罰不妥。」

太后本就略略猶豫，如今見有人提出異議，微微一笑後問道：「柳才人認為有何不妥之處？」

「回太后，這二十廷杖就算是男子也承受不起，何況莫貴人這麼個嬌滴滴的弱女子呢？莫貴人她係初犯，又得情有可原之處。知錯能改善莫大焉，如今莫貴人已然知錯，並已表明態度痛改之，依臣妾看，就請太后略施小懲以示警戒、以正典型好了。」

「柳妹妹說得極是。」這時端木晴走了出來，「莫貴人如今是皇上寵愛之人，倘若有個什麼傷筋斷骨的，皇上難免會埋怨太后您執法太過嚴厲。如此可有損太后與皇上的母子之情，倘若那樣，那眞眞是今天在座各位姐姐妹妹的不是了。太后，您說是不是？」

太后一見她出來，嘴角露出一絲柔和笑容，說道：「還是柳才人和晴貴嬪考慮得周全。那便這樣吧，改爲藤條十下。貴妃，淑妃，你們看如何？」

淑妃起身連連稱是，麗貴妃也臉帶微笑稱讚太后處事公正，太后方示意陳林去傳行刑司安排執行。

我本以爲今日便要命喪寧壽宮，如今聽得改爲藤條懲罰，心下鬆了口氣，抬首對上端木晴和柳月菊的目光，微微點頭以示謝意。我目光一轉，瞧見麗貴妃的眼像毒蛇吐信掃過我，復又優雅地端起茶几上的青花瓷杯呷了口茶，不時與淑妃說笑幾句。寧雨瑤站在麗貴妃背後絞著絲絹，滿臉忿忿。

旋有內侍搬了寬凳出來，在上頭鋪了絲墊，江公公領了捧著藤條的小太監立於一旁。

我咬牙站起身來，把心一横，走到寬凳前，推開準備上前按住我的嬤嬤。兩人看向太后，太后點點頭，兩人才退了開去，任由我自行趴在絲墊上。

熱辣辣的痛在背部蔓延開，周圍靜悄悄的，眾人連呼吸都不敢大聲，好似誰發出聲音鞭子下一次就會抽在誰身上。

我耳裡除了藤條聲響便只剩下江公公刺耳的數數聲了。我咬緊牙關，死死抓住絲墊，不允許自己叫出聲來，沒兩下子便滿頭大汗，到後來身體竟然感覺不到什麼疼痛，似乎藤條不是落在我身上一般。

直到柳才人上前將我扶起，我才知道十下已經打完了。

我站起身來輕輕推開柳才人，強撐著趨前幾步，面向太后跪了下去，「臣妾謝太后教誨！今後臣妾定當謹記宮中規矩，不再犯錯。」

太后眼裡滿是欣賞和擔憂，臉上卻莊嚴無比，看向眾人，「罰也罰了，哀家相信莫貴人該記住了，以後當不會再犯。其他妃嬪亦應以此爲戒，謹記宮規。」

眾人忙起身拜道：「臣妾謹記太后教誨！」

太后又恢復了和藹可親的面容，「都起來吧。莫貴人，你快下去休息吧！」轉頭吩咐身邊的人，「你們扶著莫貴人回櫻雨殿，陳林，你去叫常給哀家診脈的華太醫過去爲莫貴人問診。」

我這時早已撐持不住，昏昏沉沉地趴倒在地，向太后請了個安，便由雲琴嬤嬤帶人扶著退下了。

一路上迷迷濛濛，我不曉得怎麼回到櫻雨殿的，待趴到自己熟悉的那張床時，已是癱在床上，大口大口的喘著氣。

小安子嗚咽著大聲吩咐秋菊、秋霜一個去燒熱水，一個去請太醫，自己則手忙腳亂地替我端來溫水，「主子，您覺得怎樣？疼麼？」

我用盡全身力氣衝他輕輕一笑，「我沒事，小傷而已，過幾天又能活蹦亂跳了。」話未說完，只覺眼前一黑，便不省人事了。

意識模糊中彷彿回到了家裡。「賠錢貨，就知道吃、就知道穿，養大了也是跟你娘一樣做娼妓」，二娘惡毒的聲音在我耳邊縈繞。

隱隱中，又回到宮裡，淑妃的笑裡藏刀，麗貴妃蛇蠍一般的眼神，寧雨瑤步步緊逼的咒罵，我覺得自己就快崩潰了。

不！不！別得意，我不會屈服的，總有一天我會得到我想要的！

不一會，恍若聽到秋霜泣道：「怎麼打到這般田地？主子身子嬌貴，讓行刑司的太監們拿藤條抽，怎地受得了啊？」又一個聲音像是秋菊，歎了口氣道：「還不是那些妃嬪見我家主子得寵，看不順眼，心生嫉恨便到太后那裡嚼舌根挑撥的。」

小安子從外邊端了溫水進來，見二人在我床前直掉淚，遂罵道：「兩個不懂事的小蹄子，別光哭。還不快把主子內裡小衣褪下，過會子血乾在背上再要脫下就難了。」

感覺有人輕輕掀開被子，伸手想要褪下小衣。剛提起衣角，我忍不住「哎喲」叫了一聲，那人連忙停了手，脫脫停停好幾次才褪了下來。我復感覺到背上火辣辣的一片，直痛到四肢百骸。

忽又聽到守門的小太監通報：「皇上駕到！」

秋霜忙拿了我平日午憩用的紗被給我蓋上，匆匆出去迎接聖駕。我知是皇上來了，也不起來，索性裝睡。

俄頃便聽到進門腳步聲，一股淡淡的古龍香香氣，深深淺淺地將我包圍其中。這是我送皇上用的香囊，想來他日常帶在身邊，才透出這股熟悉的味道，我心裡一酸，眼角淚如泉湧。

「言言……」刻意壓低的聲音在我耳邊響起，夾雜著心疼和歉疚。

他一手輕握我的手，溫柔地送到唇邊吻了又吻，另一手手指輕輕將我眼角之淚拭去，又用極細微的動作揭起我背上的紗被，我像被螫了一下般縮了起來，又逐漸放鬆下去。

良久，感覺有冰涼之物滴落在我背上，一滴、兩滴、三滴，冰涼的感覺逐步擴散開去，背上的灼熱感也慢慢消失了。我舒服地「嗯」了一聲，緩緩睜開了眼。

他見我醒轉，眼中滿是欣喜，急急問我：「言言，你醒啦？還痛麼？」

秋霜在旁破涕為笑，「主子，剛才皇上給您敷了異域進貢的雪聖果，現下可好些了？」

聽她這麼一說，我也覺得背上疼痛已無先前厲害了，遂掙扎著欲坐起來。

他一時大急，忙按著我的手，「你的傷還未好，不必拘禮，就這麼趴著。」

我這才想起自己未著衣服，頓時羞紅了臉，害羞一笑，不想卻牽動了背上的傷口，又忍不住呻吟起來。他忙扶了我趴好，又將紗被給我蓋上。

皇上如釋重負地吐了一口氣，「言言，見你無事，朕就安心了！」他側坐在床邊握著我的手，呢喃著說：「是誰下得這般毒手，朕絕不饒過！」

秋霜直直地跪在床邊，流著淚說道：「今兒皇上一走，太后就叫人來宣了主子去，一進宮就說主子媚惑君主，有失婦德，便要治主子的罪。可巧我家主子又委的老實，也不辯解，就這麼硬生生挨了十下藤鞭。所幸有柳才人和晴貴嬪求情，太后才將二十杖責改爲十下藤鞭，否則，主子有可能就回不來了。」

皇上聽得秋霜如是說，全身緊繃，忿忿地說：「楊德槐，去給朕查，看看是誰敢到母后跟前亂嚼舌根，朕絕饒不了此人！」

我輕輕撫摩著他的手，細聲說：「皇上，肅……郎……都過去了，我不會放在心上的！」

我瞧見他眼中浮現出滿滿的欣喜。他伏下身來，難掩激動，聲音抑制不住的輕顫，在我耳邊低低說道：「言言，你剛才喚朕什麼？」

我把羞紅的臉蛋埋入錦枕，他卻伸手扳過我的臉，深深看著我，「言言，以後私下裡你便這樣喚我。」

我注意到了他並沒有用「朕」，而是用了「我」。我立刻抓住機會接著說：「皇上，太后罰我自然有她的道理在，宮中姐妹們向太后進言也有她們的好意在，皇上不可因寵愛臣妾便要責罰那些人，那臣妾就眞眞要落個恃寵而驕的罪名了。」

「你……」沉默半晌，他才說道：「此事朕就不再追究了。這樣吧，朕即刻下旨，封你爲貴嬪！」

我凝望著他，直探到他的眼底深處，「臣妾前日裡甫連晉三級，如今又擢升爲貴嬪，恐怕、恐怕會犯眾怒，請皇上三思。」

他明瞭我話中之意，溫柔地看著我，「就是這般眼神教朕想忘都難，就是這樣的寵辱不驚，讓朕想放都放不下。言言，你信朕麼？」

我不明所以的點了點頭，他卻滿眼洋溢著幸福，向我保證道：「別人見不得肅郎對你寵愛，我就偏要寵著你。有肅郎在，無人敢爲難你。你放心，肅郎以後不會再做讓言言爲難的事。」

「肅郎！」我將頭靠進他的臂彎，「您快別這麼說，您對言言的心意，言言銘記於心。」

「傻丫頭！」皇上笑著摸了摸我的頭，「快抬起頭來看看，朕給你帶了誰來。」說著又朝門口高聲道：「楊德槐，還不叫人把她帶進來！」

我這才發現滿屋子的奴才不知何時已全退出房外。小玄子帶了個宮女進來，眼裡滿是擔憂地看了我一眼，才跪了回道：「稟皇上，宮女帶到！」說完又恭敬地退了出去。

那宮女一直低著頭，走上前來直直跪落，「奴婢見過皇上、貴嬪主子！」

「抬起頭來！」皇上放開了我，又一副威嚴莊重的樣子。

隨著她緩緩將頭抬起，我深深抽了口氣，滿臉欣喜，驚呼出聲：「彩衣！」

彩衣早已紅了眼眶，「貴嬪主子，是奴婢！」

我轉向皇上，因爲喜悅和激動，聲音微微有些打顫，「皇上，臣妾謝皇上恩賜！」

皇上見我高興，也喜笑顏開。他起身道：「言言，好生休息，朕忙完政事再過來看你。」又轉向彩衣吩咐道：「以後你就跟在貴嬪主子身邊，好好伺候主子。」

「奴婢遵旨！」拜完往旁邊挪出道來，又拜了下去，「恭送皇上！」

聽到前面殿裡傳來小玄子通傳「皇上擺駕」的聲音，我才示意彩衣上前來，拉著她道：「彩衣，你受苦了。」

她欣喜地拉著我，直掉眼淚應道：「沒有、沒有，主子，奴婢不苦。」

我示意小安子遞了絲絹與她，待她平靜下來，才給我講了這段時間的經歷。

「剛開始時，奴婢和其他幾個姐妹被分到浣衣局，那裡的嬤嬤見奴婢是沒主的宮女被派到那裡，便就欺負我們，讓我們做著最粗重的活、吃著殘羹冷炙，還時常打罵，不給睡覺。」

想起那段痛苦的經歷，彩衣不禁悲從中來，忍不住抽泣起來，過了一會才又強忍悲痛續道：「熬了沒幾天，我們陸續病倒了，嬤嬤說我們得了病會傳染其他人，便命人把我們送到雋永殿。那雋永殿哪是人待的地方啊，吃住沒人照管，鼯鼠成群，進了那地方就等於進了地府。和奴婢同去的姐妹才兩三天即相繼去了，就在奴婢以爲沒了活路時，小玄子公公出現在奴婢面前，問奴婢是不是先前梅雨殿的彩衣，奴婢點了點頭便昏暈過去。醒來時才知道自己被送到了御繡坊，養好病後在那邊跟著繡娘們學御繡。直到方才，小玄子公公叫人帶我前來，說是給我派到新的主子，卻萬萬沒想到是莫主子您。」

我和她又聊上一陣，覺得有些乏了，便叫小安子派人帶引安置彩衣，自己迷迷糊糊睡去了。

六　帝王解語花

次日醒來時已近晌午，只是深秋不見陽光的天氣有點難分早晚，我撩帷下榻，開窗而立，一陣泥土的清香撲鼻而來，微感輕寒，見窗前園中土潤苔青，想來昨兒夜裡落了秋雨。那雪聖果果真了得，一宿工夫，背上的傷已無大礙。

皇上昨兒在殿裡陪我用了晚膳，本打算留下陪我，可被我以身上有傷不便服侍為由，勸他往煙霞殿晴貴嬪處去了，一來是報答她的搭救之恩，二來是想讓太后知道我確是知錯改之。

身上多了件晨袍，我轉頭一看，原來是彩衣。我朝她微微一笑，落坐妝臺前任她為我梳頭，自己默想：「從昨兒個太后對我的興師問罪情況來看，形勢對我大為不妙。因為我的聖眷濃寵已然威脅到某些人的地位，如今又晉了貴嬪，賜了封號『德』，再這樣下去難免成為眾人眼中釘。此時，我雖有聖寵在身，但內無皇子權力為憑，外無權勢靠山所依，羽翼未豐，想要生存便要儘量避免腹背受敵，才能越爬越高，笑到最後。」

想到這裡，我心裡有了計較，吩咐彩衣叫了小安子進來，「小安子，我交代你打聽我家人的事辦得如何了？」

「回主子，已經送了信去，只是仍未有回音，恐怕還得等上幾天。」小安子回道。

「嗯，深秋了，那些桂花還沒有完全凋謝吧？」

「謝得差不多了。」

「你帶上宮裡的太監們，趁著雨露未乾，去揀那些剛綻放的摘。」

正說著，守門的小太監通傳楊公公到，我忙帶人出去接了旨。

剛用過午膳不久，秋霜進來稟報皇后娘娘、貴妃娘娘、淑妃娘娘派人送禮。過了一會又來稟，尹充儀、晴貴嬪、瑤嬪等過來探望了。

我示意知道了，秋霜按我的意思揀了件素淨衣裳伺候我穿上。接著又喝了碗小安子送上來的參湯，我才由二人攙扶著走去正堂。

入得正堂，我便要掙脫二人上前給姐妹們見禮。中間位分最高的黎昭儀疾跨步上前，扶了我坐到主位的軟座上，笑道：「妹妹快別多禮，今兒個姐妹們相約來看妹妹，一來是恭賀妹妹晉封，二來是探望妹妹病情，聊表心意。倘因此叨擾了妹妹養病，姐妹們心裡如何過意得去？」

眾人連忙跟著稱是，我這才勉強坐好，又忙招呼眾姐妹入座，讓宮女們上了茶。

尹充儀一喝便讚道：「好茶！這大紅袍可眞眞是好茶，聽說武夷山一年裡也就產那麼幾斤，卻不想在妹妹這裡喝到了，也算是飽享口福。」

寧雨瑤本就板著臉，今又聽得尹充儀如此說，只揭開茶盅看了一眼，復又蓋上，冷哼一聲也不說話。眾人靜了下來，尷尬地看了看她，又看了看我。我溫和地笑笑，正要開口。

黎昭儀畢竟進宮久些，處事老練，見尹充儀說錯話破壞了氣氛，她忙轉移話題道：「妹妹，姐姐來得匆忙，也沒準備什麼好東西，只帶了些補身子的燕窩。妹妹好生靜養啊。」

我忙笑著謝禮，叫秋霜代收了。

寧雨瑤示意侍女送上錦盒，我親自起身接過來。打開盒蓋，只見裡面躺了一支通體透亮彷若玉脂、已成人形的雪參，我忙推辭道：「瑤嬪姐姐送如此貴重之禮，妹妹豈敢接受。」

寧雨瑤傲慢地走上前來，正要說話，卻被黎昭儀搶了話去，「妹妹如今已晉為貴嬪，怎可再自稱妹妹呢？」

寧雨瑤微愣一下，朝黎昭儀惡狠狠瞪了過去。

我忙笑著圓場道：「同侍君側，都是自家姐妹，無須太過計較。」

寧雨瑤不屑地瞥了我一眼，眼裡滿是不甘，嘴裡卻道：「姐姐如今身子不好，應多多進補，安心靜養。」

「如此，我便謝過妹妹好意了。」我笑著道了謝。目光掃過處，見她雙手緊扯絲帕，卻只默默地退到一邊。

眾姐妹又相繼送上其他禮物，正說話間，聽得守門的小太監通傳：「皇上駕到！」

眾人皆是一愣，隨即面露欣喜，又各懷心思，畢竟她們中有人已許久未見聖顏了。我能理解她們的心情，便招呼了眾姐妹一同迎接聖駕。

「臣妾恭迎聖駕，皇上萬歲萬歲萬萬歲！」

皇上看著跪了一地的妃嬪們，微愣一下，旋大步上前輕柔地將我扶起坐到軟座上，才道：「眾位愛姬平身。」

眾人起身只規規矩矩分列兩行，低眉順目地站著。我微微有些尷尬，也想起身，皇上按住我，抬頭笑著對眾人說：「大家都坐下吧，不必拘束。看你們姐妹相處甚歡，朕心中甚是寬慰。」

眾人見皇上如是說，才坐了下來。

我笑著說：「皇上，眾位姐妹是來探望臣妾病情的。」

皇上聽我如此一說，又轉頭望了望眾妃嬪，溫和地笑道：「看你們姐妹和睦相處，朕心中甚是寬慰。」說罷又轉頭吩咐道：「小玄子，去叫御膳房安排些點心，朕與眾位愛姬共進茶會。」

皇上話剛落，柳月菊那邊倒咯咯笑了起來，「皇上，您來了德姐姐這裡，卻又喚御膳房準備點心，那豈不是真佛面前耍大刀麼？這宮裡誰不清楚德姐姐做糕點的手藝堪稱一絕？」

皇上朝著那銀鈴般清脆的笑聲望了過去，微愣一下才哈哈笑道：「倒是朕迷糊了。」

我看在眼裡，也不說話，只吩咐小安子備了些菊花糕，泡了上好的普洱茶，送到眾人面前。

皇上夾一塊菊花糕送入嘴裡，又喝了些茶，讚道：「嗯，不錯不錯，每次到愛姬殿裡，總是能一飽口福。」見眾人不動只望著他，皇上又道：「大家不必拘束，都嘗嘗。」

眾人這才小心翼翼開始吃點心，正吃著，小玄子碎步跑進來，在楊公公面前耳語幾句。

楊公公一臉焦急，欲言又止的樣子。我向皇上遞了眼色，他看到楊公公的表情，微微頷首，楊公公這才上前在皇上耳邊小聲說了。我假裝低頭喝茶，卻注意到皇上臉色微微一變，隨即又恢復正常，只吩咐道：「你去告訴西寧將軍，朕過一會子便到。」

我斜眼望去，只見端木晴整個人一愣，慌忙低下頭去，手中的茶灑了一身，秋菊已上前服侍。

我笑著說：「皇上，政事要緊！」

他起身，凝視著我，歉語道：「言言，朕晚點再來看你。」語罷轉身疾步離開。

眾人滿臉失望地瞧著他的身影消失，彷彿一下子失去了語言能力，屋子裡靜得連根針掉在地上都能聽清楚。

黎昭儀尷尬地笑笑，「想來德妹妹也乏了，我們便先行退了，改日再來看妹妹。妹妹好生養著。」眾人忙附和著退了。

端木晴走在最後，見眾人走遠了，才上前來喊道：「德姐姐！」我大驚，急得站起回應：「這可使不得，晴姐姐。」

端木晴忙拉住正要拜下去的我，扶著進房上了炕，「妹妹牢記得姐姐說過，進了這個地方就要說這裡的話，做該做的事。如今姐姐賜了號，便在妹妹之上，稱一聲姐姐也是規矩。」

我拉了拉她的手，「妹妹說得是，如今這宮裡，只有你說話最親近些。」

端木晴笑了起來，「你丫頭就知道貧嘴。今早我去姑媽那裡，她還問起你的傷勢呢，這不，我就急急過來看看了。」

我聽到太后問起，微生緊張，「哎，太后可有說起其他？」

端木晴見我局促起來，忙說：「太后昨兒個就已傳華太醫問過情況了，如今又問起你來，我看太后挺喜歡你的，趕明兒我帶你一併過去她那裡說說話。」

「如此，便要謝謝妹妹了。」

「對了，」端木晴像是想起什麼似的，一臉嚴肅地盯著我，「這宮裡當面喜笑顏開，姐姐長妹妹短的熱呼呼叫著，背地裡麝香、紅花、毒藥甚的拚命往你屋裡送的人多了，姐姐還是小心為慎。」

我有些詫異，愣了一下才道：「多謝妹妹提醒，我記心上了。」

端木晴又叮囑了幾句讓我好好保重、養好身體之類的話，方才走了。

我忙吩咐小安子叫人把眾妃嬪送的禮物一件件搬來，擺放在案上，由彩衣扶上前一件件細看。錦絲、玉帛、棒槌膏、燕窩……我一路看過去，忽看到有一只棕色瓶子盛了液體，用布裹了塞子牢牢塞住，好奇下拿起細細地看。

彩衣笑道：「主子好眼色，一眼便挑了這稀罕物。」

「哦？」我笑著轉頭望著她，「你知道這是什麼？」

「奴婢不知，不過這禮是晴主子所贈。」彩衣回道：「剛來那陣子，晴貴嬪見主子在招呼其他主子，便悄悄喚奴婢到邊上，特別叮囑了奴婢，讓奴婢傳話給主子知。」

我站得略乏，便拿了瓶子，倚在躺椅上細細聽著。

「晴貴嬪說這是她某位友人所贈之物，據說是從南韓國得來，名叫茶籽精華素，有去疤美容的特效，幽香撲鼻，做面膜時滴上兩滴效果奇佳，有益嫩白養顏。晴貴嬪吩咐奴婢在主子傷口結痂時，混合花露每日爲主子塗抹，包准不留疤痕。」

小安子在旁卻接了話去，「晴貴嬪哪裡知道我家主子自有人操心，皇上早先命人送來了醫中奇寶『雪聖果』，自能保主子身子迅速復原，不會留下什麼疤痕。」

彩衣笑開了去，「皇上如此寵愛我家主子，又怎捨得主子身上有半點不完美的地方呢，自然會著急想辦法……」

我故意板了臉，假裝啐了她一口，「小蹄子，才剛進來，地皮還沒踩熱，倒學會消遣我了，看我不撕爛你的嘴。」

「主子饒命，奴婢再也不敢了。」彩衣邊告饒邊在旁朝小安子擠眉弄眼的，我卻是再也忍俊不禁，笑開了去。

我打開塞子，香氣四溢，吸進鼻子裡頓覺神清氣爽。

彩衣急道：「主子不可長時間打開，晴貴嬪說了，打開久了便會揮發，味道也會淡了。主子若喜歡，每日裡沐浴時放入一滴，過上三五日身上自然便沾染這香味了。」

我笑著遞過去讓她蓋起來，吩咐她另找地方收了，忽地想起寧雨瑤送的雪參，這雪參長在冰天雪地裡，一千年也長不到半寸，如今送來的這隻已成人形，只怕是萬年極品啊！

皇后的病說好也便好得差不多了，我在這宮裡異軍突起，瑤嬪她毒計害不了我，自然得使上懷柔拉攏政策，若是皇后將我拉了過去，只怕於她也是大大的不利。因此即便是恨我入骨，也不得不強顏歡笑，做足表面工夫。

腦子裡忽地想起小時母親提過，雪參十分難得，乃是補中極品，卻須慎重用之，要是配上某些個東西……

我靈光一閃，忙招呼小安子上前，悄悄在他耳邊吩咐了幾句。他一愣，隨即回話道：「奴才這就去辦。」

彩衣回來，我叫她吩咐下去另找地方收了東西。

過得一會，小安子回返，暗地朝我點了點頭。我即吩咐彩衣叫秋霜拿雪參到廚房分了少許，煲了參湯送過來。

彩衣將湯盛入青花瓷碗，放了勺子端上來。我接過碗，拿勺子攪了幾下，舀上一勺便要往嘴裡送。

小安子在旁急道：「主子！」

我頓了一下，眼一閉，將湯送進嘴裡吞了下去。

彩衣不明所以，奇怪地問小安子：「怎麼啦？」

小安子忙掩飾了過去，「沒、沒什麼，我見湯熱，怕主子燙著。」

彩衣嗔怪道：「怎麼會，我試過的。」

小安子未再多言，只背轉身去，偷偷對著牆角抹淚。

我平靜如常，慢條斯理地將碗裡的參湯喝得一滴不剩，目光瞟向牆角那盆新換上的天仙子，嘴角綻開了朵小花。

日子一天天過去，我背上的傷也一天好過一天，皇上時常來探望我，卻也總是來去匆匆。

我派了小太監前去打探，總回報皇上獨自睡在光明殿，我仍不放心，直到小玄子遞了話來，說是皇上常與文臣武將們忙到半夜裡才散了，獨歇在光明殿，並未翻牌子。我這才猜到興許是有大事發生了。

直到子初，小玄子傳過話來，說只剩皇上一人在光明殿。我吩咐小安子備了菊花糕，又叫彩衣拿了套宮女衣服換上，梳了個宮女髮式，在彩衣和小安子的掩飾下出了櫻雨殿。

還未到光明殿門口，便有侍衛喝道：「來者何人？報上名來！」

「侍衛大哥息怒。」我小跑幾步上前，低頭道：「奴婢櫻雨殿德貴嬪跟前的宮女彩衣，奉主子之命前來給皇上送點心。」

那侍衛忙轉了態度，恭敬地說：「原來是貴嬪主子跟前的彩衣姐姐，你等等，在下這便去通報。」

他向旁邊的人示意一下，才疾步走了進去。不一會他便出來，恭敬地說：「彩衣姐姐可以進去了。」

我上前偷偷塞了一錠元寶給他，道聲謝，才入了殿。

光明殿正殿上不知何時已掛了一張地圖，皇上正背對著我對圖而立，似有所思。

我上前行了跪拜之禮，「奴婢拜見皇上。」

他卻似沒聽見般只顧自己冥思，楊公公走來向我小聲吩咐道：「你把東西放下，先回去吧。稟了你家主子，說奴才會伺候皇上用點心的。」

我卻抬了頭，笑著對楊公公擠眉弄眼，看到一旁滿臉驚愣的小玄子，不卑不亢地說：「主子還有話要奴婢帶給皇上。」

「哦！」皇上一聽，轉過身來，我在他轉身時又低下頭去。

「你家主子讓你帶甚話給朕？」

我又道：「我家主子這話只能跟皇上一人悄悄說……」

楊公公識趣地帶著小玄子退了出去。

皇上像是察知了什麼，疾步走上前來拉起我伏地的身子，勾起我的頭，愣了一下才笑問：「你家主子想跟朕說甚悄悄話呢？」

我滿臉羞紅了，直往他懷裡鑽，「我家主子說她想皇上了，皇上許久沒去看她，她便自己來看皇上了。」

他拉起我，刮了刮我的小鼻子，「小傢伙！虧你想得出來，身子沒養好也不老實在殿裡待著。下次想朕了，派個人過來傳個話，朕過去看你。」

我拉了他坐下，道：「皇上，快來嘗嘗臣妾為您準備的菊花糕。」

「呵呵，好！」他笑著看我將糕點擺了一桌又拿出了茶，奇怪道：「怎麼連茶都帶來了？難不成是想欺朕這光明殿連茶都沒有麼?」

「才不是呢。」我邊伺候他食用,邊道:「這糕點配茶,也是有學問的。那日下午,臣妾用普洱配菊花糕是爲了給皇上養胃。今兒專門備了香草露配菊花糕,是爲了給皇上解乏的。皇上日夜爲國事操勞,臣妾幫不上忙,只能在一旁乾著急;今兒夜裡實在坐不住了,這才扮著宮女帶了夜宵悄悄前來,不敢奢望能爲皇上分憂,只盼能爲皇上解乏。」

我凝望著他的眼,神情焦慮地道:「皇上,您可得千萬保重龍體,天大的事也要有副康健身體才能承擔。」

「言言,」他動情地摟我在懷,將下頷放在我肩,「這宮裡,只你一人眞正關心著朕。」

「皇上,宮裡姐妹們哪個不關心皇上呢?個個都盼著您好,您是我們的夫君,只有您好了,我們這懸浮之心才算是有著落。」

我掙開他去,送上糕點,遞上香草露,「皇上多用點,養好身子。」

他沒說話,只默默地接了吃著。

我又拿出放在食盒最底層的一盆小花,兩片剛出土的小葉芽翠翠生綠,顯得生機勃勃,一看便覺喜人。我拿了放在皇上常坐的桌案上,笑道:「這是臣妾親手種下的解語花,放在這兒,讓皇上時常看著它,便時常想著臣妾。」

皇上笑著看我擺上去,無奈地搖了搖頭。

我擺好一轉身,卻被那地圖吸引了去,細細看著上面的山山水水和標注,越看越高興,心裡不禁感歎:「原來這世間還有這種好東西啊!薄薄的一張紙上竟囊括了這麼多、這麼大的地方,清清楚楚,一目瞭然！」

「能看懂麼？言言？」皇上不知何時挪步到了我身邊。

我回頭看了他一下，見他沒有生氣，方高興地指著地圖說：「這便是我大順國都西康，也是我們現下站的地方了。」

「嗯。」他從背後抱住我，用手沿著地圖上最粗的那條線劃了一遍，說道：「言言，這便是我們的國家，就有這麼大。」

我指著他畫的圖中外圍，問道：「那這裡，還有這裡呢？」

他耐心地為我講解道：「這是南韓，這是祁朝，這是異域。」

「那這裡畫了這裡多紅箭頭是什麼意思啊？」

「哎，」皇上歎了口氣道：「如今祁朝與我國為敵，犯我邊境，朕正為這事煩愁呢。你看，就是在這裡……」

我笑道：「這便是我國赫赫有名，素有『一夫當關，萬夫莫開』美稱的祁關吧？祁朝從此路進攻，皇上何必犯愁，只須派兵守關，不必出關迎戰。祁軍遠道而來，我軍避不出戰，時間長了，他們自然……」

我注意到皇上嚴肅而若有所思的表情，心裡一驚，眞眞是伴君如伴虎，忙撲通一聲跪倒在地，「臣妾該死，請皇上責罰！」

皇上一愣，急拉了我起來，「怎好好的又跪下請罪了，何罪之有？」

我略表掙扎地動了一下，才道：「祖宗規矩，後宮不得干政，臣妾踰矩了。」

「這個啊？下不爲例。」

我剛悄悄吐了口長氣，那邊皇上卻又道：「可我國若是閉關不戰，會否有怯戰懦弱之嫌？」

我悄悄觀察他的神色，並無異常，甫放心道：「此乃兵家計謀耳，我國不戰而勝豈不更振威名？怕只怕那祁國久等不得而強攻之，強弩之末卻也是鋒利異常，皇上還須派上良將依計堅守，抵住祁國強攻。臣妾想，不出三五月便可大獲全勝。」

「有道理，有道理！」皇上大喜，牽著我往殿外行去，直說：「言言，你眞眞是朕的解語花！」

次日朦朧醒來神清氣爽，轉眼處淨見一片明黃。我一驚，抬頭對上的卻是一雙焦慮的眼，我偷瞄了一下四周，卻見滿屋子的太監、宮女們跪了一地，彩衣和秋霜在跟前默默地流著淚。

我有些不明所以，「皇上……」

他猛地伸手摟我入懷，緊緊攬進懷裡，彷彿想要將我揉進身體裡，顫抖的聲音裡透著恐懼，「言言，醒來就好，醒來就好，你沒事朕就放心了。」說完又扶握著我的肩推到眼前，仔仔細細地上上下下看了又看，問道：「言言，你有沒有哪裡不舒服？」

我眞眞是被弄糊塗了，回道：「沒有啊。臣妾睡了長長一覺，現下只覺神清氣爽，並無哪裡不舒服，臣妾還糊塗著這一屋子的人是怎麼回事呢？」

他悠悠舒了口氣，才道：「南宮陽，你給朕說說，這是怎麼回事？」

「回皇上，」床邊跪著個四十出頭、留著小鬍鬚的男子道：「臣行醫二十餘載，從未見過貴嬪主子這種怪疾，請容臣再……」

「庸醫！」皇上打斷他的話，厲聲說道：「養兵千日，用在一時！平日裡你們個個醫術了得，遇上疑難雜症，哪個不是說得頭頭是道，如今面對病情又要再思量、再查閱，朕養你們有何用？」

「微臣知罪！」南宮陽顫巍巍地拜了下去，不知如何面對皇上的盛怒。

我忙爬下床，跪在皇上背後道：「皇上息怒！」

他聞聲轉過頭，見我跪倒在地，又急又氣，疾步上前扶我躺回床上，「言言，你快躺好。」

「皇上，」我按住他的手，嘟著小嘴委屈道：「臣妾好好的，南太醫自然診不出病來，皇上怎可責難南太醫？」

「從昨兒夜裡昏睡到今兒午時叫無事？」皇上口氣軟下，卻仍是心存疑慮。

「前些日子臣妾日夜擔心皇上，夜不能寐，如今皇上煩惱已解，胸有成竹，臣妾同放下心中巨石，自然要補回前些日子少睡的時間了。」

皇上歎了口氣，揮揮手叫眾人散了，輕扶我臉龐，「言言，你若感不適，便要立即傳太醫前來，知道麼？」

我鑽進他懷裡，抱著他的腰，一副小鳥依人模樣，怪聲怪氣地回道：「是，臣妾遵旨！」

他輕笑出聲，愛憐地摸著我的頭，「傻丫頭，真拿你沒辦法。」

我窩在他懷裡咯咯直笑，心道：「娘，您說的都是對的，女兒正一步步走向成功，您定要保佑女兒……」

皇上前腳一走，小安子後腳便闖了進來，哭倒在我跟前，「主子，別再繼續了，奴才求您了。」

我上前扶了小安子同坐炕上，拿絲帕細細替他揩去淚，道：「小安子，男兒有淚不輕彈，這兒只有你是男人，我們都需你保護，你可要挺住了。」

「可是，主子，這太危險了，奴才擔心……」

「擔心什麼？擔心我死了？」我按住他的手，冷冷地道：「就像你說的，如果真死了那也是命，只能認命。更何況那些人一個個都沒死，我自然也死不了。」

「可是那些個庸醫……」

「太醫院那些個庸醫自然不知，可是有一個人，他肯定知道。」

「誰？奴才去請他來。」

「華太醫，宮裡只有他資格最老、見識最廣、醫術最高。我這法子是一本雜記上所見，我相信憑他之閱歷定然看過。不過，我們不能去請他來，我們甚也不知，甚也沒做，只在這裡等著他來。」我沉靜地坐著，彷彿說的是別人的事一般。

「主子，那參湯……」小安子受了我的感染，卻仍有絲絲疑慮。

「小安子，還剩幾天過中秋了？」

我突然話峰一轉，小安子不明所以的回道：「回主子，還有五日。」

「嗯，你安排一下，參湯再喝個兩三天便成了。那雪參可是好東西啊，剩下的留了等著日後給我補身子用。」

隨端木晴同去太后殿裡送了些菊花糕，我甫回到殿門口，小安子就上來報柳才人在殿裡候著。我進門時，她早聽到通報迎將上來。

「拜見德貴嬪！」

我虛扶了她一把，笑道：「妹妹快起來，都是自家姐妹，何須多禮。」邊說邊示意她入座，又喚秋菊看茶。

「聽說姐姐身子不爽，妹妹特來探望，姐姐可要好好休養。」柳才人微低著頭，「妹妹身分低微，無甚好東西，今兒個皇上恩賜，妹妹不敢獨享，送來與姐姐共用。」

我順著她目光看去，才見到旁邊茶几上堆滿了錦盒，笑道：「既是皇上恩賜，妹妹只管收了便是，怎地好轉贈於我？」

柳才人卻起身跪了下去，「姐姐不說，妹妹也非糊塗人，若無姐姐提攜，皇上又怎會記起婢妾？姐姐的大恩大德，妹妹無以爲報，日後姐姐若有用得著妹妹之處，妹妹萬死不辭。」

我忙叫彩衣扶她起身，應道：「都是自家姐妹，妹妹如此便是與姐姐生分了。若眞要提說恩情，那日裡若非妹妹出言相救，我只怕早已命喪九泉了。」

柳才人又惶恐起來，我逕直道：「既是自家姐妹，就甭再說那些了。妹妹不嫌姐姐這裡僻靜，常來坐坐，姐姐就萬分高興了。」

柳月菊這才定下心來，歡喜道：「只怕到時姐姐要嫌妹妹叨擾了。」她眉峰一轉，目光到處，歎道：「姐姐這花好奇特！」

我望向天仙子那妖嬈的紅葉，笑道：「呵呵，我也不曉那是什麼花，前些日子在後院裡看到，覺得稀罕，便叫奴才搬了進來。怎麼？妹妹識得此花？」

「婢妾也只是看著稀奇，才向姐姐打聽打聽，不想姐姐卻也不知。」

我們又閒聊了幾句，談起宮內正準備著中秋家宴，心中不免微生傷感，我便尋個藉口打發了她去。

中秋宴會日漸臨近，皇上因著要處理邊關之事忙碌，皇后大病初癒，又逢佳節即近，我便勸皇上歇在了儲秀宮。

我的身子一天不如一天，只在皇上來時強撐著，更嚴令跟前的人不許透露半句。眼見著明兒便是中秋，我才令小安子拿了前些日子在晨露裡所採下含苞欲放的桂花，強撐著親手做了桂花餅。

彩衣在旁心疼得直掉淚，小安子默默陪著我，一言不發，我心知身邊這些人中懂我的其實唯只他一人。

中秋節當晚，我讓小安子按我的吩咐做了準備，自己單帶了彩衣前往。

今夜寧壽宮裡燈火通明，喜氣洋洋，熱鬧非凡。處處衣香鬢影、環珮叮噹、鮮花著錦，妃嬪們爭奇鬥豔，皇族貴戚們則錦衣華服。

太后端坐於上首鋪著繡有龍鳳呈祥錦緞桌布的紅色大案後面，正與在旁邊陪伴的皇后細說著什麼，淑妃面帶微笑，安靜地坐在皇后下首。我坐在右邊第五張椅，上首坐著尹充儀，下首坐著端木晴。

麗貴妃在左首第一張楠木椅上坐著，正指揮宮女、太監們做皇上駕臨前的最後準備。

我看見內侍們奉上各桌的酒肴大多是各人自己平日裡喜食之物，不免心裡暗自佩服麗貴妃代理六宮事宜，眞眞是心細如絲，竟如此觀察入微，事事設想如此周到，想來多年聖寵不衰，坐到離皇后不過一步之遙的貴妃位也是理所當然。

當值太監尖細的聲音響起：「萬歲爺駕到！」鼓樂齊鳴，皇上已在一曲祥和喜慶的平安頌中大步走進寧壽宮。

皇后急忙走到大殿正中，率領各妃嬪、皇親行跪拜之禮，齊聲高呼：「恭迎皇上，皇上萬歲萬歲萬萬歲！」

我偷偷看了一眼皇上，只見他身著明黃雙龍戲珠袍，面帶喜色，背後跟著一名俊朗青年。青年神情莊重，兩眼卻焦急地在人群中搜尋著什麼，我心知這便是西寧楨宇了。

皇上朗聲說道：「眾愛卿平身！」

「謝皇上！」禮畢，各自歸位。

皇上攜皇后之手走去上席陪伴太后，路過我面前時，不免回頭看了我一眼，我假裝未見，低頭擺弄著桌上那雙象牙銀筷。

西寧楨宇與皇親們同坐在後排，與我們斜對而坐。雖然他一副若無其事模樣，但我卻每每逮住他瞟過來的目光，只作不見。我偷覷旁邊的端木晴，她從皇上進來後便低垂著頭，只是用手端杯時灑落在桌上的酒洩露了她的心情。

大殿正中，打扮得十分妖豔的美貌舞姬婀娜起舞，廊下樂師們演奏著悠揚樂曲；宮女們川流不息地為各桌奉上桂花餅和櫻花釀時，我微微鬆了口氣。

一曲終了，舞女翩然退下，早已等候在旁的宮女們上前為眾人倒滿了櫻花釀，用銀叉將桂花餅切成小塊放入銀盤中，眾人方推杯換盞共慶中秋，佳釀入喉皇上便向我投來一抹瞭然的目光，我忙低了頭小口地吃著桂花餅。

皇上笑著問起旁邊的太后：「母后覺得這佳釀如何？」

太后卻拍拍皇后的手，笑問：「皇后以爲如何？」

「暗香撲鼻，入口甘醇，飲完後不聞一絲酒味，只感唇齒留香，確爲酒中佳釀。」皇后邊品邊道。

「再配上這桂花餅試試。」

太后和皇后在一旁宮女的伺候下用著桂花餅。皇后細細嚼來，又飲了一小口櫻花釀，讚道：「香氣撲鼻，圓滑如脂，入口即化，甜而不膩。這宮中新進了御廚麼？臣妾卻不知原來宮中還有此等手藝之人。」

皇上就手取了一塊吃著，但笑不語。

太后慈和地笑道：「德貴嬪，還不快出來謝恩。」

我忙離了桌，走到大殿中央，規規矩矩地跪拜道：「婢妾拜見皇后娘娘，謝娘娘譽讚！」

皇后連連稱讚：「妹妹手藝縱是御廚也有所不如啊。你且細說說，本宮想這殿上眾人亦同本宮一樣想知。」

我又拜了下去，「承蒙娘娘不棄。」這才朗聲說道：「這桂花當選晨露中初綻者爲上，採回來過水，復用蜂蜜蜜了後烘乾，與花生、芝麻、陳皮等混了碾碎做芯，然後用桂花上收取集得的露水團了麵，烘烤而成。」

皇后溫和地說：「難得妹妹如此有心，眞眞是個心靈手巧的可人兒。」

太后在旁也點頭稱是，皇親、嬪妃們見太后金口稱讚，紛紛附和著，直把這桂花餅誇得絕無僅有。

太后笑道：「皇兒，按例當賞。」

我忙跪了回道：「貴妃姐姐爲這中秋家宴勞神費力，辛苦之至。佳節之際，臣妾別無所長，獻份心意本就應該，豈敢居功。」

皇上龍顏大悅，笑道：「麗貴妃心細如絲，任勞任怨，德貴嬪心靈手巧，賢良淑德，都該賞。楊德槐，把前兒個進貢的南韓絲繡鴛鴦錦賞賜貴妃三疋。」

此言一出，堂上一片譁然。不多時，楊公公的跟班太監小玄子已端著一個大錦盒進來跪在麗貴妃面前，捧著錦盒的雙手高舉，將錦盒送到麗貴妃抬手即觸的地方。

麗貴妃打開盒蓋，只見一片彩光奪目。南韓絲繡鴛鴦錦富麗典雅，色彩濃豔莊重，質地堅實柔和，刺繡過程中使用大量金線，金碧輝煌，是御定的貢品。因著工藝複雜、成本龐巨而珍貴無比，在南韓本國皇室也甚是稀罕，有「寸錦寸金」的說法。每年也就進貢我國十疋，如今皇上金口一開，便賞了麗貴妃三疋。

麗貴妃自是眉開眼笑，盈盈下拜，「臣妾謝皇上厚賜！」

我在旁邊站著但覺頭暈目眩，呼吸沉重，雖然我按住胸口強行忍住，卻也不禁輕喘了幾聲。皇后一聽我喘息，馬上讓身邊的宮女扶我回位上坐好。

「德貴嬪，你尚在病中怎可如此操勞？」皇上語帶責備卻滿臉關懷，回頭吩咐小玄子道：「送德貴嬪早些回去歇了，順道把今年新進的東阿阿膠送一匣子到櫻雨殿去。」

端木晴搶上前扶著我，「皇上，佳節團圓之際，姐姐身子不爽又一人獨處，臣妾想送姐姐回去，陪姐姐說會子話。」

皇上即刻准了，沉吟一下又補充道：「楊德槐，去御藥房把異域進貢的那支千年靈芝一併送去。」

話音剛落，又是一陣譁然。東阿阿膠名貴就不消說了，從古至今一直最享盛名，補氣養血效果最佳。而那支千年靈芝尤更難得，自古有長生不老的「仙草」之稱，寧神安眠，調養生息效果最佳，前不久才有異域進貢而來，皇上直當寶貝似的鎖在御藥房裡，別人想看一眼也是不能，如今卻賞賜給了我，豈能不招來譁然。

皇后淡淡瞥了一眼麗貴妃，笑道：「依本宮看，那南韓絲繡鴛鴦錦倒配貴妃的天姿國色，只是那俗物怎比得上千年靈芝這稀世奇珍呢？皇上把如此名貴藥材恩賜於德貴嬪，德貴嬪可要好好調理身子，莫辜負了皇上的一片心意啊！」

麗貴妃原本紅潤的臉色霎時血色盡失，我看在眼裡卻只作未見，任由端木晴扶了離開。

剛出寧壽宮，彩衣早已迎前扶我上轎。回轉櫻雨殿，我留了端木晴直到御賜之物送來，華太醫替我診完脈，開畢方子離開。我這才笑著說：「妹妹，我想歇息了，你還是回去參加宴會吧，耽擱了妹妹這許久，我心裡已十分過意不去，就不多留妹妹了。」

端木晴淡然道：「妹妹不再去宴會那兒了，姐姐好生歇著，妹妹就先回去了。」

我一邊叫彩衣將端木晴送到殿門口，一邊喚小安子前來，小聲吩咐道：「小安子，你且跟了去。你看到什麼回來稟我，但只能遠遠跟著，不可被人發現，留意自身安危！」

小安子點了點頭，迅速從小門出去，跟了上去。

第二章 爾虞我詐

「君王恩寵是以『日』來計算的，能飛上枝頭者又有幾人？我既然有辦法讓她飛上去，自然也就有本事把她拉下來。」

我豁然明白她口中所言「終於解脫了」之意，只是她又為何要下毒害我呢？已經不可能是為了爭寵。我長歎一聲，原來活著未必就是勝利者，去了也未必是冤魂。

七　捕蟬計

翌日一早即有消息傳來，說是派了西寧將軍前去祁關平亂，皇上大清早便去往凱旋門親送西寧楨宇出征。

起身梳洗完用了些清粥小菜，小安子已進來肅身立於一旁。我屏退了眾人，令彩衣在門口守著，示意小安子坐下。

小安子謝過恩，才在小軟凳上坐了半邊，我迫不及待地想證實自己的揣測，忙問道：「小安子，可有甚發現？」

小安子神情微變，有些驚恐，起身到門口、窗邊仔細查看，確認無人了才坐回軟凳上，小聲道：「主子，果真讓您猜中了。」小安子深吸了一口氣，方將昨夜所見細細道出。

「晴貴嬪出了櫻雨殿不多遠，雲秀嬤嬤早等候在那處，兩人細聲說著話直接回返煙霞殿。奴才在門口等了半晌不見有動靜，本想離開，又想著主子不會無緣無故叫我跟上，奴才便躲在煙霞殿門外轉角的小園子裡，正好能同時看到煙霞殿的正門和側門。

「又過了好一會，才有一人從殿側小門裡悄悄出來，奴才本沒在意。待那人走遠了一點，奴才越看越覺得那身段熟悉，借著月光覺察出那人便是晴貴嬪，忙遠遠地跟了上去。

「那晴貴嬪專揀偏僻的地方走，繞了一圈竟是入了桃花源，幸虧奴才時常陪主子到那處散步，熟悉地形，這才未被發現。奴才跟在後頭走著走著，尾隨進了桃花屋，已故薛皇后生前遊園累了時常在那裡休憩，如今荒廢已久。

「奴才藉著夜色掩飾，從破舊小窗翻進屋裡，藏身於茶水間。不一會子敲門聲響後進來一人，竟是個男人。奴才大驚，惶恐得心都提到嗓子眼了，軟在茶水間，連呼吸都不敢用力。那二人說話聲極小，奴才卻也聽得仔細。

「那男子道：『表妹，我好想你！』

「晴貴嬪哭道：『表哥，你我今生已然注定無緣，這都是命，我們只能認命！』

「那男子口氣異常堅定，『不，不，我不認。我說過，這一輩子除了你，我誰也不要！』

「晴貴嬪恍如下定了決心，『西康城裡有多少官宦人家的好女兒等著嫁你，表哥切莫執迷不悟。我如今成爲宮中嬪妃，此生已無希望再踏出這座圍城了。表哥今後莫再傳信進來，我已決定這一輩子再不見你了！』

「那男子怒道：『什麼？你敢！』

「奴才聽到屋子裡一陣撕扯聲和晴貴嬪的低呼，方鼓足勇氣偷偷將門簾掀了條縫。

「只見那男子抓住晴貴嬪一推，便將她摔在了炕上。晴貴嬪想爬起身，那男子卻上前按住，撕扯中那男子使力一扯，竟將晴貴嬪衣衫扯散。

「時間好似停在此刻，兩人皆是一愣。晴貴嬪因用力掙扎微顯氣喘，面如春桃，唇絳似櫻，膚如凝脂，衣衫散亂，一對酥胸在大紅繡鳳肚兜包裹下渾圓豐滿，呼之欲出。

「那男子看得兩眼噴火，晴貴嬪挪了挪身子，呢喃道：『表哥，你喝多了……』那男子卻似遭電擊般，猛地爬上炕將晴貴嬪緊緊摟住，任由晴貴嬪推打掙扎，也躲不過他挑逗的吻和雙手的撫摩，漸漸地竟呻吟出聲。兩人猶如乾柴烈火，行下了苟且之事……」

我越聽越心驚，喝道：「快住口，別再說下去了。」

小安子立時從沉思中清醒過來，「主子，現下該如何是好？」

「小安子，這些事爛在肚子裡也不能說出的，否則……」我頓了頓，話鋒一轉，柔聲道：「你今兒身子不爽，去喝些銀耳湯，好好休息一天，明兒個再當班吧。」

「奴才謝主子恩典。」小安子謝了恩，下去了。

我馬上喚彩衣進來，吩咐道：「彩衣，今兒小安子身子不爽，你安排個人，小心伺候著。」

正說著，我乍覺眼前一片模糊，最後意識裡只聽見彩衣的呼喚：「主子，主子……」

不知過了多久，朦朧醒來，正要起身，彩衣卻按住我道：「主子，您、您快躺下。」

我隔著紗帳，瞧見了正爲我診脈的華太醫和坐在一旁滿臉焦急的皇上。我茫然問道：「彩衣，我這是怎麼啦？」

彩衣抽泣著回話：「主子，您正與奴婢說話間便暈厥過去。主子啊，見您醒來眞好，可嚇死奴婢了。」

皇上見我醒轉，早已按捺不住，掀開紗帳進來側坐榻上，握著我的手。我欲起身，卻讓他給按住。

我柔聲道：「皇上，臣妾害您擔心了……」

他輕拍了拍我的手，出聲安慰我，倒似安慰他自己：「沒事的，沒事。有華太醫在。」

華太醫伸出二指，搭在我蓋著絲帕的手上把脈，少頃後道：「請德貴嬪換另一手。」我依言換過一隻手，他又細細診了一會兒脈，請旨道：「皇上，請恩准微臣觀德貴嬪面色。」

「准。」皇上話剛落，秋霜、秋菊便上前掀簾，華太醫抬頭瞧望我的面色，奏請皇上看了我的舌頭，接著從隨身的醫箱裡取出個布包，打開來，上頭長長短短插了一排銀針。華太醫伸手拔出一枚，對我說道：「德貴嬪，微臣要在您身上下針。」

我頷首而應，他於我手腕處找準穴位，將那銀針輕輕扎入，微旋轉一下又拔出，轉身對著窗在陽光下細看。華太醫猛然臉色一變，沉聲問道：「貴嬪主子最近都吃些什麼藥？」

彩衣忙出去取來醫案，華太醫拿了細細看著，臉上神色變幻莫測，約莫過了一炷香時間，華太醫才放下手中的醫案。他眉頭深鎖，自言自語道：「那幾位大人所開之藥皆無偏差，可是、可是怎麼會這樣呢？」

「華太醫，究竟怎樣？」皇上聽得他如此呢喃，倒有些著急起來。

突然，華太醫像是想到什麼，壓低聲音道：「皇上，可否近一步說話？」

「不。」皇上尚未開言，我卻是態度堅決地反對道：「皇上，臣妾的病情臣妾自己必要知道，請華太醫當面道來。」

彩衣隱約從華太醫臉色察知事情有幾分不對勁，小安子示意她領眾人退下，自己則守在了門口。

皇上見我態度堅決，只朝華太醫點了點頭。華太醫跪落皇上跟前，雙手一拱，沉聲道：「恕微臣直言，德貴嬪有中毒之狀！」

我如晴天霹靂，渾身發顫，已然說不出話來，眼淚簌簌而下。

皇上同是震驚萬分，再見我的表情，立時龍顏大怒，「難道是那幫太醫……」

「不，微臣查看過德貴嬪的醫案，不是他們。」華太醫屏除了皇上的猜測。

「那……」皇上一下子懵了。

「據微臣觀察，德貴嬪中此毒已然有些時日，只是毒性緩慢，所以不易察覺。」

皇上大惑不解，「既非那幾名太醫，可爲甚他們沒有診斷出來，你卻知道呢？」

華太醫神情微露得意，回稟道：「此毒並非尋常毒藥，世所罕見，那下毒之人也是心思縝密，機緣巧合居然讓他碰上了。這種毒，中毒之初症狀是嗜睡、全身發軟、四肢無力，尋常人只當是體虛之故，多半診斷不出，開藥常以補氣爲主。微臣行醫四十餘載，遍讀百家醫書，憶起一本雜記上所記載的中毒症狀與德貴嬪略略相似，方才斗膽以銀針試之。」說到這裡，華太醫把那根銀針舉起，托到皇上目光所及之處。

我湊到皇上身邊，定眼一瞧，只見原來銀白發亮的針頭此時已變爲墨黑色。我大驚失色，低呼出聲，含淚欲滴。

皇上神色凝重，沉聲問道：「華太醫，如今該當如何？」

華太醫回道：「皇上，目前只是微臣初步推斷，究竟是與不是，還須待微臣將這毒物尋了出來，方可確認。請皇上恩准微臣查看德貴嬪殿中之物。」

「准了。」

華太醫又朝我拱手道：「德貴嬪，請恕微臣斗膽放肆了。」

我忙虛扶他一把，「華太醫客氣。華太醫醫術精湛，有口皆碑，能請到華太醫診脈乃我幾世修來的福氣，不必拘束，只管查看便是。」

華太醫這才起身，先將內室床前、窗邊、鏡前細細查看一番，後繞出屏風到了外間，四處環顧。皇上扶著我緊隨其後，神情緊張地望著他。華太醫猛地停住，大步跨到屋角那盆天仙子前，我鬆了口氣，示意皇上看向華太醫。

皇上扶我落坐雕花楠木椅上，甫問凝神沉思的華太醫：「愛卿可有發現？」

華太醫恭敬回稟道：「皇上，這花……」他頓了一頓，問道：「德貴嬪可否告知微臣，此花從何得來？」

我茫茫然不明所以的回答：「這花，我也不曉得名字，是剛住進來那會子閒來無事，帶了小安子他們整理後院時發現的，我瞧這花挺別致的，便叫小安子搬移入室，放在此間有半年光景了。怎麼？華太醫，這花有問題麼？」

華太醫點頭道：「此花產於異域山中瘴氣之地，吸收瘴氣精華而生，葉紅如血，極爲罕見。三年開花，芳香異常；九年結果，養顏極品。單說此花乃花中極品，甚是難得，但微臣記得那本民間雜記中有記載，此花若是配上某些特殊之物，便會產生劇毒。請問德貴嬪最近可有進食或收到甚特殊之物麼？」

「每日裡除了御膳房送來的食物，我只自己做些小糕點，想來並無不妥之處。」我頓了一下，思量少頃後又道：「若說有甚特殊之物，也就是皇上平日賞賜之物，再有，便是前日裡宮中其他姐妹探病送來的禮物了。」

「德貴嬪，可否容微臣細察之？」

「這個自然。」我即命門口候著的彩衣吩咐他人將那些額外收起的錦盒搬上來，擺了滿滿一桌，請華太醫細看。

華太醫將桌上物品一件件拿起仔細查看，放到鼻下聞之，不放過任何蛛絲馬跡。倏地，他奇怪地「嗯」了一聲，拿起那支觸手全無的雪參，聞了聞，又用手掐了一點鬚肉放入嘴裡細細品嘗。稍許，他方胸有成足地問道：「德貴嬪近些日子可是在食用這雪參進補？」

「正是。」我笑著答道：「我看這雪參似極爲名貴，卻是不識其品性，便令彩衣送去太醫院請了孫太醫查看，孫太醫回說這雪參乃補中極品，並無不妥，我才令人每日切用少許褒湯進補。」

「此便是了。」華太醫顯露出一副恍然大悟的表情，「這雪參產自天寒地凍之巔，而這天仙子生於濕熱瘴氣之地，一寒一熱，原來皆是聖品之物，同時作用遂成劇毒。中毒之人嗜睡如命，且一回長過一回，最後恐將長睡不醒。」

「啊？」我大驚失色，倏地全身無力，萬念俱灰，軟軟地從椅上滑落。彩衣忙上前扶住我，嗚咽著泣不成聲：「主子，主子……」

皇上回過頭，伸手來扶我，眼裡布滿心疼。我抓住他的衣服，就那樣生生地望著他，只喚了聲「皇上……」便再沒了聲音，淚如泉湧，像斷線珍珠般滾落而下。

我感覺到他顫抖的身體和沉重的呼吸，最終須臾間緩和下去，只冷靜問道：「華太醫，如今德貴嬪的毒可有法子得解？」

「回皇上，德貴嬪中毒時日尚淺，如今只需採了天仙子葉用無根水三碗煎一碗，每日服用三回，三日即可解毒，再調養一段時間便可痊癒。」

「好，華太醫，此事朕就派你全權負責，切不可出一絲差錯。」

「微臣領旨。」

「小玄子。」

「奴才在。」

「你把這天仙子給朕看住了，待華太醫藥用完便毀去，這般害人之物切不可再留。」

我看著他鏗鏘有力地交代下人，且有條不紊地處理事情，神情剛毅竟散發出一種特有的魅力來，不覺中竟癡看著捨不得轉開眼。

「皇上，天仙子甚是難得，就這樣毀去未免可惜，請皇上交與微臣澆養。」

「此等害人之物，朕豈能再留。」

「皇上，」我見華太醫亟欲求之又無可奈何的表情，不由得道：「此花有害，卻也有利，皇上切不可因著臣妾受了它的茶毒便要毀之。華太醫乃醫者，臣妾相信華太醫能將它善管善用之。」

「華太醫，你替德貴嬪診脈有功，朕就依你喜好，將這天仙子賜與你澆養。」華太醫尚未及謝恩，皇上口氣一轉，沉聲道：「可如若還有人因著天仙子中毒，朕唯你是問！」

「微臣謝皇上恩賜，謹遵聖諭！」華太醫跪謝了恩，旋帶人捧著花出去開方煎藥了。

皇上沉著臉扶我進得內室躺落睡椅上，自己坐在一旁，命小玄子傳彩衣和小安子進屋。屋子裡的空氣重得讓人喘不過氣來，彩衣和小安子跪在地上六神無主，瑟瑟發抖。

彷彿過了半輩子那麼長，皇上才緩聲道：「那雪參是何人所贈？」

「回皇上……」彩衣跪在地上，眼睛不自主看向我，心裡拿不定該不該說。

皇上看她望向我，沉著臉掃了我一眼，也不說話。

小玄子在一旁看得明白，厲聲喝道：「該死的奴婢，皇上問你話，還不趕快照實回稟！」

彩衣嚇得渾身打顫，連開口的力氣都沒了。小安子畢竟進宮日久，沉聲回道：「回皇上，那雪參是前些日子，宮裡其他娘娘主子來看德主子時一併送來的。奴才記得清楚，那雪參是瑤嬪主子所贈，當時我家主子看著名貴還不敢收，瑤嬪主子說是貴妃娘娘一片心意，我家主子這才千恩萬謝收下了。不想，不想……」

小安子說到此時已是泣不成聲，彩衣雖然驚訝萬分，倒也機靈地接話道：「當時瑤嬪主子清高自傲，壓根兒不把德主子放在眼裡。奴婢心裡還奇怪著，瑤嬪主子平日裡對我家主子素來不滿，怎會親自前來贈與這雪參，想當初主子之所以被太后處以藤鞭，還是因爲瑤嬪主子……」

我倏地從睡椅上爬了起來，「住口！該死的賤婢，也不看清這是什麼情況，敢在皇上面前嚼舌根子，真真是活膩了。」我立時聲色俱厲哭道：「平日裡我都是怎麼教你們的，看來我是教不了你了，我這就叫人將你給送出去，我這櫻雨殿是留不了你了。」說著就要叫秋霜她們進來。

彩衣淚流滿面，哽咽道：「主子，奴婢也是替您委屈……」

我又急又氣，怒道：「你還嘴硬，小安子……」

小安子跪爬到我跟前，磕頭不止，「主子，您行行好，莫再將彩衣給送出去。您不看彩衣平日時對主子忠心耿耿，細心照料，也看在如貴嬪的分上饒了彩衣這一次吧……」

我如遭電擊，愣在當場！

彩衣眼淚簌簌直下，磕頭道：「主子，您莫趕奴婢出去，奴婢下次再也不敢了。」

我無力答話，倚在睡椅上揮了揮手，輕聲道：「都下去吧！」

小安子扶了彩衣退下去，我掙扎著欲起身，皇上上前按住我。我低聲道：「皇上，彩衣進宮時日尚淺，無知冒犯，皇上切莫怪罪。」

皇上心疼地看著我，眼裡滿是柔情，「言言，你總是這麼善良。」他頓了一下，對小玄子吩咐道：

「小玄子，傳朕旨意，麗貴妃代理六宮積勞成疾，特准在長春宮靜養，任何人不得叨擾。」

我心中一喜，這旨意明爲靜養，實爲幽禁。然乍喜之後不由得脊背發涼，我這著險棋本就是黃蜂尾後螯，一時不慎就會引火焚身。

皇上今下這道旨意，想來對她早是心有間隙，可畢竟多年夫妻恩情豈是說斷便斷的。既然已是一招不著，那就不可打草驚蛇，只能從長計議了，否則她反撲起來，羽翼未豐的我根本無力自保。

「皇上！」我輕喚著，看著他搖了搖頭，委婉勸道：「那天仙子放置在前，雪參相送在後，並無確切證據論定下毒之人便是她，臣妾寧願相信她將這雪參贈與臣妾本是一片善心。皇上如今這樣做，恐怕難以信服眾人，臣妾亦會心中難安。」

「言言，你心善朕心裡有數。可這後宮也到該整一整的時候了，當初的如貴嬪，如今的你……」他猛地擁我入懷，「你知麼？朕方才眞是害怕，怕你像如貴嬪那樣一言不發便離朕而去，朕答應過要保護好你，再不讓你受半點委屈的。豈知如今，你就在朕的眼皮底下被人下了毒……」

「肅郎。」我反抱著他，輕撫道：「您是一國之君，您的一言一行舉國上下仰視著，若是缺乏確鑿證據而如此率爾幽禁貴妃，莫說是後宮，就是朝野上下也會起風波。您對言言的心意，言言心裡清楚，爲今之計只能謹慎防備。」

皇上歎了口氣，感歎道：「倘她們也能像言言這般替朕著想，朕何須勞累至此。」

「若眞人人如此，皇上哪還記得臣妾啊。」我咯咯直笑，窩在他懷裡撒嬌道：「那臣妾還是願意唯獨臣妾一人這樣，皇上便只寵愛臣妾一人。」

皇上受了我的影響，展顏點了點我的鼻子，「你呀，朕眞眞拿你沒辦法……」

我心中五味雜陳，被寵愛原乃如此幸福的一件事，然而，我卻甩了甩頭，責怪自己切不可有如此幼稚的想法，畢竟君恩淺薄。母親只在府中面對幾個姨娘尚且如此，自己身在佳麗三千的後宮，如果不努力往上爬，且不說報仇血恨，連自保都怕是……

我連服了兩次華太醫送來的藥，一覺睡到隔日晌午，精神已好轉許多。正坐在窗前梳洗時，小安子進來報道：「主子，莫大人已攜子在外候了好一會了。」

我一呆，手中那枚珍珠步搖「叭」的掉落地上，幾顆米白珍珠滾落開來，我目光呆滯地盯著它們一直滾落到床邊。

小安子輕喚道：「主子……」

我回過神來，也不答話，只喚秋霜去準備午膳，又叫彩衣伺候著更了衣梳了頭，對鏡而立。上著粉紅刺繡牡丹小襖，下穿月白撒花摺裙，雍容華貴的飛鳳髻上斜斜插著一支翡翠鑲金琅環步搖。

我滿意地點點頭，喚彩衣和小安子上前扶我，猶如一朵飄動的牡丹般緩緩移到楠木椅上靠坐著，彩衣取來軟凳墊於我腳下，取了大紅繡鳳小錦被蓋在我腿上，我挪了個舒服的姿勢。小安子又命小宮女將珠簾放落，我才示意他將廳裡那兩人給帶進來。

父親微低著頭，神情緊張地挪身進來，二哥一言不發跟在父親背後，不時四處偷瞧。

小安子輕咳了一聲，二人嚇得跪倒在地道：「微臣拜見德貴嬪。」

再次見到這個我稱之爲老爺、娘稱之爲丈夫的男人，我心中百感交集。大半年前相見，他坐太師椅、我跪地上，如今再見，卻是我坐貴妃椅、他跪在我跟前，眞眞是三十年河東，四十年河西。倘若當初他能預見今日此狀，不知是否還願跟我交易，送我入宮了。

我猛將指甲掐進手心，讓疼痛來提醒自己冷靜些。彷彿過了半輩子時光，地上的兩人已是心驚膽戰，深秋的天裡竟冒出一頭冷汗。

我深吸了一口氣，輕聲道：「哎呀，父親怎還在地上跪著？」轉頭呵斥道：「該死的奴才，我病著難道你們也病糊塗了麼？還不趕快扶我父親大人起身！」

小安子連聲道：「主子息怒，奴才該死，奴才該死！」說著便命小太監們搬了楠木椅前來，又扶了二人坐下。

我壓下心中對他的仇恨，做好十足的準備，方命人捲了珠簾。

「都是自家人，就不必如此拘禮。我與家人親近些，想來皇上也是不會阻攔的。」珠簾捲起，穿金戴銀、衣著華貴的我，充分向父親證明了皇寵正濃。我在他眼裡看到了驚訝，但更多的是貪婪的光芒，二哥更是目瞪口呆，雙眼就那樣直愣愣地看著我。

我在心裡冷笑著，「如若你能善待我的母親，如今我便也善待於你，但你偏偏……如今我能送你的只能是一枚糖衣黃蓮了。」

我微笑著輕咳了兩聲，二哥回過神來，臉上一紅，復又低下了頭。我輕聲道：「父親近來可好？」

「好，好。」父親見我喜笑顏開的溫和模樣，想來一時很難適應。

「家裡可好？」我試探著問道。

父親微顫一下，二哥猛地抬頭對上我含笑的雙眼，臉色微白，忙躲開了去。

父親搶著答道：「好，一切安好。」

「眞的麼?」我溫柔卻有力地問道。

父親緊張地看著我，摸不准我是否知道些什麼，只想我身處深宮之中定然不會知曉，但畢竟做了虧心事，又面對如今已身居高位的我，難免有些不安。

我笑道：「我娘身子一向不好，如今父親說家裡一切安好，想來娘的身子經過這大半年的調養已是大好了?」

父親取出手巾拭著頭上冷汗，吶吶應著：「是，是啊，已見大好了。」

「這深秋的天，父親覺得熱麼?彩衣，還不趕快開了窗。」我溫和地笑著，「女兒獨自身在宮中，娘那邊就拜託父親多費心了。」

父親見我如此，已是斷定我不知內情，稍定了定神，換上慣有的冷靜，熟練地敷衍著我，「德貴嬪只管放心，有我莫某吃的，斷然不會讓月娘餓著。」

「如此，女兒便放心了。」

我裝作對他的話堅信不疑，叫秋霜拿出許多平素我自己用不到卻珍貴異常之物，讓父親回府時帶著，又笑道：「女兒一人身在宮中，平日連個說話的人都沒有，女兒位分不夠，仍蒙皇上恩賜，准父親和二哥進來閒話家常，這一別也不知何時能再見。可若留久了只怕會惹來閒話，如今已到晌午，父親和二哥請用過午膳再回吧。」

父親和二哥謝了恩，隨我到達西花廳。

宮女上前引我入座，我示意彩衣帶她們都退出去，笑道：「父親，二哥，如今已無外人，不必拘禮，都過來坐吧。」

色。

父親又領著二哥謝了禮，這才入了座。一見桌上菜式，饒是父親身居當朝三品官員，也難掩驚豔之色。龍鳳呈祥，燕尾桃花蝦、海參全家福、鳳尾魚翅、金絲酥雀……各種精美菜式擺了滿滿一桌。

我只作未見二人神色，狀若平常，執起了白玉杯舉向父親，「女兒敬父親一杯！」

父親忙端了杯，「微臣謝過德貴嬪。」說完顫巍巍地一飲而盡。

我用鑲金象牙筷夾了那道海參全家福中的海參往父親碗裡放，父親忙將碗送到我手能及之處，嘴裡不斷道謝。我又示意二哥隨意，這才道：「父親不必太過拘禮，都是一家人。過往之事，如今都不必再提，父親只要記得當初對女兒的承諾就是了，更何況女兒一人在宮裡也是孤掌難鳴，一家人往後還要相互幫襯著過日子呢。」

父親到此時總算放下了警戒之心，愉悅地享受起眼前的美食來，二哥倒像是鄉巴佬進城似的，早已低頭猛吃。

「說相互幫襯，那是德貴嬪自謙了。如今德貴嬪已是寵冠六宮，微臣以後的日子還要靠德貴嬪多提攜，但有用得著微臣的地方，德貴嬪儘管吩咐。」父親喝了幾口小安子剛送上來的一品血燕，態度虔誠地說。

我見魚兒咬鉤，也不答話，只招呼二哥品血燕。父親頓了一下，見我並無異色，又厚著臉皮道：「為父這戶部侍郎上任已十年有餘，終因得罪了傅尚書而不受重用，到如今也不能為你二哥求得一官半職，實在慚愧。現下這事，得要靠德貴嬪多上心了。」

「父親的話，女兒記在心上了，只是此事終須從長計議，二哥回去要耐心等待。父親也要管好二哥，切不可壞了名聲，否則女兒只怕也是愛莫能助。」

父親點了點頭，「這個自然。德貴嬪但有吩咐，只管帶信出來，侍衛長萬福安那邊微臣已經打點妥當了。」

我亦點了點頭，「有勞父親費心了，以後一家人便要常來常往，相輔相成，平步青雲，光耀門楣方指日可待。」

父親連連稱是，又說了一會兒話，我才命彩衣將先前贈與的物品遞上，又拿了些補品，語笑連連地請父親帶與母親，代我向她問安。交代許久，這才命小安子將二人送至宮門。

八　黃雀在後

華太醫向皇后稟報過我的病情，皇后帶了眾人親自前來探病，說我重傷初癒，氣血兩虛，不宜侍奉皇上，暫先靜養幾日。她一邊噓寒問暖，囑咐我安心調養，喝斥奴才們盡心伺候，一邊眉開眼笑地吩咐楊公公摘除我的綠頭牌。

眾人一聽也跟著眉開眼笑，眼裡添了道光芒，畢竟少了我，她們又多了些許侍寢的機會。我但笑不語，畢竟天仙子一箭雙鵰之計已然成功大半，皇后吩咐摘去我的牌子，我倒也鬆口氣。槍打枝頭鳥，我早該退下來隱於林間啦。

皇上到底找了碴，在皇后宮裡龍顏大怒，將瑤嬪貶爲常在並禁足於落霞殿。

麗貴妃一接到消息立時去往御書房，卻被皇上再三拒之門外，直到聖旨下達，塵埃落定，還被皇上狠狠訓斥爲管束不嚴，協助皇后管理後宮失職。麗貴妃自然將這一筆記在了皇后頭上，我卻因閉門養病置身事外。

我閉門養病之初，倒還時常有人前來探望，畢竟我寵冠六宮，即便病中皇上仍每日前來探望我。不出幾日，皇上來的次數明顯減少，眾人便不那麼勤了。再幾日，皇上只偶爾進來小坐一會、吃些糕點，我這殿裡也就冷清下來了，只端木晴常來，柳才人偶爾來閒話幾句，又送不少梅花薰香。

她們卻不知，皇上因公事繁忙未翻牌子歇在光明殿和龍翔宮的日子，都是待到夜深人靜時只帶了楊公公來我殿裡。

眨眼半月有餘，寒露襲來，早晚已是冷冽異常，衣領袖邊早裹上了海虎毛。這兩日我月事來了，行動不便，便勸皇上去了端木晴殿裡。

用過午膳，我照例倚在躺椅上午憩，閉著眼卻全無睡意，腦中思量這些時日發生的事，想來在這宮裡，若無個貼己的太醫調養好身子，只怕是有命爭寵無命享。我倏地起身，喚彩衣取來華太醫查看過的醫案仔細瞧，反覆斟酌。

小安子掀簾而進，我示意彩衣帶宮女們出去。

小安子趨前小聲道：「主子，打聽清楚了，當日裡給如貴嬪診脈的是南太醫。」

「南宮陽？」我腦子裡靈光一閃，忙拿起旁邊几上那疊醫案，取出方才瞧過的那幾張藥方遞與小安子，「你看看這幾張藥方，此位南宮陽開的藥方明顯與其他幾位太醫大相徑庭。小安子，你再跑一趟，拿了這藥方尋個可靠之人問問去。」

小安子領命辦事去了，我漫步走近窗前，望著光禿禿的櫻樹發呆。

彩衣不知何時進來的，她拿了件晨袍披在我身上道：「主子，天冷呢，您如今正是體虛之時，就別站在窗口吹風了。我加了炭盆，您先靠一會子吧。」

我點了點頭，依言斜坐在躺椅上，捂了小錦被，彩衣知我怕炭味，添了日前柳才人送來的梅花香。香味傳來，我卻微微感覺噁心，不由蹙起眉，呷了口茶強壓下這股噁心感。

彩衣驚道：「主子，可是身子不適？奴婢去請太醫！」

我再聞，空氣中哪有甚腥味，唯聞縷縷梅香飄來，清新淡雅。想來是那炭味惹人噁心，於是我搖搖頭道：「沒什麼，別瞎緊張，興許是那炭味薰人。」

未久小安子回來，說他遍尋無人，便塞五十兩銀子給御藥房的藥僮，藥僮看了，說這方子是常用的清腸解毒之方。我心中一驚，想來當日他早診出我已中毒，卻是爲何不稟？

我頓了一下，吩咐道：「彩衣，你去請南太醫前來診脈。」

不一會，南宮陽便來了，小安子弄妥診脈準備。

南宮陽上前拜道：「微臣見過德貴嬪。」

我忙虛扶了一把，「南太醫何須多禮。先前午憩乍感不適，勞煩南太醫跑這一趟，萬事拜託了。」

「德貴嬪客氣了，此乃微臣分內之事。」南宮陽又拜過，方上前倚坐在小軟凳，伸手按落我早蓋了錦帕擱於几上的手腕。他屏息靜氣，沉著認眞，半晌才道：「剛才微臣已仔細爲德貴嬪請脈，貴嬪小主脈象平和，想來背上之傷已然痊癒，唯氣血不足，需靜養一段時日以好好調養身子。」

「有勞南太醫了，無事甚好。既然南太醫難得過來，不妨陪我閒聊幾句。」我笑盈盈地說道：「彩衣，給南太醫端茶看坐。」

小安子立即搬來一把楠木雕花椅放在我下首位，彩衣捧上兩杯新沏好的信陽毛尖，一杯奉上給我，一杯奉給南宮陽。南宮陽謝過，接了茶落坐。

我慢悠悠用杯蓋輕拂茶面，又小口吹去茶沫，斜目瞥了一眼南宮陽，說道：「南太醫，許久不見了，不知近日可有高升？」

南宮陽聽我這樣問，臉上掠過一絲尷尬的表情，擱下茶杯，坐直身子答道：「回稟德貴嬪，臣……臣尚無……升遷。」

我放下手中的杯子，淺淺一笑，雙目直視南宮陽，一字一句道：「只要南太醫盡心爲我診脈治病，我相信南太醫必有步步高升、展翅高飛的一天！」

南宮陽倏地起身，雙手抱拳衝我深深一鞠，道：「德貴嬪知遇之恩，臣銘感在心，終生難忘。從今日起，必然全心爲德貴嬪效犬馬之力，以報大恩！」

我微笑著頷首，別有深意地看了他一眼，閒閒地問：「眞的麼？」

南宮陽聽我口氣突變，頗摸不著頭腦，旋細觀一下我的臉色，小心謹愼地回道：「微臣句句皆是肺腑之言！」

我「啪」的一聲將茶杯重重放落桌上，雙眼緊盯著他，冷冷地說：「那南太醫當日既已診出我身中奇毒，卻是爲何隱瞞不報？」

他渾身一顫，「咚」的跪在地上，語無倫次地道：「微臣……微臣聽不明白德貴嬪的話。」

「你既已隱瞞不報，卻又爲何開了解毒之方？」我緊緊相逼。

「這個，微臣……」

「嗯？」我坐直了身子，冷冷開言：「既然南太醫這也不知、那也不明，我只好差人請來聖上，稟上此事請皇上定奪了。」

「德主子饒命！」南宮陽跪在我跟前拜了下去，我看不清楚他的神情，卻見他手指緊握成拳，關節都有些發白。

我不出聲，只靜靜看著他。好一陣子他的手才緩緩鬆開來，語氣平靜地回道：「德貴嬪既已知曉，微臣便直言不諱了。」

我見他鬆口，不由重重透了口氣，「南太醫，我亦覺著事有蹊蹺，才請了你來，想問個明白。南太醫快快請起，只管道來便是。」

他微顯驚訝，抬起眼來。我目光清澈地看著他，含笑朝他點頭示意，他才坐了下來，細細道出此事前因後果。

「當日微臣前來請脈，發現德主子長睡不醒，卻脈象平和，微臣想起恩師在世時曾談起過此現象乃中毒所致。微臣亦只是聽說，並不敢妄下斷語，故而試著開了些較溫和的清腸解毒之方。

「微臣回去後翻遍恩師辭世時所贈全部醫書，終於在一本醫學史記上尋著了有關記載，想起那日告退時注意到德貴嬪房裡某盆紅葉草與那書上所繪之處大有相似，微臣這才知道那是天仙子，也斷定德貴嬪確是中毒。微臣本想稟呈皇上，卻在此時聽說華太醫已爲德貴嬪請脈開方，德貴嬪身子也見大好，方才微臣進來時並未再瞧到那盆天仙子，想來華太醫已爲德貴嬪確診，開了解毒方子。微臣才疏學淺，實在慚愧！」

「話雖如此，可我近日裡總覺頭暈胸悶，時常噁心想嘔，不知是不是毒未除淨，故才請南太醫過來診脈。」

「德貴嬪，這……」南宮陽頗顯爲難，「太醫院有太醫院的規矩，德貴嬪此疾之首診既爲華太醫，複診卻換了微臣，這於禮不合。況且，華太醫乃太醫院院首，醫術精湛……」

「況且，你因當年年輕氣盛、性情耿直得罪了華太醫，」我打斷他的話，盯著他一字一句道：「多年來處處受其牽制壓迫，以至於在太醫院行醫二十餘載，卻還只是個九品醫官，若非你處處謹慎小心兼又醫術了得，早已被其尋了由頭趕出太醫院了。」

「德貴嬪！」南宮陽跪在跟前，微感汗顏，「德主子既都已知曉，就請德主子高抬貴手，切莫爲難微臣。」

「爲難你？我倒覺得我是在救你呢。」我閒閒地說：「既然南太醫覺著我這是在爲難你，那我就不爲難南太醫了。小安子，送南太醫。」

南宮陽聽我如此說，反而愣在當場，猶豫起來，頓了一下才道：「還請德貴嬪明示。」

我復又叫小安子扶他坐回椅上，換了新茶，方道：「南太醫，許多時候明槍易躲，但暗箭難防，且是防不勝防啊。」我頓了一下，呷了口茶，見他凝神細聽，才又道：「南太醫還記得梅雨殿裡的如貴嬪不？」

「啊！」南宮陽端茶的手不由得抖了起來，我裝作沒看見似的，繼續說道：「如貴嬪走之前是南太醫去請的脈吧？可偏偏南太醫診完脈沒兩天她就出事了。」

「當時確是微臣診脈，但如貴嬪不過是體虛多夢，微臣開了方子便離開了，微臣診完脈還稟了皇后，記錄在冊了。」

「南太醫既然前去請脈，應該不會不知當時如貴嬪已身懷龍裔了吧？」

「這……」南宮陽直著身子僵在當場，詫異我是如何得知。

我將茶杯不輕不重地放在几上，「喀」的一聲脆響，溫和地說：「事到如今南太醫還拿我作外人，凡事遮遮掩掩，那我也就不多言了。小安子，送客！」

南宮陽神色凝重，愣在當場，猶豫不決。我靠在椅子上，一副輕鬆自在的表情，天知道我心裡有多緊張，但爲了將來又不得不賭上一把。空氣彷彿也凝住了，沉重得讓人喘不過氣來。

正在這當頭，殿門口當値的小太監高聲通傳道：「皇上駕到！」

我和南宮陽不由得皆鬆了口氣，同時起身，南宮陽神情緊張不知所措地看著我。我示意他稍安勿躁，側耳聽了一下外頭動靜，皇上人進到了殿中，我已聽到他問秋霜我在何處。

我懷著歉意看著南宮陽道：「南太醫，現下只得委屈你了。」

見他點頭，我立時吩咐道：「小安子，你速帶南太醫到茶水間暫避片刻。」

我小步移到妝臺前對鏡理妝完畢，轉身朝門口走去，才走兩步簾子就被掀起。我含笑瞟了一眼打簾子的小玄子，迎上走進來的人拜道：「臣妾恭迎聖駕，皇上萬歲萬歲萬萬歲！」

我甫跪下就被皇上大步上前拉起來，他語氣溫和中透著關懷，「言言，說了多少次了，私下裡不用對朕行此大禮。你這陣子身子欠安，要好好調養。」

我窩在他懷裡，任由他摟著上了炕，嬌聲道：「皇上，這禮省不得。萬一傳將出去便是亂了規矩，臣妾可怕呢。」

「要是誰再敢多嘴，朕絕饒不了他！」皇上心疼地摟我在懷，微帶歉意道：「言言，朕答應過你嚴懲上次到太后跟前嚼舌根之人。」

「呀，皇上還記著這回事？」我詫異道：「當時皇上也就那麼一說，臣妾只當是皇上哄臣妾開心，根本沒放在心上。當日裡無論是誰到太后面前說了滋事，臣妾絕不怨她，到底確是臣妾不識大體，只要皇上不嫌棄臣妾，臣妾便心滿意足了。」

皇上扳過我的身子，深情地望著我，「朕答應過言言的事，從來沒有忘卻過。只是當日知情之人皆是太后身邊的人，朕不得不謹愼之，所以拖到現下才查了出來。當日到太后面前哭訴者竟是身居高位的黎昭儀，朕本想拿了治她個妖言惑眾之罪，卻不想今兒早上太醫剛診出她有喜了。」他滿懷歉意看著我，「言言，朕可以不管她，可朕卻不得不顧及……」

「皇上。」我壓下心頭萬般滋味，輕扶著他道：「黎昭儀入宮多年，行事循規蹈矩，臣妾本無怨恨之意。倒是如今她身懷龍裔，臣妾要恭喜皇上了。」

「言言，你可得好好調養，朕一直等著你給朕好消息呢。」

我羞紅了臉，直往他懷裡鑽道：「皇上壞，臣妾可不依。」

他寵溺地看著我，哈哈直笑。

我想到茶水間躲著的南宮陽，頓了一下，問道：「皇上，您可有去看過黎昭儀？」

「朕得知那生事人是她後，又被邊關諸事纏身，今兒剛下朝貴妃便稟了朕龍胎之事。下午朕批閱完奏章，左右爲難，躊躇著就到了你這裡，還沒來得及過去呢。」

「這就是皇上的不是了。黎昭儀喜得龍裔正盼著皇上前去呢，皇上卻跑來我這兒，傳出去那還了得。皇上現下就去吧，我這兒不留您了。」我一本正經地起身，拉了他往外推去。

他拗不過我，走到門口，又轉過身握著我的肩問道：「言言，你不生朕的氣吧？」

我笑道：「您若再不去，言言就真生氣了！」說著便掙開他的手，跪拜道：「臣妾恭送皇上！」

他啼笑皆非地拉起我的手，一同出了門，埋怨道：「別人巴不得朕不走，你反倒好，來了還把朕往外趕！」

我送走了皇上，回轉屋裡。南宮陽早等候在那兒，見我進來忙低眉順目地讓我入了座，看我神色無異，心情像是因皇上到來變得極好，這才小心翼翼道：「德貴嬪，方才之事是微臣不對，德貴嬪大人大量，就別放在心上了。」

我若無其事地伸手柔摸著桌上的青花瓷蓋碗茶杯，細細欣賞著，彷彿它是難得的名貴古玩般，但笑不語。

南宮陽見我不接話，頓了一下又提著膽說：「那日微臣前去給如貴嬪請脈，當時診出如貴嬪已身懷龍裔。如貴嬪十分興奮，立時就賞了微臣，還請微臣暫別回稟皇后，說是要等聖駕回來給皇上驚喜。微臣見她那般純真歡快模樣，遂就同意了，當時卻不免擔心著皇上不在宮裡，變化太多。果不其然，如貴嬪未等到皇上回來就出了事，連皇上最後一面也沒見上便去了。微臣怕惹禍上身，不敢多言，戰戰兢兢直到這事慢慢被遺忘，吊到嗓子眼的心才落下。不想如今……」說到此處他停了下來，偷覷我神色。

「不想如今卻被我提將起來。」我見好就收，畢竟我也只爲了讓他爲我所用罷了，「南太醫真的覺著這事已然風過無痕，水過無跡了麼？南太醫難道不好奇我是怎地得知這事的？」

「還請德貴嬪提點。」如今看來他已經是信了我，我既然給了他臺階，他當然順勢而下。

「宮裡私底下議論著，說是你把這事告訴給麗貴妃，瑤貴嬪這才下了手。如今皇上已經將瑤貴嬪降了位，接下來，不知道會輪到誰倒楣呢。」

「德貴嬪救命！」南宮陽忽地起身，「咚」的一聲跪倒在我跟前，「微臣冤枉，當日微臣一時心軟答應替如貴嬪隱瞞，並無私心。德貴嬪明察，微臣行醫二十餘載，即便得罪華太醫亦仍謹言慎行，小心避罪，不敢做絲毫違背良心之事。不想如今一時不察竟釀下大禍，微臣死不足惜，可憐我內人跟著微臣近三十載，如今絕症在身，微臣實在不忍扔下她一人而去。請德貴嬪高抬貴手，救微臣性命，微臣定當感恩圖報。」說著說著，不禁悲從中來，老淚縱橫。

「我一個失寵的婢妾，如何救得了南太醫？」我冷冷地說。

「如今這後宮能救微臣者只德貴嬪一人耳！方才微臣身在茶水間聽得清楚，德貴嬪仁德賢慧、進退合宜，深得聖心，平步青雲，寵冠六宮指日可待！請德貴嬪看在微臣一片誠心，救微臣於水火。」

我親自起身上前扶南宮陽坐回位子，遞了絲帕與他，復又回座輕聲道：「我請南太醫過來，自然是清楚南太醫爲人。我也無爲難南太醫的意思，只不過想提個醒，順便請南太醫爲我診脈，好好調養身子。」

「微臣謝過德貴嬪。」話已至此，雙方皆是心照不宣。

我吩咐彩衣送上茶點，請南宮陽共用。

他也不客氣，大口吃了幾塊，想了一下對我說道：「德貴嬪，可否容微臣再次爲您請脈？」

我詫異道：「可是有不妥之處？」

他沉吟道：「微臣也說不上來，只是剛才請脈之時，覺得有些奇異。」

我吃驚道：「南太醫不是說華太醫已確診，並已解毒了麼？」

「不瞞德貴嬪，微臣覺著德貴嬪所中之毒不大像表面所見的天仙子混了雪參這般簡單。」

「啊？」我心裡一驚。這殿裡我防得嚴嚴實實，近得身邊的只有小安子和彩衣，再有就是秋菊了，難道他們之中也有暗子不成？

我心裡打著鼓，嘴上卻是笑盈盈地對南宮陽說：「麻煩南太醫了。」

彩衣在几上擺上剛剛撤下去的湘紅金絲繡團墊，俟我將手放了上去，又拿絲帕蓋上。南宮陽待我點頭示意後，才上前斜坐在小軟凳上，伸手放至我手腕處。他凝神診脈，表情時喜時憂，一副高深莫測的樣子，看得我心裡直打鼓。

待到他收回手，我已是急不可待地開口詢問：「如何？南太醫。」

他卻是不答話，轉身從醫箱裡取了布包打開，拔出一枚銀針，目光炯炯地看著我說道：「德貴嬪，微臣要在您身上下針。您可信得過微臣？」

我點點頭，「疑人不用，用人不疑！」

他臉上霎時顯出激動之情，只見他把那枚銀針輕扎進我手腕一穴位處，微旋了旋，又取出來對著光細看，臉上神色變幻莫測。約莫過了一炷香時間，他臉色稍微好轉，但滿是疑惑之情，口中連連稱奇：「那天仙子之毒確是已解，可是、可是怎麼會這樣呢？」突然，他看著正飄出裊裊香氣的香鼎，像是突然想到什麼，「德貴嬪可否近一步說話？」

我會意，揮手讓彩衣和小安子都退下去。他臉色透出事情隱有不對，我啓口道：「南太醫有話不妨直說。」

「德貴嬪，恕微臣直言，您今時的情況恐不止中了天仙子毒這麼簡單。」說著將剛才那枚銀針舉到我眼前，「德貴嬪請看，若是單單中了那天仙子之毒，此針頭定然是黑色，娘娘已服了解毒之藥，這黑色該就慢慢變爲褐色，待毒除盡此針頭自然是閃亮無比。可如今此針尖卻是一點朱紅，加之微臣方才爲德貴嬪請脈，平和中略有緩動，實是怪異。」

我定眼一看，原來亮閃閃的針頭此時已變爲淺褐色，只是那針尖處卻有一點鮮紅。我的心陡地沉了下來，只覺背後一陣涼氣順著脊梁骨往上竄，急問道：「眼下該當如何？」

「微臣也不敢斷言，請德貴嬪寬限微臣一晚上的時間，容微臣仔細思量，明日午時微臣再爲德貴嬪診脈。」見我頷首而應，南宮陽又道：「現下最要緊的是找出這毒物來，從此刻起，德貴嬪吃的用的要萬分小心才是。德貴嬪鼎中薰香可否容微臣細察之？」

「南太醫不是外人，請自行取之。」得到我的允許後，南宮陽走至炕前打開鼎蓋，將未燃燒的香滅了，連同香灰一起倒進貼身絲帕，包裹起放入袖中。

轉身回來之際，南太醫又被妝臺前的東西吸住目光，見我點頭示意才走了過去。他拿起妝臺上一盒剛開封的胭脂，放在鼻前嗅聞，問道：「德貴嬪這是南韓新進貢的胭脂吧？」

「嗯，前兒個皇上令小玄子送過來的，說是新鮮玩意兒，讓我試試。」

南宮陽點了點頭，笑道：「微臣恭喜德貴嬪聖寵依舊，不過德貴嬪須得當心些。這胭脂微臣在晴貴嬪殿裡也見過，當時微臣見紅得可喜便多瞧了一眼，晴貴嬪以爲微臣想送內人，硬是送了微臣一盒，讓微臣轉送與內人。微臣回去後仔細察看過，這胭脂雖好，卻含有硼砂，德貴嬪用時可要謹慎些才好。」

「硼砂？」我奇怪道：「此物有何不對？」

「此物對常人倒沒甚危害，但若孕婦長時接觸使用，輕則胎兒不保，重則性命堪虞。」

「啊！」我急道：「南太醫可有告知晴貴嬪此事？」

南宮陽見我問起，略略惶恐道：「微臣疏忽，暫未告知，德貴嬪這裡事情有了結果，微臣便迅即前往煙霞殿。」

「南太醫不消麻煩了。」我定下神來，平靜地說：「我這裡之事須煩南太醫上心，晴貴嬪那邊我常過去，此事我順便告知她，南太醫就不必費心了。」

「德貴嬪說得是，那微臣便先告退了。」南宮陽朝我拱了下手，開始收拾醫箱準備離去。

我見事情已然落定，又急著想他回去研究病情，也不留他，只朝門外喊道：「小安子，還不趕快送進來。」

「是，主子！」話音剛落，繡簾掀起，小安子托盤進來，上面放著兩只小錦盒。

我親自上前取了錦盒中一對羊脂白和闐玉觀音和玉佛遞與南宮陽，他連聲推辭。我推將過去，說道：「這對玉像在歸元寺開過光的，據說能保人平安，助人心想事成。我如今贈與南太醫，一來願南夫人早日康復，二來祝南太醫心想事成。」

他怔怔看著我，默默地收下了。我又吩咐小安子將另一只錦盒中的一品血燕放入南太醫醫箱中，對他說道：「南夫人的病，但有我這裡能幫得上忙的，南太醫儘管開口。」

南宮陽眼裡瀰漫上水霧，莊重地跪下朝我一拜，「微臣謝德貴嬪知遇之恩！」語罷，起身拿了醫箱頭也不回便離去了，小安子忙跟出去送至殿門口。

翌晨，我前赴煙霞殿。

雲秀嬷嬷跟我早已熟識，一見我來便迎了上來，「德貴嬪來啦，我家主子正在房裡看書呢，老奴帶您過去。」

「有勞雲秀嬷嬷了。」我說著，隨在她背後進了正堂。

雲秀嬷嬷打了繡簾讓我進屋，嘴裡說著：「主子，您看看誰來了？」

我進得屋裡，端木晴早聞聲繞過屏風迎了出來。一見是我，她高興道：「我說是誰來了讓雲嬷嬷這般高興呢，原來是德姐姐來了。」

雲秀嬷嬷受不得消遣，微微羞澀道：「老奴都大把年紀了，主子還這麼戲弄老奴。老奴高興，那是因爲德主子來了，主子您就會高興呀。」

我們都呵呵笑了，入房圍著炭盆坐著閒聊起來。我示意彩衣將錦盒拿上前，笑道：「聽說南韓又進貢了些好東西，皇上差人給我送了兩疋絲繡鴛鴦錦，給妹妹送上一疋，看看有沒用得上的地方。」

端木晴上前打開盒蓋，伸手摸了一下，嘖嘖稱奇：「果眞是好錦，難怪宮裡人人都想著呢。別人想一疋都不得，姐姐那兒一送就是兩疋，皇上可把姐姐放在心尖上呢。」

我狠狠瞪她一眼，笑道：「少取笑我了，誰不知晴貴嬪自入宮以來便是聖寵不斷。還不從實招來，皇上賞了你什麼稀罕玩意兒？」

「也沒什麼。」端木晴淡淡地說：「都是些身外之物，德姐姐倒可看看有沒用得著的。」

說著便叫人端了上來，端木晴笑道：「德姐姐看看，若是有喜歡的，只管拿去。」

我上前看了一下，都是些珍珠、步搖之類的飾品。突然看到那只熟悉的胭脂盒子，我伸手拿了起來，打開放在鼻下聞著那淡淡的胭脂香。

「這是皇上命人送來的胭脂，據說很是好用，我素來不喜歡這些東西，也沒用過。前日裡南太醫亦愛不釋手，我便送了他內人一盒，想不到姐姐同樣中意。」她說著便把剩下那一盒一併塞到我手裡，「一共就送來這麼三盒，還剩下兩盒，姐姐一併拿去吧。」

我呵呵笑道：「如此我便不客氣啦，妹妹既然不喜歡，以後但有這胭脂送來，只管往我這裡扔。有多少我便接多少，你若是不給，我就厚著臉皮開口要，看你能好意思不給。」邊說邊笑呵呵地將胭脂交予彩衣收了起來，對那硼砂一事卻是隻字未提。

端木晴笑罵道：「就你嘴貧。對了，我聽說黎昭儀有喜了，你知道麼？」

「我也聽說了。你說我們要不要送點東西過去？」

「按理是應當要的，可是送甚好呢？」

我想了一下，提議道：「依我看，送些補品過去，讓黎昭儀好好補補身子。」

端木晴還未說話，伺候在旁的雲秀嬤嬤先開口反對道：「老奴以為不妥，還是送些用的較好。如今黎昭儀這龍裔，宮裡不知有多少人惦記著，兩位主子送些吃的東西去，將來萬一有個好歹，兩位主子便負最大嫌疑，只怕滿身是嘴也說不清楚，豈不是給那些有心之人有機可趁了。」

我和端木晴滿是贊同地點了點頭。

端木晴道：「還是嬤嬤想得周全，此事就拜託嬤嬤全權處理了吧。」

雲秀嬤嬤點點頭，欠身道：「主子如此說，奴才這就去庫房取上幾疋錦緞送過去。」

端木晴頷首示意雲秀嬤嬤去辦理，我同時起身道：「那我就不多留了，回殿裡揀些用的送過去。我病時黎昭儀亦常來探望，如今她大喜了，我若不趕著送去，豈不顯得失禮。」端木晴見我如此說，也不相留。

我帶了彩衣回到櫻雨殿，即刻吩咐彩衣去庫房取了個翡翠黃金長命鎖送到黎昭儀殿裡，並帶了話，說我身子不爽不便前去，怕過了病氣給她，等身子好了再去看望。

正說話間，小安子掀簾進來，說是南太醫來了，已在偏殿裡候著。我忙叫小安子領他進來，引他落坐楠木椅，又命彩衣奉上新茶，帶了宮女、太監們退出去。

南宮陽啜了口新泡的極品鐵觀音，見宮女、太監們全退出去，方低聲說道：「德貴嬪，昨日請脈之事已有結果。」

「哦！」我一聽不由得放下茶杯，聚精會神地聽他細說起來。

「微臣昨日回去便將先師留下的那本醫書反覆研讀，卻也只查見到和雪參共用會出現中毒之狀，再有便是略提了一下說與某些花類亦有過敏現象，具體卻是未說。

「微臣又將帶回去的薰香仔細查看一番，發現薰香同是大有文章，這薰香中摻有附子花粉，又用藏紅花水浸泡後烘乾而成。微臣內人身旁有個婆子，相公是薰香坊的師傅，微臣連夜請他來府，向他請教。他卻說這種製薰香的工法雖不常見但仍有人用，梅香幽長卻略顯味淡，有些師傅便在製香時摻進附子花增加其濃度，然後再用藏紅花或是麝香類浸泡，此來薰香能長久保存而不至受潮變質。

「微臣冥思至五更天終不得結果，內人關懷備至送來參湯，卻失手將那參湯打翻桌上。微臣心疼先師遺物，忙手忙腳清理間竟意外發現先師手稿，內中記載了他行醫時遇到的疑難雜症。微臣秉燭夜讀，驚喜察見其中一樁病史記載和德貴嬪的脈象症狀相似。」

「哦！」我聽著他講述，情緒沉浸其中，聽到此處不由得問道：「那手稿上怎麼說？」

南宮陽啜了口茶，繼續說道：「那手稿上提及的病狀與德貴嬪極爲相似，中毒之時並無異狀，發作之時卻是在中毒後頭一回月事來時，一般人甚難察覺，只身上血流不止，直至香消玉殞。一般太醫診斷皆爲氣血不順，開方子都是消炎止血之方，未曾想此爲中毒所致。」

「中毒？」我大驚，語無倫次道：「南太醫，我如今、如今正是……」

「啊？」南宮陽頓時明白過來，安慰道：「德主子不用怕，既已發現此毒，便是有法可解，微臣這就開方子煎藥。」

小安子忙帶了南宮陽走到書案前，伺候他開藥方。南宮陽早已胸有成足，提筆疾書寫好後遞與小安子，交代道：「你速去藥房抓藥，三碗水煎一碗，一日三次，按時送來與德主子服用，三日見效，五日去毒。」

「南太醫放心，奴才這就去辦。」小安子接了方子就往外走去。

「小安子。」我喚住道：「此事你親自去辦，切莫假以他人之手。」

「是，主子。」小安子會意地點點頭，親自張羅去了。

我又請南宮陽坐回位上，問道：「南太醫，可否詳細跟我講解這中毒之事？到如今我眞是一頭霧水啊。」

「這個自然。」而今解毒有方，南宮陽便就當閒聊了。但我還想知道來龍去脈，將那下毒之人揪出，他哪裡知道我的心思，只當閒話，細細說與我知。

「德主子還記得微臣昨日帶回去的薰香麼？」

「記得。可南太醫不是說這薰香並無問題麼？」

「是啊，倘在平時使用，確無半點問題。可偏偏德貴嬪房裡放了那盆天仙子，德貴嬪中了天仙子之毒，氣血兩虛，又聞了這摻有附子花和藏紅花麝香類的薰香，月事來時即可能引使血流不止。德貴嬪先前所用薰香再不能用了，如果德主子很是中意這類梅香，就由微臣從家裡那婆子夫家買了，檢視過後再給德貴嬪送進來。」

「如此甚好，我也好安心使用，就勞煩南太醫了。」我忙接過話表示贊同，一來我還不確定這殿裡是否眞有暗子，二來我不想打草驚蛇，驚了那送香之人。

「德貴嬪信得過微臣，微臣感激還來不及，怎敢說到勞煩。」

「南太醫接著說那剛才之事，我正聽到興頭上呢。」我催促他接著講那下毒之事。

「據恩師記載，當年他遇到這種病狀，起初也只作一般婦科病症治療，後來幡然省悟此乃中毒之時已是爲之晚矣，到最後只能眼睜睜瞧著病人香消玉殞而束手無策。到他研製出解毒之方時，已是幾年以後了。這是恩師行醫一世最遺憾之事，他臨終猶沒能原諒自己診脈不細。微臣這才明白爲甚恩師時刻要求微臣診脈須凝神聚力，反覆斟酌。」

「哦，原來如此。」我試探性地問道：「那依南太醫之見，我這毒是巧合，還是人爲呢？」

「這個……」南太醫攬了攬鬍鬚，啜了口茶才道：「德主子這次中毒，若說巧合倒也說得過去，但若是人爲，這下毒之人心不可不讚之細，也不可不歎之毒啊。微臣自隨恩師於宮中行醫已屆二十餘載，後宮爭鬥素來慘烈，德貴嬪還是小心爲上。」

我點了點頭，「嗯，看來我還是得要愼加防備，多謝南太醫提點。」

九 貴妃發難

南宮陽正要開口時，小安子掀簾端著剛煎好的藥進來，透明玻璃皿中盛了滿滿一碗墨綠色汁液。

南宮陽親自上前拿起皿中小銀勺攪和幾下，舀了兩小勺倒進皿旁試藥的小杯中，在我驚訝的目光中端起杯來一飲而盡。

心裡的某根弦被撥動了，感激之情隨著波紋直擴散至四肢百骸，我就那樣愣愣看著他認眞的表情，心中百感交集。我原只想尋個可靠的太醫跟在身邊調養身子，不想卻得他如此誠心相待。

「德貴嬪，德貴嬪！」我回過神來，南宮陽已端了藥送至跟前，「可以安心服用了。」

我鼻子一酸，眼中已湧上些許霧氣。我一言不發接過藥皿，一口氣飲盡，將碗放回小安子端著的托盤中，喝水漱了漱口，才穩住情緒。

南宮陽見我服完藥，起身道：「德貴嬪，微臣先告退了，德貴嬪記得按時服藥，三日後微臣再來複診。太醫院那邊……」

「太醫院那邊煩請南太醫處理了。南太醫雙目煞紅，滿臉倦容，想必疲憊，我就不多留了，請南太醫回去好生歇著。」我說著又朝小安子吩咐道：「小安子，叫彩衣去把中秋時皇上賜的東阿阿膠取上半匣子來。」

「德貴嬪厚愛，微臣愧不敢當，先前已蒙賞賜許多貴重物品，微臣萬不敢再受禮了。」南宮陽向在宮中行事小心如履薄冰，加之開罪了華太醫使許多妃嬪也不將之放在眼裡。如今我這般禮遇，他自是深覺受寵若驚。

我卻在一旁咯咯笑了起來，抓住他的軟肋不放，「如今這份禮受與不受，南太醫說了可不算。我這阿膠乃是贈與南夫人補身子用，若要推辭也得南夫人說了算。南太醫帶話回去，請夫人早日養好身子，親自過來言謝。」

見我如此說，南太醫只好收下賞賜，千恩萬謝地離去。

小安子送走了南太醫，進得屋子來，見我沉著臉獨坐靠椅上，忙加了炭，拿了小錦被給我捂著腿。他口裡一邊念道：「主子，您得好生愛惜自個兒，氣壞了身子可不值得。」

我歎了口氣，感歎道：「我把她當恩人般感激，時時念著她的好，記著她的情。在皇上面前更是時常提攜她，她倒好，從我背後捅刀子。」

小安子坐在軟凳上邊給我捏腳，邊勸道：「這種人哪值得主子您爲之傷懷啊。」

「也怪我粗心大意，連自己殿裡人都防著，卻眞眞是未防她半分。那日她突然問起天仙子時，我就該警惕了。而今想想，在那不久她便隔三差五的過來閒話家常，還送些薰香過來，只怕是見那花時便已起了歹念。」

「主子您心善，可也不能給人欺啊，更何況是想要您命的人。」小安子闡析道：「現下回過頭看，當日她在太后跟前救您，不過想藉主子您做個墊腳石，好近了皇上。如今她已順利在皇上跟前佔有一席之地，主子您便成了她的絆腳石呀。」

我丹鳳眼裡閃過一絲駭人的寒光，手裡一緊，指甲深深嵌入手心，骨節泛白，絲絲痛意直達心底深處，復又緩緩鬆開來。我溫和地說：「我如今倒成了絆腳石啦，想過河拆橋、卸磨殺驢？話說這後宮貌美女子可多了，君王恩寵是以『日』來計算的，能飛上枝頭者又有幾人？我既然有辦法讓她飛上去，自然也就有本事把她拉下來。」

「主子可別怪奴才多嘴，後宮本就是個你死我活的地方，今天您饒過她，明兒指不定要您命的就是她了。主子把她當貼己人，她卻陰著給您下毒手，想來這段日子閒聊時她應探知主子不少私事，主子如今想怎麼做，心裡可要有個底。」

小安子畢竟是經過事的人，看得清楚更想得明白，每每都能把話說到我心坎上，讓我每次遇事總想跟他商量著辦。

我頷首道：「放心，小安子。既然攀爬之路布滿荊棘，摔跌下來又豈可全身而退，她想害我不成，那粉身碎骨的就只能是她自己了。可憐她還全然不知，指不定夜裡躺於睡榻上都爲自己陰謀天衣無縫而興奮到不得成眠呢。」

小安子接道：「可她哪裡知道今時她不過是玻璃缸裡的一尾小魚，一舉一動皆在主子掌握之中。」

「如今我心裡的刺又何止柳才人一根，另外那根可是扎在宮裡每個娘娘主子心尖上的，我自然也不例外。」我歎道。

「話雖如此，主子也不能貿然出手，否則只怕是螳螂捕蟬而黃雀在後。」

倏地腦子裡閃過一絲念頭，我坐直了身子問道：「螳螂捕蟬，黃雀在後麼?這天仙子的事我就做了回螳螂了，自然不會再有下次。小安子，最近柳才人來得不怎麼勤，是不是常往黎昭儀殿裡跑?」

「那是當然，一來她倆本就交好，二來黎昭儀如今有龍胎護身，皇上時常過去瞧她，柳才人自是跑得勤了。皇上明裡到主子這裡來得勤的時候，她不也常常跑麼，如今自然往熱鬧處鑽了；她若知如今皇上暗裡來得更勤的話，豈不連腸子都發青了。」小安子如今說起她來已然是一副不屑語氣。

「這些日子除了晴貴嬪，也就她還會過來坐坐。我本想著要不要再提攜她一把，不想她卻包藏禍心，眞眞是我錯看了人。」我惋惜道：「多嬌柔伶俐的人啊，活生生的一朵花，我還眞不忍心……」

「主子，那可是朵有毒的花兒。」

「那好吧。小安子，明兒南太醫將那梅香薰香送進來，你要不動聲色地換了點上，再派人去請柳才人過來敘敘舊。」我慢條斯理地布置著，就像在布置自家後院一般，又吩咐道：「對了，小玄子那裡偷分而來的天仙子你去接了，藏到後院僻靜處，好生養了，不可給任何人知曉。」

「奴才記下了，主子放心。」

翌日一早，小安子就稟說柳才人來了。我心裡冷笑連連，「我正想著法讓你來，你卻自己送上門來找死，那便只能成全於你了。」

我叫小安子去引柳才人進來，又走到妝臺前坐下，朝彩衣遞個眼色示意她依計行事。彩衣點了點頭，拿起玉梳替我梳起頭髮。

柳才人進門，一見我便笑盈盈地拜了下去，「婢妾拜見德貴嬪，德貴嬪吉祥！」

我卻像沒聽見般，也不與她搭話，她尷尬地站在原地。

待到她笑臉快掛不住時，我猛地一抬手，將彩衣手上玉梳打落在地，「叭」的一聲，玉梳應聲而斷。我喝罵道：「該死的賤婢，如今連你也敢欺我了麼？」

彩衣面色惶恐，立時跪在地上，「主子息怒，奴婢不敢。」

我冷哼一聲，也不答話。柳才人見我突對自己貼身侍女發難也是一驚，想退又不敢，躊躇了一下，方才上前陪笑道：「德姐姐秀髮烏黑柔亮，最適合梳些流行的樣式，恰逢今日陽光明媚，正是出門逛園子的好天氣，姐姐該梳個牡丹流雲髻才好。」

我斜睨了她一眼，仍不應話，她卻自顧自上前，拿起妝臺上的檀香木梳給我梳頭。她先將我一頭長髮梳理順了，再將前面分成幾股，挽到頭頂編好，用臺上錦盒中的鑲玉金簪別住，又將後邊頭髮挽了個鬆髻，揀盒中幾支珍珠簪子在擰好的髻中斜斜插了一排，便成了。

我在鏡中端詳半刻，神情一鬆，含笑道：「妹妹梳出來的髮髻好生別致，比那些不中用的奴才不知強出多少。妹妹居然這樣手巧，我以前倒是沒能瞧出呢。」

柳才人笑道：「哪裡是婢妾手巧，姐姐風姿絕代，梳什麼頭都好看，只是姐姐看慣了彩衣梳的樣式，因此才覺得妹妹梳的比旁人好罷了。」

我點點頭，似笑非笑道：「還讚妹妹手巧，這會兒倒覺得這嘴比手更巧，可眞眞是說到我心窩裡去。說得也是，彩衣梳來梳去就那幾款髮式，我早就看厭了。」

「姐姐既然喜歡，妹妹便多給姐姐梳幾回。」

「那可不好，怎麼著你也是主子，給我梳頭成何體統，也教別人說閒話。這樣罷，讓彩衣派個人跟你學學，學會了回來給我梳便是。」

「是，還是姐姐想得周到。」

我邊聊邊動手描了眉，見她在跟前細細瞧著，便拿了胭脂啓開，用棉團沾了點暈染開來，輕輕抹塗臉上。霎時白淨臉蛋上透出紅來，白裡透紅卻是自然天成，看上去竟無半點化妝痕跡。

柳才人在旁歎道：「姐姐這胭脂眞神氣，摸上去竟無半點痕跡，眞眞是好東西。」

「是啊，」我瞟了她垂涎欲滴的神情一眼，若無其事地道：「前兒個皇上派小玄子送過來的，南韓新近送來的，聽說好用，就賞了我兩盒叫我試試。還真真是好東西，用後清爽舒適，肌膚白裡透紅，容光煥發，據說孕婦用了不僅能亮膚，連生下的孩子肌膚也會跟著細膩嫩白呢。」

「眞的？」柳才人驚道，復又羨歎道：「皇上可眞眞是上心，好東西總不忘往姐姐殿裡送。」

「我身子骨弱，倒常常煩皇上惦記了。」我說著又轉身吩咐彩衣，「彩衣，去把另外那盒拿出來，讓柳妹妹也帶回去試試。」

柳才人一聽，滿臉欣喜，嘴裡卻推辭道：「姐姐不可，如此貴重之禮妹妹豈敢收，姐姐還是留了自己用好。」

我接過彩衣手上的胭脂塞進柳才人手裡，拉著她同往炕上坐下，親熱地說：「都是自家姐妹，妹妹如此說倒嫌生分啦。你我本就親近些，妹妹不嫌棄這禮，姐姐便高興了。」

「姐姐如此說，妹妹也不再推辭了。」柳才人邊說邊將胭脂收起，目光一轉瞥過香鼎，笑問道：「姐姐覺著那梅花香好用不？」

「挺好用的，讓妹妹費心了，我每晚都薰著呢。」

「姐姐喜歡就好。」

又閒聊了幾句，她起身告辭，我假意出言挽留幾句便由她去了。不一會，小安子進來回話，說她果眞去了黎昭儀殿裡。我們相視一笑，計畫成功大半，只須靜靜等著那一刻到來，心中這兩根刺拔除在望。

午憩醒來，彩衣趨前服侍我起身時，稟說南宮陽在外頭等了好一陣子。我忙叫人先將他帶往茅竹屋，又吩咐宮女備糕點好生伺候著。我梳洗妥後便前去茅竹屋，南宮陽見我到來，忙起身迎上道：「微臣給德貴嬪請安。」

我忙虛扶了一把，含笑道：「南太醫不必多禮。」隨即擺手示意他同坐於竹椅，午後陽光照在身上暖洋洋的，舒服極了。

彩衣用上好的紫砂壺沖了鐵觀音送上來。南宮陽笑道：「德貴嬪也是愛茶之人啊。」

「只略知一二罷了。」我端了茶在手上，又道：「鐵觀音湯色清澈澄亮、淡雅幽香，甚得我意。據我所知，南太醫才是眞正的喜茶之人，茶藝才學首屈一指，我跟南太醫一比，不過是魯班門前弄大斧了。」

「德貴嬪謙虛了。」南宮陽一提起茶，倒來了勁，「鐵觀音美曰『綠葉紅鑲邊，七泡有餘香』，尤數安溪山地所產爲上品，依微臣看，德主子這茶眞眞是安溪早春晨露中所採摘，確爲極品。」

「呵呵，寶刀當陪英雄！這等好東西到了我這愚婦手裡眞眞是浪費了。」我轉身吩咐道：「彩衣，去把那半罐子拿來，只有南太醫這懂茶之人方可品用。」

南宮陽又要推辭，卻被我打斷道：「南太醫總是跟我客氣，擺明了要將我當外人啊。」南宮陽只好將茶收下，我話鋒一轉，「南太醫，聽說皇后舊疾復發，臥病在床了？」

「是啊，皇后鳳體向來虛弱，自從那時候累掉了身子，便大病一場，調養了大半年方才見好。最近幾年來更是時好時壞。」

「是麼？」我拿探究的眼神看著南太醫道：「可我聽說她剛調養好那幾年卻是強健得很，直到近年皇上讓麗貴妃輔助皇后掌管後宮開始才又時好時壞。」

「德貴嬪冰雪聰明，凡事都逃不過您的眼。德貴嬪把微臣當自家人，微臣自然不能把德主子當外人，您想知道的事，微臣便知無不言。」

南太醫歎了口氣，接著道：「皇后娘娘身子骨確實較弱，可也不至於三天兩頭臥病不起。皇后娘娘膝下無子，朝中又無大臣相助，所依的不過是太后而已，可太后終究是皇上的母后，行事猶得要顧著皇上的感受。麗貴妃就不同了，雖說也是無子，可享著皇上寵愛，朝中有宰相撐腰，這氣勢是一日日見長，一路直升到貴妃，眼看著便要取皇后而代之。皇后稱病不出，任麗貴妃呼風喚雨，只作不見，好在麗貴妃入宮多年並未產下一男半女，否則……」

我歎了口氣道：「如今看來，宮中只怕就要變天啦。」

「不管這天怎麼變，德貴嬪都要記得，您今正養病，宮中諸事均與您無關，只須安心靜養。」

我點了點頭，含笑道：「南太醫開的藥方果眞有效，這才第二日，已然見好。對了，聽說最近太醫院恭太醫請辭還鄉，我已向皇上舉薦你頂替他做院史。」

南宮陽猛地起身，跪在我跟前道：「微臣今日便是爲此事而來。」說著便拜了下去，口中又言：「微臣謝德貴嬪知遇之恩。」

他拜完復從隨身衣箱中取了幾包藥出來，雙手呈到我跟前，「這是微臣祖傳之方，待德貴嬪再調養幾日便能服用，包准讓德貴嬪心想事成。」

我忙上前扶了他起來，似笑非笑地說：「本是一家人，何須說些見外之話，南太醫的好意我收下了，日後我這身子還得煩勞南太醫多上心呢，宮裡本就要相互扶持的。」

正說話間，彩衣上來稟告麗貴妃派人來請，說是有重要事情須立時前去。我忙喚人送南宮陽出去，回房換了身素淨得體的衣衫，才帶了彩衣和小安子趕往長春宮。

到得殿門，我讓小安子在門口候著，單帶彩衣進去。正堂裡早已坐了不少人，我進得殿裡，病懨懨地與眾人打了招呼，淑妃示意我過去坐在她身邊。

我悄聲打聽，淑妃亦搖搖頭，只說是麗貴妃突然派人傳話來請，也摸不准她葫蘆裡究竟賣的什麼藥。正說著，晴貴嬪帶了雲秀嬤嬤來靠在我下首位坐了。我正想與晴貴嬪說話，卻聽得長春宮掌事太監尖聲道：「貴妃娘娘到！」

眾妃嬪忙起身齊拜道：「婢妾恭迎貴妃娘娘，娘娘千歲千歲千千歲！」

麗貴妃走到正中雕鳳紅木椅上落坐，抬眼瞟了我們一眼，冷聲道：「都起來吧。」

我們謝了恩，剛坐下，麗貴妃用冷冽威嚴的聲音說：「今兒個請眾位姐妹前來，乃因著宮裡發生了件大事，皇后姐姐尚在病中，本宮代皇后姐姐掌管，此事又不得不處理。唯茲事體大，故請眾位姐妹做個見證。」

我們面面相覷，正摸不著邊際，麗貴妃柔聲道：「晴貴嬪，有人向本宮揭發你私通他人淫亂後宮，茲事體大，本宮不敢大意。如今就請你當著眾姐妹的面給個交代，也好堵了那些搬弄是非之人的口。」

眾人俱是一驚，目光不約而同朝這邊望過來，有憐憫擔憂的，更多則是幸災樂禍。端木晴渾身一顫，略頓一會，又若無其事地起身走到正中間，跪下回道：「婢妾惶恐！娘娘所問之事婢妾全然不知，實在不知該如何作答。」

「是麼？」麗貴妃似笑非笑，語氣平和道：「晴妹妹不必驚慌，起來坐了說話吧。本宮亦是不信，但後宮流言蜚語甚多，本宮代管六宮總不得不謹慎處之，這才請了眾姐妹來一塊問個清楚、說個明白，也好封了那些胡言亂語之人的嘴。」

端木晴謝了恩，坐回椅上道：「娘娘既說是流言蜚語，自然也就不可信了，如今娘娘傳了眾人前來問，自然便是信了。如此，娘娘有甚質疑請儘管問，婢妾知無不言。」

「好，晴妹妹果眞爽快。本宮問你，清明節時皇上擺宴，你以身子不爽爲由提前退了，實則並未回煙霞殿，卻是去了何處？」

「回娘娘的話，時日已久，婢妾哪裡記得，無非就是散散步，找宮裡姐妹閒話幾句而已。」

「妹妹記性不佳，那本宮就問個近的。」麗貴妃此時已是目光灼灼地盯著端木晴，「中秋夜當晚，妹妹陪送德貴嬪回去後並未返殿，卻又是去了哪裡？」

「回娘娘，婢妾那晚扶了德姐姐回去，一直陪伴在側。當日爲德姐姐診脈的華太醫和送御賜之物的小玄子公公皆可爲證，娘娘可傳二人前來問話。」

提到那日御賜之事，麗貴妃臉色乍變，眼裡閃過一絲陰冷，戴著熠熠生輝金色護甲的手緊抓著椅臂。忽然，只聽得「喀」的一聲，那金色護甲硬生生地被她折斷，冷聲道：「詭言狡辯，晴貴嬪，你眞是不見棺材不掉淚。」她說著朝門外冷喝一聲：「給本宮帶上來。」

我們一驚，齊齊望向門口。兩名小太監拖進了個人扔到殿中，眾人望去，心裡不由得一顫，只見那人頭髮凌亂、滿身血衣，任由太監們扔在地上，卻是動也不動。我估摸著打成這樣，只怕如今只有出的氣，沒有進的氣了。

坐在我側邊的端木晴臉色驚變，緊緊抓住我的手，身子微顫，目光死死地盯著地上的血人，眼中湧滿淚花。

我轉過頭細細辨認地上的人，那人終於動了一下，慢慢地用盡全力微偏了頭過來，看向我這邊。倏地，我伸手捂住嘴，生生將那聲驚呼吞入喉內——地上那血人不正是晴貴嬪殿裡的宮女小初麼？

耳邊響起麗貴妃威嚴的聲音：「晴貴嬪，地上這人相信你是再熟悉不過了，她已將你私通罪行如實交代，你還有何話可說？」

原本躺在地上毫無生氣的小初一聽麗貴妃的話，立時用手撐著地面抬起頭來，拚命地朝端木晴搖頭，口中發出斷斷續續微弱的聲音：「主子，奴婢……」

麗貴妃定是未料到昏迷的小初居然還能清醒過來，威嚴的目光突地掃向門外，高聲喝道：「來人啊，還不快將這淫亂宮闈的賤婦給拿下。」

立時行刑司掌事太監江鋒帶了一群太監衝進來，將整個正堂團團圍住。眾妃嬪見這陣勢無不正襟危坐，原本有意為之求情之人遂都低眉順目，無人再敢多看多說，生怕一個不小心就成了同謀幫凶，受到牽連。

我正想出聲，卻是動也不能動，才發現原本站在椅子後面的彩衣死死拖住我。我望過去，她一臉嚴肅地朝我搖了搖頭。

端木晴早起身走到小初身邊查看她的傷勢，安撫她的情緒。正在這時，門外兩名小太監扭了不知何時從殿中消失的雲秀嬤嬤進來。

雲秀嬤嬤頭髮凌亂，滿臉心疼地看著端木晴，語帶歉意道：「主子，老奴無用。」

端木晴淡然地搖了搖頭，倏地抬頭盯著麗貴妃，滿眼的冷傲倔強，一字一句道：「娘娘有甚只管衝我而來，何必為難一個小小的宮女。」

「好，既然你已經承認罪行，本宮就不得不執行宮規以正典刑。」

「欲加之罪，何患無辭。娘娘何須這般興師動眾，娘娘既然容不下婢妾，婢妾樂意成全娘娘，娘娘賜酒一杯便可。」

「本宮代管六宮，行事有禮有法，晴貴嬪既不認罪，本宮自能拿出證據讓你口服心服。來人，先將晴貴嬪拿下。」

「娘娘不可！」我掙脫彩衣的阻攔，大步走到中間跪拜下去，高聲道：「貴妃娘娘向來最是宅心仁厚，管理六宮執法公正，眾家姐妹有目共睹。婢妾堅信今日娘娘請了眾多姐妹前來，定然有所憑證，只是娘娘既說收到密報指稱晴妹妹私通他人，亦應該將那私通之人拿了出來。如今並無真憑實據，但憑一個悶不吭聲、遍體鱗傷的宮女便要拿了晴貴嬪，此舉只怕難以服眾，也有損娘娘清譽。」

麗貴妃見我如此說，又看了看滿殿的妃嬪，眼波流轉，頓了一下才緩聲道：「德貴嬪說得亦有道理。那先這樣，晴貴嬪即日起在煙霞殿內抄經念佛，修身養性，任何人不得打擾。江公公何在？」

「奴才在。」

「你負責照料晴貴嬪的飲食起居，派些人守護好晴貴嬪，嚴禁他人打擾晴貴嬪清修。」

「奴才遵旨。」

「即刻送晴貴嬪回宮。即日起，宮中眾人，但凡有本宮宣傳問話者……」

正在此時，門口小太監通傳道：「皇上駕到！」

我鬆了口氣，轉頭望眼欲穿地盯著門口，等待那抹熟悉的身影出現。

那抹明黃身影出現時，我鼻子竟微微發酸，眼裡瀰漫著霧氣，提到嗓子眼的心頓時落回原處。

麗貴妃忙帶了眾人跪迎聖駕，拜道：「臣妾恭迎皇上，皇上萬歲萬歲萬萬歲！」

皇上進得殿中，著急地以目光搜尋著。見我好好地跟眾人一起跪在地上迎接，他緩了一下道：「都起來吧！」

我們起了身，卻只拘謹地站著。

皇上走到正中位落坐，冷冷地說：「聽說貴妃在長春宮三堂會審，朕特來看看。」

麗貴妃臉色一變，上前回道：「臣妾惶恐。臣妾接到密函，說晴貴嬪私通外人淫亂後宮，茲事體大，臣妾代皇后姐姐統管六宮，此等大事萬不敢有絲毫疏忽，這才傳了眾姐妹前來問話。」

「是麼？」皇上目光炯炯地盯著麗貴妃，指著地上的小初問道：「那你給朕說說，這個又是怎麼回事？」

「這個……」皇上突然出現，麗貴妃始料未及，被抓了個正著，一時不知如何辯解。

「朕和皇后信任你，把六宮交由你代理，你就是這樣代理的？」皇上厲聲道：「如貴嬪去時朕便說了，此類事件到此為止，你把朕的話當耳邊風麼？」

麗貴妃臉色大變，「咚」的一聲跪倒在地，「皇上息怒，臣妾惶恐。」

「晴貴嬪私通，私通何人？有甚證據？」皇上追問道。

「這個……」麗貴妃小心翼翼偷瞄了一眼皇上，小聲道：「臣妾正在查證中。」

「查證！查證中就弄得這般興師動眾？晴貴嬪再不濟也是朕親封的宮妃，你如此做來，叫她今後何以在這宮中做人？朕一向寵你，信你，倚重你，你就是這樣回報朕的麼？」

「臣妾知罪，請皇上責罰。」麗貴妃磕頭不止，此時的她才真真正正感到了恐懼，在皇上心中地位一落千丈，尤且面臨代理六宮的權柄被剝奪的危機。

皇上抿著嘴不說話，我卻感到他心中那道牆正慢慢倒落，忙上前跪道：「皇上息怒！貴妃娘娘代理六宮盡心盡力，一向宅心仁厚。此事關係皇家聲譽，這才忙中出亂，考慮略顯不周，實乃情有可原，請皇上從輕發落。」眾人忙跟著跪道：「皇上息怒！」

皇上看著昔日疼愛的人兒此時頭髮凌亂、滿臉淚水的狼狽樣，心中一軟，語氣緩和了下來，「愛妃先起來吧，不是朕要怪你，而是此事你處理得實在有失妥當。這樣吧，你就當著眾人的面，給晴貴嬪賠個不是好了。」

麗貴妃雙手緊緊一握，關節泛白，復了又慢慢放開來，身子緩緩地面向端木晴。

「皇上！」端木晴直直地跪在地上，雙目含淚，目光堅定地望著皇上，「臣妾請求皇上察查此事，貴妃娘娘言之鑿鑿地說臣妾淫亂後宮，就請皇上下旨嚴查。臣妾的侍女因著此事已是奄奄一息，此事如若不查個清楚，臣妾便要負上淫婦的惡名，再沒臉立足於後宮，皇上不如賜臣妾死罪！」

「嗯，晴貴嬪說得亦有理。」皇上頓了一下道：「既然貴妃說收到密函，想來也有些線索，那就由貴妃負責查證。」

「謝皇上給予臣妾洗刷冤屈的機會。」端木晴說著拜了下去。

「快起來吧。」

「謝皇上。」端木晴又謝了恩，這才爬起身，小步走到我旁邊來。我明顯感覺到她步伐凌亂，正欲上前扶她，她卻已軟軟地倒落下去。

我大吃一驚，忙上前扶了她摟在懷裡，口中叫道：「晴妹妹，晴妹妹！」

皇上見狀同是大驚，忙大步走到我身邊，大聲吼道：「快傳太醫！」

眾人見狀也齊齊圍將上來，現場一時亂成一片。我見端木晴昏迷不醒，怕眾人圍著更加呼吸不暢，遂小聲示意皇上。

皇上眉頭一皺，怒吼：「都住了！」緩了一下方柔聲道：「大家都先回去吧。」

眾人忙紛紛退了。

我見端木晴還未清醒，著急之下，用手出力狠掐住她的人中，過了少頃她才幽幽醒轉。

雲秀嬤嬤欣喜道：「主子，您醒了，可有哪兒不舒服？」

皇上在一旁見人已醒來，吩咐道：「先將晴貴嬪扶至炕上。」

我準備幫忙扶晴貴嬪，她卻拉著我的衣袖。我探詢地望向她，她搖了搖頭，虛弱地說：「回去，我要回去！」

我旋將目光移向皇上，他轉頭吩咐道：「楊德槐，傳朕的龍輦來。」

小安子擠上前來，合著雲秀嬤嬤一起將端木晴扶上了龍輦，依在皇上懷裡。龍輦急往煙霞殿而去。

太后早已得信在煙霞殿裡等著，見眾人回來了，忙讓進屋裡等華太醫診脈。

我進得屋裡，也不敢高聲，只規規矩矩跪下磕了頭，揀個角落站著，同眾人一塊靜等著太醫診脈。

過了許久，華太醫才縮回手，一副胸有成足的樣子。我們都著急地望著他，想快些知道結果，又怕是壞消息。

華太醫攬了攬鬍鬚，方起身對著太后和皇上跪了下去，「恭喜太后、皇上，晴貴嬪有喜了。」

「什麼？」皇上激動得從椅子上站起，似乎不敢置信，「華太醫，你能確定麼？」

「微臣以項上人頭擔保，診斷無誤。」

「好，好，」皇上微微有些語無倫次，「有賞！」

太后喜極而泣，悄悄轉過頭去揩掉眼角的淚珠。我喜笑顏開，眞心爲端木晴感到高興，我努力想如願的事，她卻是無心插柳柳成蔭。

我急急上前跪拜道：「臣妾恭喜皇上，恭喜太后！」

太后激動得幾乎說不出話，還是皇上喚我起身。他稍稍穩定情緒，卻想了想道：「華太醫，晴貴嬪既是有了身孕，又爲何會暈倒呢？」

「回皇上，晴貴嬪身子本就虛弱，初懷龍胎鳳體不適，再加上急火攻心，這才會突然昏厥。如今醒來，當好生將養，微臣這便去開幾付安胎藥送來，請晴貴嬪按時服用，靜心調養，定保母子平安。」

「那好，既然這樣，就儘快去辦！」皇上吩咐著，頓了頓又說道：「往後晴貴嬪養胎之事就由華太醫全權負責。」

華太醫忙跪下叩首道：「臣自當盡心盡力！」

「嗯，你先退下吧！」

華太醫低頭退了。

端木晴被這番狂喜衝擊著，一臉難以置信的表情望著我。我上前側坐於床邊，抓住她的手笑著朝她用力地點點頭。

端木晴靠坐在榻上，用手輕撫肚子，臉上滿是身爲人母的光輝。依端木晴的表情和上次小安子跟蹤回話的日子推算，只怕這龍胎……

欣喜過後的太后冷靜了下來，自然想到先前的問題，「哀家聽說晴貴嬪是暈在長春宮裡被抬回來的，是眞的麼？」

皇上微顯尷尬，沉吟道：「母后，此事……」

我忙上前跪了，準備告退。太后擺了擺手，示意我坐到她旁邊，拉著我的手道：「莫丫頭留著吧，你與晴兒親如姐妹，如今又是皇兒心坎上的人，哀家同樣喜歡得緊。哀家看得出來你是眞心實意地對待晴兒，也是這宮裡眞眞正正把皇上當丈夫般對待之人。如今這屋子裡沒了外人，哀家就當著你們說說宮裡的事。」

太后語重深長地開言：「皇兒，你未親政前，朝上宮裡都是哀家替你操著心。自你十六歲親政以來，哀家再未問過半句，無論是朝堂之上還是這後宮之中，就連薛皇后故去之時，哀家也從未干涉過半句。哀家總覺兒孫自有兒孫福，既然我兒做了一國之君，哀家橫加干涉只會讓我兒縮手縮腳。」

皇上感歎道：「母后含辛茹苦撫養兒臣長大成人，兒臣十二歲登基，十六歲親政，這期間心酸痛苦只母后一人最爲清楚。兒臣一向尊母后、敬母后，母后的恩情兒臣時刻牢記心中，片刻不敢相忘，亦從未有過嫌母后干涉之意。」

太后點了點頭，欣慰道：「哀家一輩子最驕傲的事就是有你這麼個好兒子。既然皇兒說不嫌哀家干涉，哀家如今就來說說這後宮之事。皇后體弱多病，皇兒命貴妃代管本無可爭議，唯如今這宮裡之事已到不得不問的地步，遠的哀家就不說了，如貴嬪的事皇上心裡應當是清楚的吧？莫丫頭的那頓藤條，有人心裡可巴不得換成杖刑呢，如今晴丫頭又是身懷有孕暈倒在長春宮裡被抬了回來。皇兒，這後宮的天可是不見半點光了。」

皇上鄭重其事地走上前，跪在太后面前道：「母后教訓得是，兒臣記下了。」

太后這才喜笑顏開地扶皇上起來，又說：「如今晴兒身子不便，怕是這殿裡人手不夠了。這樣吧，叫雲琴也過來，同雲秀兩人一起好好照顧晴丫頭。」

端木晴本想下地謝恩，卻被太后喝住了。她方不自在地倚坐在床上道：「臣妾謝過太后！」

皇上沉吟了一瞬，朝門口叫了聲：「楊德槐！」

「奴才在。」一直候在門外的楊公公忙掀了繡簾，進來跪在跟前，「皇上有何吩咐？」

「傳朕旨意：晴貴嬪自入宮始，溫婉賢淑，頗得朕心，由貴嬪晉升為婕妤，賜號『晴』。」

「奴才遵旨！」

我忙起身朝端木晴拜道：「見過晴婕妤，婢妾給婕妤娘娘問安！」

不等端木晴拉著，我又自顧起身坐到她跟前，欣喜地拉了端木晴道：「恭喜晴姐姐雙喜臨門，妹妹可是要討賞的哦。」

「倘無妹妹在長春宮裡力保我，如今只怕我已如小初般……」說到此處，端木晴淚如斷線珍珠般簌簌而下。

我忙取絲帕替她揩了淚，道：「姐姐莫要傷心，如今不是好好的麼？華太醫剛剛才說要姐姐好生調養身子，你如今只可想高興之事，切莫想那些不開心的事。你不為自己著想，也要為腹裡孩子著想啊。」

說到此處，端木晴卻是哭得更凶了，「貴妃娘娘言之鑿鑿含血噴人，當著宮中眾姐妹的面誣衊我是淫婦，如今我哪有臉面在這宮中立足？怕只怕吾兒日後被人誣指為、為野種，倒不如不生他下來也罷，免得他跟著我這沒用的娘親受苦！」

我大驚，萬想不到一向淡如清水般的端木晴竟說出這些話來，但只一瞬間也就明瞭過來，忙接了話道：「姐姐行爲端正，冰清玉潔，宮中向來有口皆碑。皇上已然答應徹查此事，姐姐就要相信皇上定會查個水落石出，還姐姐清白。」

「好端端怎麼又哭了，有朕在，誰敢！」皇上見端木晴淚流不止，怒火中燒，大聲朝門口吩咐道：「小玄子，傳朕旨意，宮中無論位分高低，但有搬弄口舌者，重懲不赦！」

太后在旁暗自點頭，又轉身對雲秀嬤嬤小聲吩咐著。

用過晚膳回至殿裡時已是伸手不見五指，小安子上前伺候我脫了海虎毛滾邊厚襖披風，引我進到早已燒好炭的房中。

我斜靠在躺椅上，小安子又拿了錦被捂好。我感歎道：「還是待在屋裡好。」彩衣端了新熬的薑湯遞到我手上，接了話道：「今年這天怪冷的，照這樣只怕過幾天就要降雪啦。」

「是啊，這宮裡的冬天也來啦。」我將喝剩的薑湯遞回給彩衣，又招呼兩人圍著炭盆坐下。兩人謝了恩，才坐在兩張小軟凳上。

「小安子，今兒個是你請來皇上的吧？」

「主子說笑了，皇上哪是奴才請得動的，奴才不過是趕巧遇著罷了。奴才等在長春宮門口，左右不見主子出來，向長春宮門口小太監打聽又沒什麼信兒，奴才左等右等也不見有人進出，門口反而增了太監守得嚴嚴實實的。奴才好擔心主子出事，心急如焚。正苦惱無計可施之時，卻見皇上自欄橋而來，奴才趕緊在長春宮正門口來回走著，只盼能引起皇上一行人注意。還是小玄子機靈，瞧見奴才滿臉焦急守在門口，心裡掛著主子，遠遠地向皇上稟了奴才是主子殿裡的主事太監，皇上方上前詢問奴才。奴才趕緊稟了是貴妃娘娘召見，許久未有音訊，奴才守在門口不知殿中情形，奴才話未說完，皇上早已疾步進了殿中。奴才跟著小玄子進得殿中，見主子平安無事才鬆了口氣，不想貴妃娘娘這次卻是衝著晴婕妤的。」

我感歎道：「要是今兒沒有你引了皇上來，後果難料啊。」

彩衣在旁接著道：「奴婢今日寸步不離跟在主子身邊，照這般情況看，婕妤娘娘屋裡只怕是有她不知道的棋子，而且還是貼己的人。」

「你是說……」我詫異道。棋子肯定是有的，貼己的卻是未必了，畢竟雲秀嬤嬤在宮中幾十年了，這些個事她應當清楚不過，也知曉怎麼處理的，近得端木晴的人該是知根知底的人才是。

「是了，主子。」彩衣篤定地說：「照此情形，貴妃娘娘只怕是得到准信，知道婕妤娘娘可能懷了龍胎，又知她有那麼幾晚行蹤可疑，這才布下今日之局，想先下手為強啦。主子想想，若非貼己的人，又怎地知悉婕妤娘娘的月信和行蹤呢？」

「這樣一說，我揣著的許多疑團亦就豁然開朗了。畢竟晴婕妤和黎昭儀不同，黎昭儀內無所依又外無所靠，即使有了皇子也不會威脅到她的地位；可是晴婕妤就不同了，內有太后可依，外有身為尚書的爹爹及手握兵權的王爺舅舅。如若再產下皇子，貴妃娘娘的地位便岌岌可危了啊。照此說來，她行今日之險棋也在常理之中了。」

「這可是條一箭雙鵰的好計謀啊，主子。您想想，這計謀倘是成了，婕妤娘娘就不說了，那龍胎定然是不保的；如果不成，宮裡人也會有所議論，婕妤娘娘的聲譽定然大受影響；再有說了，哪個男人能忍受得了別人說自己的女人紅杏出牆的？」說到此處，小安子不由得降低了聲音，「皇上他也是男人啊……」

「如此一來，無論結果怎樣，婕妤娘娘都是吃虧了。」我歎道：「好歹毒的計謀啊。」

「偏偏主子您站在了婕妤娘娘這邊，皇上心裡作何想大家不知，可如今大家看到的是皇上全然護著婕妤娘娘。」彩衣擔憂地看著我，「主子，您可要小心爲上了，畢竟是您破壞了麗貴妃的好計謀啊。」

「奴才看來，危險也是機遇了。」小安子闡析道：「如今主子樹了貴妃娘娘這麼個大敵，可皇上叫貴妃娘娘查，也未必沒有用意。查不出來，貴妃娘娘的中宮令恐怕就到頭了；查出來了，那主子恐怕也就難逃干係啊。」

「啊？」我一驚，到底還是小安子想得周全。我略沉思一下才道：「如今這形勢恐得要好好度量度量才好了。」

「主子還是要跟淑妃娘娘多多來往才是，太后那邊更該勤去走訪。」

「嗯。」我頷首相應，伸了個懶腰，閒閒地說：「明天婕妤娘娘身懷龍胎之事傳將出去，這宮裡又不知有多少人要痛心疾首，銀牙咬碎了。」

彩衣起身道：「主子，奴婢去給您熬點小米粥墊墊胃、暖暖身子吧，奔波一下午了。」

我點了點頭，待到彩衣起身出門去了，我才輕聲問小安子：「黎昭儀那邊還沒有消息麼？」

「還沒呢，應該快了，也就這幾天的事了。」

「小安子，宮裡形勢日漸複雜，咱們想要在此間安身立命，只怕得要努力一把，做點事才是啊。」

「依奴才看，這婕妤娘娘的龍胎可得要好生利用利用。」

我點了點頭，細聲地和小安子商量著。

十 喜結珠胎

今歲冬天來得特別早，昨夜裡降了一宿的雪，今兒清晨屋外竟積了深及腿腹的雪，除了幾株凌寒而開的殘敗傲菊還未凋謝外，院子裡已是光禿禿的一片。

濃冬太陽被薄雲纏繞著，露出蒼白無力的光芒。我令小安子派人清掃正堂前和兩迴廊處的積雪後，在西屋燒了炭盆，除了彩衣、秋霜、秋菊和小安子外，一干奴才、宮女們都圍在屋子裡取暖。

不知爲甚，我頗害怕這樣的季節，因爲它讓人感覺冷到骨子裡，一顆心也涼涼的。

小安子聽到外頭的示意聲掀簾子出去了，過了一會又急匆匆跑了進來。他跪在地上，沉聲道：「主子，貴妃那邊來人，請您往長春宮去一趟！」

我擱下手中的書，坐直身子，伸手端了端髮髻上的金步搖，望著跪在地上的小安子。心下轉了幾番後，我才問道：「有無問清來人是爲了甚事？」

「這個，主子恕罪，奴才沒打聽出來。」小安子微微抬起頭，滿臉歉意地回道。

「哦，你起來吧。」我看了一眼彩衣，吩咐道：「準備一下，貴妃說要去咱們就去。」

我沉吟一陣，又轉頭朝小安子暗暗使了個眼色，小安子點了點頭，轉身疾步出去。

踏出東暖閣，正堂裡站著的兩個小太監見我出來，急忙下跪請安。我滿臉堆笑，說道：「起來吧，不用這麼客氣。天寒地凍的還勞煩兩位公公跑這一趟，兩位公公貴姓？」說著示意殿裡的小太監們扶起兩人。

那兩位公公一時反應不過來，怔怔地看著我。秋霜、秋菊奉上熱茶，兩人才回過神，接了茶連連說著：「主子太客氣了。」

聊上幾句才知，年紀稍長的是陳公公，稍輕的是桂公公。我示意二人將腳擱放椅下的暖腳銅爐上，輕言軟語道：「兩位公公的歲數也算是宮裡的老人了，說起來我入宮時日尚短，您二位也算得上我的前輩了。」

我示意二人喝熱茶暖身，看著他們，盈盈一笑，「說起來，我是個主子，其實只不過靠著萬歲爺的寵愛才坐在這裡拿喬，要有對二位不恭敬之處，您二位可別介懷啊！」

兩位太監忙不迭道：「不敢不敢，娘娘這不是折煞奴才了麼！」

彩衣從側門走進來，笑著上前，往兩人手中各放了兩錠銀子。我笑應道：「哎呀，說甚折煞不折煞的，要是兩位公公不嫌棄，今後倒是多來我這櫻雨殿走動走動，多提點些我這小輩也好。」

兩人眉開眼笑地將那銀子收了，陳公公讚道：「早聽說德主子最是和藹可親，對下人向來平易近人、從不拿喬，奴才還只半信半疑，如今是聞名不如見面了。」

我呵呵一笑，「那是眾人謬讚了，不提也罷。」話鋒一轉又說：「咱們快走吧，可別讓貴妃娘娘等急了！」

陳公公一拍腦門，說道：「瞧奴才這榆木腦子，主子這邊請！」

走到長春宮，陳公公進去通報，不一會便縮著身子出來道：「主子，貴妃娘娘請您一人進去。」

「主子！」彩衣拉著我的胳膊不放，擔憂地看著我。

我心知長春宮是她的噩夢，安撫地拍拍她的手，回給她一個毋須擔心的眼神，接著挺直身子，慢條斯理地走進了長春宮。

陳公公一路帶我入得正殿，示意我進門。大門在背後緩緩關上，「砰」的一聲直顫人心，光線忽地暗淡下來。我眯著眼，過了半盞工夫才適應了眼前，慢慢看清楚殿中的一切。

端坐在正中鳳椅上的是傳言中重病臥床的皇后，她臉色蒼白，滿目陰鬱；旁邊右首坐著麗貴妃，她眼中滿是不屑和不快，緊抿著嘴；左首位端然坐著淑妃，她目光飄忽，滿臉平和，看不出半點端倪。

柳才人跪在地下，衣衫凌亂，昔日一絲不苟的髮髻幾快垂散，髻上飾品早不知去向，濃冬日裡瀏海鬢髮卻汗濕了沾在臉上。見她淚流滿面，精心打理的妝容毀於一旦，我暗暗替她惋惜，只怕今日之後她只能在這宮中落寞老死了。

柳才人本低頭啼哭，察覺我進來，她猛地抬起頭，眼中露出喜悅神色，幾乎是大叫出聲：「德姐姐，你要替我作主啊！」

我先向皇后、麗貴妃和淑妃行了禮，方看向皇后，恭恭敬敬地問：「不知皇后娘娘今天叫婢妾來所爲何事？」

皇后看著我，蹙緊了眉頭，半晌才虛弱地說道：「德貴嬪先坐下說話。」

我謝了恩，在左邊末位坐下，有宮女奉上茶來。

皇后歎了口氣，說道：「不知妹妹可否聽說黎昭儀的孩子沒了？」

我正端了茶拂著茶沫，猛地手一頓，茶水險些濺到身上。我忙將茶杯放在旁邊几上，抬起頭，滿臉難以置信的神色看著皇后，「什麼時候的事？這怎麼會呢？前幾日我看望黎昭儀時，她還滿臉快活地說情況好好的呢！」

皇后沒有說話，倒是麗貴妃冷冷地開了口：「剛沒的，所以才把妹妹你叫過來問問清楚。」

我霍地站起身，面向麗貴妃正色道：「請問貴妃娘娘這話是什麼意思？難不成黎昭儀的孩子沒了跟婢妾還有關係不成？」

麗貴妃意味深長地看了我一眼，嬌笑道：「妹妹可別誤會，本宮沒這個意思。」

淑妃緩頰道：「妹妹別多心，貴妃不是這個意思。只不過，太醫去看了，說黎昭儀服了一帖藥，裡頭有易小產的紅花。」

我看向皇后，啓道：「皇后娘娘明察，婢妾從沒給黎昭儀送過什麼藥，這事與婢妾沒有關係！」

皇后看著跪在地上的柳月菊，「可是柳才人說那靈芝珍珠液是從妹妹這兒知道的！」

我居高臨下地看著柳月菊，面色頗爲不快，道：「月菊妹妹，我哪曾跟你提過什麼靈芝珍珠液的事兒啊，你怎可如此謀害於我？」

柳才人眼睛紅紅地看著我，泣不成聲，哽咽著道：「德姐姐，你告訴皇后娘娘啊，那靈芝珍珠液眞是美容祕藥，我不曉得還會有這樣的成分啊。」她說著又向皇后、麗貴妃和淑妃磕頭，「皇后娘娘，貴妃娘娘，淑妃娘娘，德姐姐沒跟婢妾說過靈芝珍珠液的事。是婢妾那天去德姐姐殿裡，本想給德姐姐個驚喜，便沒有叫守門的小太監通傳，自己在屋外聽見德姐姐和彩衣說靈芝珍珠液之事，婢妾遂就去找南太醫要了這藥，後來……」

說到此處，柳月菊看了看坐在堂上的幾人，又瞥了瞥我，臉上一陣紅一陣白的，「後來皇上經常……經常撩婢妾的牌子……還誇婢妾身上香。」柳才人的聲音低了下去，頭也垂了下去，「黎昭儀與婢妾素來親近些，她向婢妾傾訴說身懷龍胎後，皇上只偶爾過去坐上一會，幾乎未翻過她的牌子。婢妾不好瞞她，就告訴了靈芝珍珠液之事！」

我看看皇后和麗貴妃，只見皇后抿著嘴，臉上表情陰晴不定；而麗貴妃恨恨地瞪了柳才人一眼，一副恨鐵不成鋼的樣子。淑妃卻鬆了一口氣，欣慰地看著我。

柳月菊在地上磕著頭，「皇后娘娘饒命！婢妾真不知道那藥裡有易小產的紅花，倘是知道，婢妾便有千個膽子也不敢薦給黎昭儀！」

我看著皇后，不緊不慢地說：「皇后娘娘，這款靈芝珍珠液婢妾沒跟他人提過，更別說薦給旁人用。想來是黎昭儀自己想邀聖寵，才偷偷用藥，這事跟婢妾沒關係。請皇后娘娘明察！」

麗貴妃輕哼一聲，斜目瞟了我一眼。

我看了一眼跪在地上的柳月菊，心裡冷笑連連，嘴上卻道：「月菊妹子雖然鹵莽，倒也是一番好心。說來說去，還是黎昭儀自己懷了龍胎不好好保重，怨不得別人啊！」

柳月菊聽我這番話，從地上抬起頭來，感激地看著我。

淑妃開口道：「此番看來，倒真真是黎昭儀自己懷了龍胎，還花費心思欲爭聖寵惹下的禍。」

皇后正躊躇間，外面的太監高聲通報：「皇上駕到！」

我們四人趕緊離座行禮：「臣妾恭迎皇上，皇上萬歲萬歲萬萬歲！」

皇上修長而魁梧的身影匆匆進來，皇后早命太監搬來一張椅子，自己讓了正位，退至側位。

「眾位愛妃平身，賜坐！」

我們謝過恩，待皇上落坐後甫紛紛坐下，柳才人依舊跪在地上。

皇上看看我，又看看柳才人、麗貴妃、淑妃，才轉向皇后關懷地說：「皇后，既然身子不好就好好養著，怎麼跑貴妃宮裡來了，是甚事這般勞師動眾的？」

皇后長歎了口氣，把事情來龍去脈述了一遍，又掏出繡帕在眼角沾了沾淚花，「這事誰對誰錯實在難以斷定，可是萬歲爺的孩子就這麼沒了，我這做皇后的又不能不管！」

皇上狀似漫不經心地看了我們一陣，說道：「依朕看，那孩子只是個意外。」

皇后和淑妃未料到皇帝對這事如此輕描淡寫，急了起來，又怕觸怒龍顏。淑妃試探著問道：「皇上，那，黎昭儀她……」

皇上回頭吩咐楊德槐：「德槐，回頭你叫小玄子給黎昭儀送些補身子的藥材去，叫她無須太過傷心，好生將養，朕明日再去看她。」

「皇上！」皇后低喊一聲，皇上轉頭看了她一眼，又掃覷地下的柳才人，開口冷言道：「今後這宮裡任何妃嬪用藥必須經太醫查驗許可！柳才人鹵莽行事，杖責三十，降爲答應！」

麗貴妃不滿地看了我一眼，向皇上說道：「皇上，柳才人鹵莽，那德貴嬪她就沒錯麼？」

皇上淡淡地說道：「貴妃，你沒有聽見柳才人都說此事與德貴嬪無關麼？這事就這麼定了！」

皇上說完，離座攜了皇后的手道：「皇后，你體弱，往後只須在宮裡好生將養，宮裡的事少操些心。」他頓了一下又道：「我看這宮裡雜事甚多，貴妃一人恐怕操勞過度，力不從心，往後就由貴妃和淑妃二人共同協助皇后管理後宮吧。」

麗貴妃猛然一驚，抬起頭來卻對上皇上冷冷的目光。皇上看了她一眼，啓口道：「大家都各自回宮歇息吧。」

出了門，彩衣急忙擁上前來，扶了我關切地問道：「主子，您沒事吧？」

我搖搖頭，柔柔地笑著，爲她抹去額前細細的汗珠。瞧她這大雪天的急出一頭汗來，我心裡有說不出的溫馨與寧靜。

用過晚膳，皇上派了小玄子過來傳話，說是今兒宿在儲秀宮裡，天冷，讓我早些歇著。傳完皇上的話，小玄子又上前低聲道：「主子，事情都辦妥了，我得快些回去。這幾日楊公公身子不爽，我先回去伺候著。」

我點了點頭，轉頭向小安子示意，小安子會意地取來早已備下的東西，送小玄子出去。

我伸伸懶腰，叫彩衣替我梳個簡單大方的流雲髻，就著妝臺上首飾盒挑起簪子來。我掃了一眼滿盒的翡翠珍珠，淡淡地說：「等會去探望柳才人，還是別打扮得太豔麗了。」

我伸手揀了幾顆碎玉珠花別在鬢邊，對著銅鏡仔細瞧看，淺藍暗紋棉襖配上晶瑩剔透的幾粒星點碎玉，倒顯得極素雅恬靜。我滿意地頷首，回頭吩咐彩衣道：「快取了我叫你準備的東西，順便把那盒血燕拿上，去紅霞殿！」

彩衣邊幫我披上厚披風，邊笑道：「主子，您可眞會替別人著想！只是這天寒地凍的，還是別去了吧，奴婢替您走一趟便行了。」

我拿起螺黛在眉上描畫，似笑非笑道：「總算姐妹一場，如今她要走了，我做姐姐的怎能不關心，不親去送送她呢？怎麼著也得讓她明明白白的走了才是。」

小轎一路進了紅霞殿停在正門口，彩衣扶了我下轎。入得殿裡，院子裡的宮女、太監們看見我來，都上前請安，我只點了個頭便疾步進了柳月菊的臥房。

這臥房裡門窗緊閉，空氣沉悶，燈光昏暗，炭火燒得旺旺的，刺鼻的藥味瀰漫著整個臥房。過得片刻我適應了房內的光線，這才看到侍女子初站在掛著青紗幔子的床前，子初見我進來急忙跪下身去。

我也不理她，逕直走到重重紗帳之前，輕聲道：「起來吧。你家主子怎樣了？」

聽我如此一問，原本一臉悲傷的子初眼淚像斷線珍珠般滴落而下，哽咽道：「回德主子，我家主子、我家主子她……怕是不……」

帳子裡的人覺察到我的到來，虛弱地問了聲：「子……初，是……是誰？」

子初沒敢起身，只小聲答道：「回主子的話，是德貴嬪來看望您了。」

我看著身前的紗帳，溫和而關切地問道：「妹妹今兒身子可好？」

只聽得紗帳中傳來用盡全力又自嘲的聲音：「如今，還願意來看妹妹的也就姐姐一人了。」

我輕輕笑了起來，轉身吩咐道：「妹妹身體不好，你們做奴才的也不好好伺候！還待在這兒做甚？看著讓人心煩，都退下吧！小安子，派人替了他們的活兒。彩衣，把東西送上來。」

彩衣依言將那盞血燕遞到跟前，我親自拿放到子初手上，溫言道：「子初，你是你家主子最信任的人了。如今你家主子落難，不知有多少雙眼睛看著，膳食的重任就落在你肩上了，你親自去。」

子初滿眼含淚，「咚」的跪倒在地，磕頭道：「奴婢替主子謝過德主子。德主子的大恩大德，奴婢一定回報！」

我拉了她起來，「快去吧。」

待到子初出了門，我轉頭吩咐道：「彩衣，這屋子裡空氣太悶、藥味太重，不適合妹妹養身子，把妹妹前些日子送的薰香點上！」

我大步上前，一把掀了紗帳，目光冷然地盯著臥在床上的柳月菊，閒閒地一字一句道：「妹妹何必嬌氣，想當初姐姐受鞭刑之時不也是這樣熬過來的？不過，只怕妹妹沒那福氣熬過來了！」

柳月菊萬沒料到我會突然變臉，原本蒼白卻帶著欣慰的臉猛地一變，呼吸聲變得急促而沉重起來。她目光驚恐，怔怔地看著我，顫聲道：「姐……姐……」

我溫柔地笑著，看著躺在紗帳之中的柳月菊。她頭髮散亂，厚厚棉被下壓著她落葉似的手，睜大著眼睛，眸中閃爍著與蒼白膚色截然相反的灼灼光芒，直直看著我。

我站在床前回視著她，嘴中發出「嘖嘖」之聲，道：「妹妹眞是憔悴啊！」我伸手斜掠過自己標緻的髮髻，現出一副萬分惋惜模樣，「那行刑的太監定是下了黑心，使上了力啊。妹妹好可憐啊，行刑時竟也沒人幫你求個情！」

聽到此話，柳月菊恍然大悟，眼中閃過一抹狠厲的光，大叫著：「你這賤人，你想置我於死地！」

我呵呵一笑，柔聲道：「妹妹，你說錯啦。我不是想置你於死地，而是已經置你於死地了，你抬頭看看，這屋裡屋外哪個不是我的人？」

「你！」她惡狠狠看著對她盈盈而笑的我，貓了腰猛地撲過來。我側過身子一避，她便摔倒在地上，沉重地喘著氣。

我上前一步，狀似不經意地一腳踩在她手上，踏得死死的，居高臨下咄咄逼視著她，「好妹妹，我今兒來，就是想讓你走得明明白白，免得去了也只是個冤魂。」

「你、你、你好狠毒！」柳月菊拚命掙扎，恨恨地看著我。

「你爲了攀高枝、得聖寵下毒害我的時候，早該料到會有今天了！」我冷笑一聲，「就憑你？還不是我的對手！」

柳月菊像被一下子抽走了力氣，全身顫抖著，「你，你果然知道了！」

我收回腳，看著她眼中的怨恨，也不生怒，對又要拚命起身上前的她道：「妹妹還是省點力的好，姐姐可提醒你了，越是掙扎可就發作得越快啊。」邊說邊饒有興致地看著她。她果然立刻便躺在地上不動了，只氣喘吁吁地瞪著我。我倒是忍不住了，「噗哧」一聲笑了起來，「好妹妹，怎麼你的主子不來保護你啊？」

柳月菊急促地喘著氣，突然開始咒罵我，語氣惡毒而刻薄，「你這個賤人，你不得好死……」

我「咯咯」笑著，直起了身子，冷眼瞧著躺在地上披頭散髮的柳月菊，淡然道：「你罵吧！不管怎樣，這一生一世我都已注定在你之上，踩著你，壓著你，眼下還掌控著你的生死。妳就抓住這最後的機會盡情地發洩吧！」聽我這樣一說，她反而愣在當場，繼而號啕大哭起來。

待到她哭夠了，轉爲抽泣時，我才靠坐在椅子上歎息道：「我一直拿妹妹當貼己，時常在皇上面前提攜你，不料你卻在薰香中下了手腳，想置我於死地。自古勝者爲王敗爲寇，妹妹又何必不甘？」

「你……」

「不管妹妹信與不信，我本來確無害妹妹之心。但是我卻發現了妹妹送我的薰香中暗藏玄機，打那時起，便只能你死我活了。」我感到心在不停收縮著，快要喘不過氣來了，「如今說這些已是多餘，我今兒來主要是送妹妹上路，再有便是解了妹妹心中之惑，讓你走得了無遺憾。」

心知已是必死無疑，柳月菊反而冷靜了下來。她撐著全力爬將起身，移至妝臺前，氣喘吁吁地坐了下來。

我取來披風給她披上，又拿起臺上檀香木梳給她梳起了頭，輕輕地、溫柔地，如同她每次為我梳頭一般。驀地我一陣恍惚，恍若那段美好時光又回來了。

「姐姐，那靈芝珍珠液之事是存心讓妹妹聽見的麼？」

「是我早就命人布好的局，不過那黎昭儀的孩子沒了可非因為那靈芝珍珠液。」

「那是？」

「妹妹還記得那盒南韓進貢的胭脂麼？」

「胭脂？姐姐不是說那胭脂孕婦用了不僅能亮膚，連生下的孩子肌膚也會跟著細膩嫩白的麼？妹妹素來與黎昭儀走得近些，她壞了龍胎，這東西又有這功效，所以妹妹便……」說到此處她恍然大悟，竟輕笑起來，「可笑我還一直想著那靈芝珍珠液。」

「其實根本就不存在什麼靈芝珍珠液，妹妹身上的香不過是我贈與妹妹放在枕下的香囊中之薰香而已。」

「輸在姐姐手裡，妹妹心服口服。姐姐心思細膩、定計嚴謹，後宮中無人能及，這中宮令早晚是姐姐囊中之物！」柳月菊誠心道，面對死亡卻坦然起來，沒有了懼怕，只有滿臉的釋然和輕鬆。

我替她梳了個牡丹流雲髻，不覺又想起當日裡她為我梳這髮式的情景，眼淚含在眼眶中，默默取下頭上的碎玉珠花斜斜地為她插在髻旁。

她對著鏡子左看右看，扯開嘴角輕笑起來，「姐姐梳的這個牡丹流雲髻可比妹妹當日爲姐姐梳的別致多了，可笑妹妹還自鳴得意，拿了在姐姐面前顯擺。」正說話間，卻聽她嘔了一聲又忙從懷中取了條白色絲絹捂住。她顫抖著手將絲絹拿開了，赫然見上頭竟是一口鮮血，再看鏡中，嘴角處還沾有一點餘漬。她似擦水漬般用絲絹擦淨，又用粉撲撲上些粉遮去。

我看著鏡中臉色蒼白卻美麗異常的柳月菊，眼淚再也抑忍不住，如斷線珍珠般滴落而下。她從鏡中瞧見我落淚，微愣一下，慘然笑言：「姐姐何必落淚，爲我這種人，實在不值！」

我只喚了聲「妹妹」，卻是已哽咽著，再說不出話來。

柳月菊卻轉頭朝我溫柔一笑，伸了手，輕聲道：「最後再煩勞姐姐一次！」

我拉住她伸出之手，將漸漸虛弱的她扶起，慢步挪至床上，待她躺落，又用錦被將她蓋好。

「姐姐，你還與妹妹這薰香可眞香……」

「姐姐，謝謝你，妹妹終於解脫了！」

「姐姐……」

說著說著，竟沒了聲，放在胸前的手垂到床邊，手中那塊染了猩紅鮮血的絲絹散落在地。

我忍著心裡的痛，低下身子撿了起來，絹上提道：「四張機，鴛鴦織就欲雙飛，可憐未老頭先白。春波碧草，曉寒深處，相對浴紅衣。」

我豁然明白她口中所言「終於解脫了」之意，只是她又爲何要下毒害我呢？已經不可能是爲了爭寵。

我長歎一聲，原來活著未必就是勝利者，去了也未必是冤魂。我將她的手拉了放進被窩中，輕聲道：「妹妹，你就安心去吧。」

門口傳來「哐啷」碗碎在地之聲，我轉頭望去，卻是子初端了參湯進來，見到已安然離去的柳月菊。子初疾步上前，跪倒在床邊痛哭失聲道：「主子，主子……」

我扶住子初，將那方絲絹遞與她，輕聲道：「子初，你家主子已安心去了，你節哀吧！」

子初默默拿了那方絲絹，輕道：「主子，您終於可與他去地下相會了。」說罷將那方絲絹收了放入她懷中。

「主子，黃泉路上您一人太孤單，奴婢跟去伺候您！」我一聽，心知不好，轉過頭去，還未及出聲，子初已一頭撞在床頭，跟著柳月菊去了。

我愣在當場，好半天才緩過神來，拖著沉重的身子走到門口，掀了簾子，彩衣忙上前扶住我。我有氣無力地吩咐道：「揀個她屋裡機靈點的人去稟了皇后娘娘，吩咐小安子打點主事太監替子初買副好點的棺材、堆個墳頭吧。」

我回到櫻雨殿裡，心中全無半點勝利的喜悅，只有說不出的淒涼和無奈。

翌日午憩起身，我帶上彩衣去看望黎昭儀，她似一夜之間老了許多，神情呆木。我陪著說話時，她也時常走神，我看著心酸，吩咐她的貼身侍女好生照料，便退了出來。

回到殿中用過茶點，我隨手拿本《雜記》看了起來。

「主子，楊公公來了。」彩衣進來道。

我放下手中書卷，喚道：「真的？快請進來！」

不多時繡簾掀起，我忙迎了上去。楊德槐見到我便要行禮，我一把扶了他，道：「此處沒有外人，公公不必多禮。」

他倒不推卻，在彩衣攙扶下於楠木椅上落坐，又在秋菊的伺候下脫了靴子，踩在椅下早已生好的銅暖爐。

秋霜又奉上新泡的秋香鐵觀音，楊公公接過茶連啜了幾口，才放在几上，對我說道：「我說那些個小太監爲甚老愛往德貴嬪這裡跑，一說到您這兒，個個爭著來呢！還是來德貴嬪這裡最舒暢。」

我溫柔一笑，軟言細語道：「楊公公說笑了，不過是眾人抬舉罷了。」

他呵呵笑著應道：「奴才也是最喜來德貴嬪殿裡了，這不，巴巴的又來了。」說著又端了熱茶連啜幾口，讚道：「好茶！奴才沒記錯的話，這該是今年安溪新進的秋香鐵觀音吧？聽說今年天寒，被霜打了，統共也沒進貢幾罐。」

「一聽就知公公乃好茶之人，光呷一口就曉得名兒，聽你這麼一說，這茶倒珍貴起來了。好茶，當送懂茶之人！」我轉頭道：「彩衣，把櫃子裡那罐未開封的拿來，讓楊公公帶回去好好品。」

「哎喲，德主子！這麼好的茶贈與奴才豈不浪費了！」楊德槐推辭起來。

「楊公公這是甚話？好茶就該配懂茶之人。」

楊德槐復要推卻，卻忍不住咳嗽起來。我一驚，忙關心道：「公公身子哪裡不好了？可有去看過太醫？」

「哎，」楊德槐歎道：「老啦，不中用了！最近幾天夜裡連續落雪，染了風寒，老寒腿又犯了，前兩天還躺著呢！」

我溫言道：「昨兒夜裡大雪積了不少，今兒這麼冷的天還害哥哥親自跑一趟，做妹子的心裡怎麼過意得去？妹子這裡有些上好的虎骨，有益活筋鬆骨，好使著呢。妹子用不著，放著也是浪費，哥哥一併拿上。」說著又吩咐道：「彩衣，把那兩匣子虎骨也拿來。」

楊德槐這才眉開眼笑，「妹子這樣說，那做哥哥的就不客氣了！」又聊了幾句，楊德槐起身道：「皇上派奴才過來傳話，他用過晚膳就過來。眼看就到晚膳時辰啦，奴才就不打擾德貴嬪，先回去伺候著了。」

我笑著起身，送他朝門口走去，「楊公公這是公事，我就不留你了。」送至門口，見我還要外出，楊德槐忙攔了我，「德貴嬪留步，這大冷天的，待在屋子裡暖和著就好。」

我忙吩咐彩衣送他出去，自己回到椅子上捂著。

小安子進來遞給我一碗溫水，再遞過來一包珍珠粉。我接過來，把珍珠粉倒進嘴裡和水吞下，見彩衣進來，即吩咐她道：「彩衣，讓外面的人生好爐子，把熱水準備好，我要沐浴。」

彩衣答應著，轉身出去準備了。過了一會，小安子為我圍上圍巾、披上披風，一道徐步走進西暖閣。彩衣早已在門口候著，見我來了，忙掀了簾子側身讓我進屋。

屋子裡燒了暖爐，連空氣都是暖洋洋的。彩衣替我掛披風圍巾，我拔掉頭上玉簪，及腰的長髮披瀉下來。彩衣服侍我到屏風後面褪下衣衫，露出雪白如脂的肌膚。

彩衣直愣愣看著我，半晌也沒移開眼。我被看得頗不好意思起來，伸手彈了下她額頭，嗔怪道：「丫頭，看什麼看！」

彩衣頓時回過神來，滿臉通紅，赧然道：「主子，您真美！難怪皇上會一直寵愛著您。」

我搖搖頭，歎道：「再美的容貌也會有衰老的一天。以色事君者短，以才事君者長。」一邊跨進浴盆，溫熱的水一下將我淹沒。暈紅的燈光、淡淡的梅花薰香味引我心中五味混雜，整天思量著算計別人也是很累的。

我揮手讓彩衣她們退下，翹著腿擱在盆沿上享受這難得的悠閒，過了一會，眼皮漸漸沉重起來……猛然驚醒，水已經有些涼了，我伸個懶腰準備起身，卻發現旁邊有個身材修長的男人正目不轉睛地看著我。

我「啊」的一聲驚叫，本能地用手護住胸前。

「別怕，是朕！」低沉而磁性的聲音響起。

「肅……」我正要開口，他伸出食指來抵住我的唇，「噓！別說話，讓朕好好看看你！」

雖然和他早已有了肌膚之親，可在明亮燈光下赤裸相見還是第一次，我不禁面紅耳赤。他的眼神因我的嬌羞更加熾熱起來，猛地伸出雙手把我從水中抱起來，順手抓了屏風上的浴巾拭去我身上水珠後，朝內室的床榻走去。

雪白的軟緞被褥上，暈紅的燈光下，我曼妙的身姿越發粉嫩光澤。他掬起我烏黑長髮在鼻間輕嗅，我撫摩著他清瘦了的臉頰，問道：「肅郎，你可是真心愛臣妾？」

「當然，言言要是不信，朕可以當天立誓！」他衝動地舉起右手來。

我慌忙捂住他的嘴，在他耳邊低低說著：「臣妾相信。肅郎龍體爲重，切不可隨意起誓。」

他動情的抱著我，「朕說的是眞的。」

我看著他，笑而不答，卻奉上自己紅潤雙唇。他的眼剎那間變得火熱，攬住我的頸，細細吻著我的唇、眼、眉、鼻梁，還有身上每寸肌膚。隨著他的吻，我緋緊的身子慢慢柔軟，思緒也紊亂起來，彷彿著火似的口渴，體內有慾望的火苗在躥動。我伸出手臂摟住他的頸項，情難自禁地呻吟出聲。

感受到我的灼熱，他迫切地低下頭來奪取我的唇，狂熱地喚著我：「言言！言言！」

一夜纏綿，我做盡逢迎之能事，曲意承歡。

待到激情過後，他用錦被裹著我倆，依偎著取暖。

「主子，主子！」朦朧中我聽到彩衣喚我，卻怎麼也睜不開眼，只聽到進進出出凌亂的腳步聲和彩衣同小安子的交談聲，不一會又迷迷糊糊地睡去。

再次醒來，我只覺口乾舌燥，全身發熱，四肢無力，目光所及淨是明黃一片。

「言言，你醒了？」焦急的聲音中帶著喜悅。

我一驚，正要起身，卻被他小心地摟入懷中，下頷上初生的鬍渣摩擦著我光潔的額頭。他喃喃自語道：「你可醒了。」說著又示意彩衣拿了靠枕讓我靠上，復滿臉嚴肅地問我：「可有哪兒不舒服？」

我不明所以的搖搖頭，不明白他爲何如此緊張。

「主子，您可醒了，嚇死我和小安子了。」是彩衣的聲音，我尋聲望去，她半跪在矮凳旁，雙眼通紅、神色憔悴，卻露出喜悅的笑容。我轉過頭，發現小安子也跪在後面，正拿袖子擦眼角。

「好了，好了。德貴嬪醒來就好了。」旁邊傳來南宮陽穩重中帶著欣喜的聲音。

眾人正歡喜之際，我突覺得天旋地轉，胃裡好像有甚東西往上面鑽。我努力想克制卻是徒勞無功，忙將頭伸至床頭銀罐處，「哇」的一聲將一團帶著腥味的東西吐了出來。

眾人俱是一驚，皇上急道：「南宮陽，這是怎麼回事？德貴嬪究竟身患何疾？」

「啓奏皇上，德貴嬪舊疾初癒，身子虛弱，再加上初懷龍胎鳳體不適，故才導致突然昏厥。如今醒來，當好生將養，飲食亦應以清淡爲主。微臣會爲娘娘開幾付安胎藥送來！」

龍胎！巨大的喜悅衝擊得我整個人暈陶陶的。我不敢置信地看著彩衣，她衝我笑著點點頭，我才相信這天大的好運降臨到我頭上了。

「那好，既然這樣，你就儘快去辦！」皇上吩咐著，頓了頓又道：「南宮陽，往後德貴嬪安胎一事由你全權負責。朕把這重任交與你，你可莫辜負了朕對你的信任啊！」

「微臣定當全力以赴！」南宮陽微顯激動，這麼多年來皇上頭一次正眼看他，親自對他委以重任。

小安子同南宮陽準備安胎藥去了，彩衣識趣地帶了眾人退出。我猶沉浸在龍胎的喜悅中，皇上寵溺地吻了吻我的額頭，輕聲道：「太醫的話，你都聽見了吧？如今你可不是一個人了，你身子又弱，可要好生保養。」他又湊到我耳畔道：「可得給肅郎生個大胖小子哦！」

我臉蛋發熱，嬌羞地把頭埋進他懷裡，「要是生個女兒呢？肅郎就不喜歡了麼？」

他撫摩著我的背，「也喜歡，只要是言言生的，肅郎都喜歡！」

我點點頭，不再說什麼。

我興奮到半夜才迷迷糊糊睡著，隔日醒來已是日上三竿。剛打了個呵欠，我就看見彩衣笑呵呵走進來請安，拍拍手喚了小宮女們捧著盥洗用具上前。

我懶懶起身，就著宮女捧到跟前的水晶杯洗漱起來。彩衣擰乾毛巾遞上，服侍著我把臉洗淨，換上寶藍綢緞褥裙，又扶了我到妝臺前。

我問道：「萬歲爺什麼時候走的？」

「萬歲爺待主子睡沉了便走了，臨走時特意吩咐奴婢不許吵擾主子歇息，想是怕其他主子知道萬歲爺宿在殿裡給主子惹來麻煩。昨兒主子不好，奴婢心裡著急，是小安子去稟的皇上過來，宮裡怕是好多人都知道萬歲爺在主子這兒。」

「嗯。」我點了點頭，心裡頗是感激他爲我所想。

彩衣給我盤了個輕鬆而簡單的參雲髻，秋霜用紅木黑絨盤端來一批頭飾，讓我揀選。滿盤的金銀珠花看得我眼花繚亂，我搖搖頭，吩咐道：「放桌上吧，你去把後院新開的梅花擷幾串來插在屋裡。成天燒著爐子，怪悶的。」復又看向彩衣道：「你隨便挑個簡單的珠花插上吧。」

甫用過早膳，小安子便進來通傳：「主子，小玄子公公前來宣旨！」

我一站起身，就見小玄子大步走進來，前後還有許多小太監跟著。小玄子走到殿中，笑意盈盈看著我，「德貴嬪接旨！」

彩衣上前扶我跪下。

「奉天承運，皇帝詔曰：櫻雨殿德貴嬪自入宮以來，溫柔賢淑，謙良恭順，頗得朕心，現由貴嬪晉升爲婕妤，賜號『德』，欽此！」

「臣妾領旨謝恩，皇上萬歲萬歲萬萬歲！」我在彩衣的扶持下起身，親手接過印璽和詔書。

「皇上有賞！」小玄子一本正經地尖著嗓子嚷道。

我正重新行禮，他卻慌忙扶起我，送我至軟椅上靠了，「婕妤娘娘，皇上口諭，娘娘有孕在身，可直接受禮便是。」

我頷首而應，看著已不斷長大成熟的小玄子，心中百感交集，心疼他的經歷，欣慰他的成長。

「皇上有旨，賞和闐白玉送子觀音一尊予德婕妤！」

「皇上有旨，賞綾綃帳一副予德婕妤！」

「皇上有旨，賞綾羅綢緞各八疋予德婕妤！」

「皇上有旨，賞枷金嵌紅珊瑚玉如意一對予德婕妤！」

「皇上有旨，賞三七、天麻、紅參等各式補品一盤予德婕妤！」

「皇上有旨，賞環步搖、翡翠珠花、瑪瑙別針等飾品一盤予德婕妤！」

彩衣喜笑顏開地領著宮女、太監們接下。

我示意小安子帶眾太監到偏殿暖身子喝熱茶，打發賞錢，自己則帶了小玄子進了屋中，吩咐彩衣守在門口。

「弟弟，你如今時常在皇上跟前當差，咱姐弟想單獨見上一面那是難上加難。這些日子也很少跟弟弟多親近，弟弟受委屈了！」我拉著小玄子的手，眼眶微微有些濕潤。

「姐姐這樣說豈不是不拿弟弟當自家人了，如今宮中形勢我們大家都清楚，一不留神被人抓住了把柄就是把命都搭進去啦。弟弟也不是那不知情的人。倒是姐姐要多加小心，姐姐這龍胎裡裡外外不知有多少人惦記著呢。」經過這一段的宮中生活，小玄子的成長讓我欣慰，亦讓我心疼，但我卻知要在宮中生存就必得如此。

「嗯。」我頷首道：「這便是我藉此機會單獨留你的原因了，如果是皇子，我們今後的路就順暢得許多，即便是女兒，在這子嗣不旺的皇家也是一種保障。只是這龍胎離出世還有漫長的九個月啊，怎麼熬過這九個月是件鬥智鬥勇之事了。」

「這個弟弟心裡明白，但凡姐姐有用得著之處，弟弟定然全力以赴，萬死不辭！」

「胡說！」我激動起來，眼淚含滿眼眶，「別動不動就說死，這宮中就咱姐弟二人相依為命。咱們有過誓言，要一起做那人上之人，誰也不許提死。」

小玄子見我情緒激動，驚慌失措地扶住我，「不提、不提，姐姐身子為重，切莫太過激動！」

我方穩持住情緒，「小玄子，如今楊公公年紀老大，身子骨慢慢不行了，這大好機會你可得抓住！」

「這個弟弟明白，小安子已經吩咐過弟弟了！」

「嗯。」我感歎道：「宮中危機四伏，不知有多少雙眼睛盯著這櫻雨殿，單靠咱姐弟二人之力，實嫌勢單力薄，疲於應付啊。」

「那依姐姐之意？」

「我今兒留你，就是想問問你的意思。」我猶豫了一下，才又道：「如今我們恐得要借助他的勢力做個墊腳石了。」

「姐姐！」小玄子倏地一驚，抬頭驚訝地望著我，隨即又黯然低下頭，「此事但憑姐姐作主！」

我拍拍他的手，歎道：「你心裡的痛，為姐的感同身受，其實姐姐心裡又何嘗不是恨到入骨入髓。唯今情勢，咱們只能忍辱負重，等咱羽翼豐滿得以展翅高飛之時，便是捕食的那日了。」

「姐姐，咱們會有那日麼？」

「會有，一定會有，肯定會有那日的，咱們姐弟要共同迎接那日的到來！」我目光灼灼，語氣堅定地告訴他。

又聊了幾句貼己的話，見時候已不早，我才叫小安子送他們一行人出去。

彩衣喜笑顏開地看著擺滿了整個正殿的御賜之物，我也舉步上前，同她一起細細地看著，一時看看這個，一時摸摸那個。

彩衣高興地說：「主子，您看，這些東西都是眞正實用之物，皇上對主子您可眞眞是上心呢。明兒我就帶她們一起爲小皇子準備衣著用度。」

「彩衣！」我低聲喝道：「這話不可亂說，誰也不知究竟是不是皇子，禍從口出啊！」

彩衣一驚，深知自己失言，就要下跪賠禮，我忙拉了她道：「我也不是怪你，以後小心著就是了。」轉念一想，又添道：「把這話傳下去，叫宮裡頭的人都給本宮老實點，莫要教人抓了把柄！」

彩衣點頭答應著。

這時，小安子通傳說是帶了宮裡眾人前來，彩衣忙扶我坐到正位上，才傳眾人進來。

一眾人跪拜道：「奴才、奴婢拜見德婕妤，婕妤娘娘千歲千歲千千歲！」

我坐在炕上，看著腳下跪著的那片黑壓壓人群，沉著臉不說話。過得許久，終於有那麼一兩個大膽的悄悄抬頭，見我臉色凝重，嚇得忙低了頭，不敢再亂動。

我這才端起桌上的茶，揭了杯蓋，輕輕拂開茶沫。

呷了一小口茶後，我緩緩問道：「小安子，都到齊了麼？」

小安子點了點人數，道：「回主子的話，都到齊了！」

我點了點頭，看了彩衣一眼，她會意地遣兩個小宮女從側門往西暖閣去了。

我掃視地上眾人一眼，緩聲道：「都知道柳才人的事了吧？」

地上的人聽了，頭壓得更低了。

「那不著本宮說，大家都知道了吧？柳才人被杖斃，她宮裡的太監、宮女們全都入了辛者庫，到今兒不知還剩下幾個！」我放下茶杯，語氣冷淡得像是說的不是生命，而是東西般。話一出口，我明顯看到地上的人泰半都顫抖起來，幾個膽小的宮女更是一下子紅了眼，肩膀不停地抽搐著。

「狡兔死則走狗烹，你們都聽說過吧？」我冷笑一聲，「別以為出賣主子可撈得甚好處，要知道主子倒了，你們也不過是喪家之犬，只能任人宰割！」

我頓了頓，問道：「本宮平日裡待你們如何？」

小安子帶了眾人磕頭道：「主子待奴才們一向和善。」時常跟在小安子身邊的小福子接道：「這宮裡誰不知咱們主子最是心善，旁的奴才們都羨慕咱們能在主子跟前當差呢。」

這時彩衣帶著那幾個宮女去而復返，每人手裡都捧著鏤空雕花木漆盤。

我高聲道：「你們只要好好服侍本宮，不去動那些個歪念，本宮自然不會虧待你們。本宮今兒晉位，你們來道喜，本來不該說這些，只是醜話本宮不得不說在前頭。」

我手一揮，彩衣她們把手中的盤子放在眾人面前。我輕聲道：「這些玩意兒是賞給你們的。」

眾人目瞪口呆地瞧著擺在面前盤中的金銀珠寶、琉璃玉石發出奪目光彩。

半晌，小福子率先反應過來，忙朝地上「咚咚」的磕著響頭道：「奴才謝主子厚賞，奴才誓死效忠主子。」其餘眾人也紛紛磕頭齊喊：「奴才誓死效忠主子！」

我滿意地看著，唇邊浮上一絲笑容，「只要你們做得好，日後還有別的賞賜，不過……」我拉長了聲音，待眾人集中精神看向我時，輕輕將手一鬆，手中青花瓷茶杯「叭」的應聲而碎。眾人跟著打了個顫，我用溫柔卻教人冷徹心扉的聲音說道：「誰要是敢像柳才人對待黎昭儀那樣對待本宮，本宮定要滅他滿門！」

屋子裡有人是那日跟著去了柳才人殿裡的，自然多少知曉一些我的手段，滿屋子一下子安靜了下來。好一會過去，地上的人才又紛紛磕頭道：「奴才不敢！」

我方喜笑顏開，吩咐小安子道：「你把這些東西帶下去均分給大家。」

小安子連忙答應著，帶了眾人謝恩退去。

十一　風波迭起

我端坐窗前愣愣看著鵝毛大雪從空中一片片飄落而下。不到半個時辰，院中的長青樹和光禿禿的櫻樹上便積滿了雪，掃淨的院子裡又積了寸寸雪花。

驀地有人從背後摟著我，銀妝素裹的美景隨著窗扉被關上消失了，耳邊傳來關心的責備聲：「言言，大冷天的坐在窗前凍著，凍壞了身子可怎麼好？」

我怔怔看著他不答言，憂愁滿面。他見此情景，不禁怒從中來，「這殿中的奴才都到哪去了？給朕滾出來！」

剛端了參湯進來的彩衣一見皇上發怒，忙放了盅子上前跪著。小安子聽得怒吼聲，也飛快進得屋前，跪在跟前道：「皇上息怒！」

「朕是怎麼交代你們的？你們這些奴才又是怎麼伺候主子的？」皇上越說越急。

我見狀不對，怯怯地伸手握住他的手，溫柔地看著他，眼神專注而清澈，帶著些許乞求。

他歎了口氣，揮手示意二人退下，擁了我同坐炕上，呢喃道：「言言，你要朕拿你怎麼辦？」我將頭埋進他肩窩裡，伸出兩隻小手抱住他的腰，輕聲道：「皇上，臣妾……臣妾怕……」

他用力摟著我，沒有說話。我接著道：「黎昭儀那麼好的人，也被人……那孩子說沒便沒了！」

他聽出我聲音中的顫抖，忙放開了我，拿絲帕替我拭著淚道：「言言不怕，有朕在呢！」

我點點頭，好半晌才穩住了情緒。皇上又寬慰道：「言言，你如今已位居三品，按祖制，每月可與家人見次面，朕看還是讓莫愛卿進來陪陪你。」

我再點點頭，謝過恩，與皇上同吃了些新鮮水果。

皇上沉吟少頃後道：「言言，莫愛卿在戶部任侍郎已十幾載了，如今傅尚書病重，朕有意讓莫愛卿暫代尚書一職，朕想問問你的想法何如？」

我猛然起身，「咚」的一聲跪在地上，正聲道：「皇上，祖宗規矩，後宮不得干政。」

皇上一愣，隨即扶我起身，「朕特准你一次，朕就想聽聽你的想法。」

我這才回道：「皇上准臣妾說，臣妾便據實以告，若有不合皇上之意的地方，皇上切莫怪罪臣妾。」見他頷首示意，我接著道：「家父任戶部侍郎已是十年有餘，雖無過卻也無功，擢升尚書只怕難以服眾，且傅尚書尚在，皇上執意而爲只怕會寒了老臣們的心。依臣妾之意，代理事務則可，至於升職，如今卻是萬萬不可提及。一來可先考察家父的本事，二來也可安撫朝中老臣的情緒。」

皇上聽著連連點頭，「言之有理，言言之意甚合朕心！朕本想如此，又怕你多心，說朕對你的家族尚存疑慮，如今看來，倒是朕多心了。言言的智慧非尋常女子能及啊！」

我又道：「皇上，那朝堂之上的事臣妾不懂，臣妾只知任人爲賢，您切不可因著臣妾的關係便偏愛家父，歷代外戚專權的典故歷歷在目，請皇上謹行！」

皇上龍顏大悅，一方面誇我知書達禮，堪稱典範，另一方面又下旨讓父親代理戶部事務，並讓二哥出任主事一職以協助父親。過幾日，父親帶了二哥進宮千恩萬謝自是不說。

皇上代太后前往歸元寺還願未歸，我與端木晴同往太后宮裡閒話家常，在寧壽宮用過午茶方才回轉。進得屋中卻未見彩衣迎上來，正奇怪間，聽得小安子在門外低聲呵斥道：「小碌子，小點聲，沒見主子剛回來麼，吵到主子看我不扒了你的皮！」

我朝簾外問道：「小安子，發生甚事了？」

過得少頃，小安子帶小碌子進屋來跪在我跟前。小安子表情微顯奇怪，他扭捏一下才小聲道：「主子，出事了！」

「甚事？」

小安子忙示意小碌子，小碌子這才回道：「主子，彩衣姐姐出事了！」

我一驚，追問道：「究竟何事？細細道來！」

「主子不在，行刑司來了兩個小太監，說是奉旨辦事，進來甚話也沒說，便將彩衣姐姐拿了前去問話。奴才四下打聽，這才探到，好像是彩衣姐姐私託宮中侍衛往外帶東西，那侍衛被抓了個正著，把彩衣姐姐給供出來。」

「啊？」我一聽，心如火燎，急道：「可打聽清楚這事由誰負責？是誰下令抓的人？」

「這個……」小碌子滿臉歉意道：「奴才無能，請主子責罰！」

我略定了定心神，輕聲道：「小碌子，本宮知道你已經盡心盡力了。你先下去，用過膳，好生歇著。」

小碌子謝過恩，轉身出去了，我才道：「小安子，叫人替我更衣整容，去永和宮正殿！」

「主子，這下雪天的，您的身子……」小安子擔心地說。

「眼下雪還不大，況且這兒本就是永和宮，去正殿頂多幾步路而已，沒事，我撐得住。」我堅定地催促他，「快，照我的話去做。」

小安子欲言又止，終咬了咬牙，轉身安排去。

一路疾行至永和宮正殿，素是常來常往，門口的太監們早熟識了，平日裡也沒少受我的恩澤，一見我在這雪天裡過來，忙將我迎進去，又通報了淑妃的貼身侍女海月。

還沒坐穩呢，海月便笑盈盈出來跟我見禮，將我引進東暖閣。淑妃正靠在貴妃椅上看書，我上前見禮道：「臣妾拜見淑妃娘娘！」

淑妃忙擱下書，示意海月將我扶起，嘴裡說道：「妹妹無須行禮，如今妹妹身子重，皇上早下特旨免了妹妹的跪拜禮節。」

我輕笑道：「那是皇上和眾位姐姐的恩典，婢妾萬不敢恃寵而驕。」

「妹妹真是知書達禮，難怪皇上老愛往妹妹殿裡去。」淑妃臉上笑著，我卻捕捉到她眼裡閃過一絲幽怨的目光，「妹妹快過來捂著取暖。這大冷天的，還下著雪，怎麼過來了？」

我謝了恩，坐在右首位上，接過宮女奉上的熱茶，也沒顧得上喝，只放在一旁的几上，輕聲回道：「不瞞姐姐說，妹妹這是無事不登三寶殿。妹妹身邊的宮女彩衣出了事，被行刑司的人拿了，妹妹無計可施，想著姐姐如今協助皇后娘娘掌管後宮，這才厚著臉皮來，想跟姐姐討個人情！」

「這事我方才聽宮裡的太監稟了，這會兒妹妹冒雪前來，我想著妹妹便是爲了此事來的。」淑妃歎了口氣道：「妹妹，這事不是姐姐不願幫忙，而是姐姐心有餘而力不足啊！」

我心裡一震，問道：「怎麼了？姐姐。」

「妹妹住在姐姐宮裡頭，妹妹之事自然就是我的事。剛一聽說，我就急了，亦想幫襯妹妹。可妹妹有所不知啊，姐姐這表面上風光得很，說是如今協助皇后姐姐管理後宮了，可實際上，我也不過是貴妃娘娘跟前一打雜的而已。」

「啊？有這等事？」

「是啊，我協理的不過是安排值班，照單發發月俸、各宮各殿的日常用度而已，餘者都是麗貴妃一人料理。說白了，我不過就是掛了個名罷了。如今妹妹這事，我也是聽宮裡太監們來稟了才知曉的，唉……」

我一聽，心中那點希望瞬間破滅了，眼淚在眼眶中直打轉，嗚咽道：「姐姐……」

「妹妹別難過，身子要緊。」淑妃安慰道：「妹妹想救彩衣之心，姐姐能理解，偏偏這事由麗貴妃親自料理，姐姐是半點都插不上手。姐姐聽說，這彩衣是梅雨殿已故如貴嬪的貼身侍女，皇上因著如貴嬪之事對麗貴妃心生間隙，如今彩衣犯在她手裡，只怕是……」

「難道就真的沒法子了麼？」
「妹妹如今自個兒身子要緊，聽姐姐的話，先回殿裡好生歇著啊。皇上明兒一早就回來了，你再求個情。」
「如此便謝謝姐姐好意了。」我起身道：「妹妹叨擾姐姐多時，先行告退！」
淑妃直起身子道：「大冷天的，姐姐便不留妹妹了，早些回去歇著，龍胎要緊啊！」說著又轉頭吩咐海月送我出門。
我謝了恩，帶著小安子出了正殿，卻直奔永和宮大門。
小安子大步上前問道：「主子，咱們不回殿裡麼？這是去哪兒啊？」
我強忍悲痛，哽咽道：「小安子，咱們去長春宮。」
「主子！」小安子上前將我攔在宮門口，急道：「貴妃娘娘素來與您有隙，如今您前去，不正是羊入虎口麼？」
「如今這情形，除了去求她還能怎樣？即便是羊入虎口，本宮也只能一試了，別無選擇。」
「主子，淑妃娘娘不是說皇上明兒就回來了麼？到時主子去求求皇上，皇上開個口不就行了麼？」
「小安子，皇上明兒才回來，你想想，彩衣在麗貴妃手裡能過得了這一夜麼？」
小安子沉默了，我繞過他，邁開沉重步伐堅定地走向長春宮。
小安子忙跟上來，撐著油傘替我遮雪。
長春宮門口的小太監進去通報，過了許久，才見麗貴妃跟前的展翠姑姑緩緩走出，行至我跟前見禮，「奴婢給婕妤娘娘請安！」

我忙笑著上前，伸手去扶她起身，口中道：「姑姑何須多禮，下雪天的還來叨擾，給姑姑添麻煩了。」

展翠姑姑身子微側，後退兩步，避開了我伸過去的手，不冷不熱地說：「娘娘請隨奴婢進來吧！」

我尷尬地收回手，示意小安子不可多言，遂跟了進去。

行至正殿階下，展翠姑姑停步，轉身道：「娘娘稍等片刻！」我忙道：「有勞姑姑了！」

我站在雪中靜靜等待著，小安子立於背後替我撐著油傘。一刻鐘過去了，不見展翠姑姑出來，小安子立於背後苦苦勸我身子為重，先回去再從長計議。

我置若罔聞，心中混亂不已，腦子裡只存一個念頭：救彩衣！

雪花片片落下，淺淺一層淹沒我的鞋邊，我麻木地立於雪中，雙腿早已失去知覺。

良久，展翠姑姑將手捂在袖子裡走出來，立於階上朗聲道：「婕妤娘娘，我家主子請您進殿說話。」

我忙謝恩，小安子收起傘，扶我上了臺階，進得殿內。門在我背後「砰」一聲關上，我瞇了瞇眼，須臾方才適應殿中的光線。

屋子裡炭爐燒得旺旺的，溫暖如春，殿中主位上麗貴妃正倚在靠枕上看書。

我趕緊上前跪下見禮道：「婢妾拜見貴妃娘娘，娘娘千歲千歲千千歲！」

麗貴妃滿臉帶笑，柔柔地道：「妹妹快起來，皇上已然免了你跪拜之禮，你又何須多禮呢。」

我接過宮女奉上的熱茶，呷了一小口，暖和著身子。

麗貴妃語帶歉意道：「姐姐方才歇著，醒來才聽人稟說妹妹早過來了，忙叫人請妹妹進殿。這大雪天的，害妹妹久等，姐姐心裡真是過意不去。」

我忙接了話，「姐姐客氣，是妹妹前來叨擾娘娘了。」

麗貴妃接過展翠姑姑奉上的茶，呷了一口，又道：「妹妹這大雪天的來本宮這兒，可有甚事？」

我忙端正起身，跪在地上一拜，回道：「妹妹特來請罪！」

「哦？」麗貴妃滿臉詫異，「妹妹如今身子重，正是深居簡出靜養之際，更何況妹妹素來知書達禮，恪守宮規，本宮並未聽說妹妹有違禮制之處，何來請罪之說？」

「妹妹殿裡有個叫彩衣的宮女，母親病重，特求妹妹允她送點銀兩出去，全怪妹妹愚笨，見她可憐竟答應了。如今那宮女被行刑司的公公拿下，請娘娘救救她！」

麗貴妃皺眉道：「竟有這樣的事情，本宮卻是不知。」說著轉頭問展翠姑姑，「怎麼也沒人來說？」

展翠姑姑回道：「方才娘娘午憩時，行刑司的公公來稟過了。奴婢還不及將此事稟告娘娘，婕妤娘娘就來了。」

我忙笑道：「只一樁小事，太監們按規矩辦事，哪敢勞煩娘娘您啊！妹妹也是急得沒法子，才來找娘娘求救。」

「若是這樣，本宮也不好說什麼……」麗貴妃沉吟片刻，又道：「宮裡有宮裡的規矩，本宮不能老仗著自己掌管後宮便壞了規矩不是？」

我一聽，知她是推託之詞，復懇求道：「妹妹也知爲難，但常聽宮中姐妹說娘娘宅心仁厚，對宮人最是寬宏大量的，還請娘娘可憐她因家中拮据，母親病重才冒險違犯宮規。容妹妹回去好好管教她，她定不敢再犯了。」

麗貴妃蹙眉喝下半盞茶，頓了頓道：「聽你一說，她原是個有孝心的，既如此，本宮便問問他們。放與不放的，本宮也無法現下就給話兒，畢竟宮規森嚴，祖宗規矩本宮亦不敢隨便亂改。若眞眞是違犯了規矩，也不能因著妹妹求個情，便不了了之呀，今兒這個犯倘求個情便算了，明兒那個也跟著犯，那這宮裡還定著這些規矩有何用呢？你說是這個理不是，妹妹？」

「娘娘言之有理，但她也確是事出有因。」

「不是本宮喜嘮叨，妹妹應把自己的奴才管好了，若哪日裡眞出甚事，少不得也連累妹妹你。妹妹先回去吧，明兒本宮叫了行刑司的太監來問問情況。」

我忙道：「娘娘說得是，是妹妹無知不懂禮數，今後還盼娘娘多多提點。」又起來說了一陣子話，我才陪笑著告辭退出來。小安子迎上前詢問情況，我含淚欲滴，只是不語。

「婕妤娘娘慢行一步。」

我轉過頭看，卻是展翠姑姑追了出來。我硬是將眼淚給逼回去，生生扯開嘴露出個笑臉，「展翠姑姑有禮！」

「婕妤娘娘可否借一步說話？」

我不明所以的點了點頭，展翠姑姑將我帶至僻靜處，示意小安子走遠了，才小聲道：「娘娘想救彩衣的心情奴婢可以理解，難得娘娘能對一個奴婢如此上心。其實娘娘想救人也非毫無辦法，只是不知娘娘是否願意……」

我一聽有辦法，不由得轉悲爲喜，激動地拉了展翠姑姑的手，「還請姑姑指點一二。」

「娘娘在宮裡待有一段日子了，亦該明瞭有得必有失的道理，如今娘娘想救彩衣總不能不付出半點代價，單單求個情而已的吧？」

我一聽，心裡明鏡兒似的，面上卻不敢表露分毫，只小心問道：「那貴妃娘娘的意思是……」

「娘娘應該知道，我家主子最大的心病便是入宮多年，也沒能爲皇上誕下一男半女。」

我猛地一驚，訝然抬頭看向展翠姑姑，又忙低了頭，心道：「原來她竟打著這主意。」

展翠姑姑不理會我的驚訝，逼問道：「婕妤娘娘意下何如？」

我顫聲道：「姑姑容我回去，好生考慮考慮！」

「好，娘娘請便！」展翠姑姑也不留我，側身讓我離去。

待我和小安子走到長春宮門口時，背後傳來展翠姑姑不高不低的聲音：「婕妤娘娘可要快些考慮啊，那行刑司的牢房不是一般人能待的地方哪！」

我如被人點了穴道般愣在當場，許久小安子才小聲叫喚：「主子！」

我如夢初醒，拉了他疾步出了長春宮。

「主子，展翠姑姑她……」小安子想問，見我神色有異而不敢開言，偏心裡懸揣著又不得不問。

我看著他小心翼翼的神情，心裡一酸，霧氣瀰漫了雙眼。這宮中的人情冷暖見得多了，再瞅著跟前陪我四處奔波勞累，眞心實意關心著我的小安子，我究竟何德何能得他忠心如此？

我略放慢腳步，低聲道：「展翠姑姑她，替我指引了條救彩衣的路！」

「眞的呀！」小安子又驚又喜，可一見我的表情，立時明瞭，「想來也不是甚好主意！主子，她的意思是？」

我歎了口氣道：「貴妃娘娘，她想要本宮肚子裡的龍胎！」

「啊？」小安子急道：「不可！主子，您沒應承她吧？」

「我說考慮考慮。」我頹然道：「不用你說，我亦知不可，可彩衣我又豈能不救？難道這便是命麼？無論我怎麼努力，也終逃不出既定的命運麼？」

我萬念俱灰，漫無目的地前行，忘了寒冷，也忘了疲憊。小安子不敢多言，在背後默默跟著。

「主子，前邊路口站著的好像是黎昭儀！」

我抬眼望去，眞眞是多日未曾露面的黎昭儀。她身著錦繡厚襖，披著銀狐毛襲披風，在傘下靜靜地看著我。

我強忍住悲痛，上前見禮，「妹妹拜見昭儀娘娘！」

黎昭儀平靜地看著我，半晌才道：「妹妹眞想救彩衣，不妨到儲秀宮走一趟，興許能見到皇后姐姐。她最是心善了，你求求她發句話，麗貴妃也會禮讓三分。」說完便淡然轉身而去。

我如抓住救命稻草般欣喜若狂，全身重又充滿力量，轉身疾步朝儲秀宮走去，心中默念：「彩衣，等我！」

小安子先於我一步上前敲開宮門，與守門的小太監交涉。我見他邊說邊回頭指了指站在宮門階下雪地裡的我。

小太監大步踏下臺階，到我跟前行禮道：「奴才小曲子給德婕妤請安，婕妤娘娘……」

我不等他說完，已親自將他扶起，「公公何須多禮。」說著朝他手裡塞了一錠銀子，「公公在這冰天雪地裡當值，雖說是職責所在，可誰都是娘生父母養的，公公保重身子。」

「多謝婕妤娘娘。」小曲子有些嗚咽道：「婕妤娘娘素來和善，平日裡沒少關照奴才們。這大雪天，婕妤娘娘怎麼來了？」
「小曲子，本宮有要事求見皇后娘娘，煩你代爲通報。」
「呃，」小曲子面帶爲難，「不瞞婕妤娘娘，皇后娘娘已臥床多日，除皇上外不曾見過他人。婕妤娘娘此來，只怕是……」他頓了一下又道：「這大雪天的，婕妤娘娘定然是有要事，如此，奴才便斗膽一次，稟了皇后主子跟前的寧英姑姑。至於成與不成，奴才就無力決定了。」
我忙柔道：「有勞公公了。」
少頃過後，寧英姑姑出來了。我忙上前兩步，「姑姑有禮！」
寧英姑姑微屈了屈身子，口中不冷不熱道：「奴婢見過婕妤娘娘！」
我討好道：「姑姑無須多禮，這大雪天的，給姑姑添麻煩了。」
寧英姑姑又道：「婕妤娘娘，皇后主子舊疾復發，不便見客，您先回去吧。待主子身子好些，奴婢再稟了主子宣德婕妤娘娘來見！」說罷便轉身離去。
「姑姑留步！」我忙疾步踏上臺階，拉住已往宮裡走的寧英姑姑，褪下手上那串雞血紅珊瑚石手鍊塞進她手中，哀求道：「姑姑費心！婢妾實是有十分要緊之事，不得已才冒此大雪斗膽求見皇后娘娘，勞煩姑姑了！」
寧英姑姑到底是跟在皇后娘娘身邊的紅人，很是識貨，瞟了一眼手中的手鍊就知是稀罕物，忙收了起來。她轉身對著我，輕言軟語道：「婕妤娘娘，不是奴婢無情不通容，眞眞是皇后主子舊疾復發，又偶感風寒，已幾日未下榻了，奴婢實在……」
我不再出聲，只拿哀求眼神看著她，寧英姑姑歎了口氣道：「不用說，奴婢也知婕妤娘娘是爲了那宮女而來。那宮女能得婕妤娘娘如此善待，乃是她的福分，奴婢也甚是感動。如今，奴婢就冒著被責罰之危走這一趟吧！」

我頓時熱淚盈眶，嗚咽道：「多謝姑姑！姑姑的恩情本宮他日定湧泉相報！」

寧英姑姑指了指門側跟對面園中的小亭，道：「婕妤娘娘先去那邊躲躲雪，奴婢去去便回。」

過得許久，才又見宮門開了條小縫，一抹綠色身影擠將出來，我忙出了亭子迎上去。寧英姑姑下得臺階在路上與我相見。我急問道：「姑姑，怎麼樣了？」

寧英姑姑低著頭，小聲道：「婕妤娘娘，奴婢幫不了您！」

「啊！」我心中那一絲希望再次破滅，趔趄一下，小安子忙扶住我。我顫聲問道：「姑姑，皇后娘娘她怎麼說？」

「婕妤娘娘，皇后主子說宮中事務歷來由麗貴妃全權處理，如今更是交由貴妃和淑妃聯同管理，除非發生大事，否則她不便出面。此等小事，婕妤娘娘若有冤屈，只管與貴妃和淑妃娘娘說便是了。」

「可是……」我心力交瘁，欲哭無淚。

寧英姑姑又道：「婕妤娘娘，您可別怪皇后主子。主子她積年身子不好，很多事也是心有餘而力不足啊！」

我似沒聽見般，心中獨剩無盡的絕望和憤恨，真的是天要亡我麼？當初救不了宛如，如今連彩衣也救不了麼？不、不、不可以，一定要救她，不然我如何對得起死去的宛如妹妹！

我掙脫二人，奔前幾步，朝著儲秀宮正門的方向，拉起裙衫跪在雪地上。

二人大驚，忙圍了上來，小安子驚道：「主子，主子，您這是做什麼啊？」

我也不說話，只那樣直直跪著。

寧英姑姑上前勸道：「婕妤娘娘，您這又是何苦，您已經盡力了，好與不好端看她個人的造化。皇后娘娘的性子你們不知，奴婢可是清楚的，婕妤娘娘您越是如此，皇后主子便越是不會見您了。更何況如今婕妤娘娘您身懷龍胎，自個兒身子要緊啊！」

「主子，主子，奴才求您了，保重自個兒身子啊！」小安子在旁哭求，我卻置若罔聞。

「小安子，好好勸勸你家主子吧。奴婢先進去了，晚了只怕皇后主子要責罰了。」說完憐惜地看著固執的我，搖搖頭進入儲秀宮。

宮門重新關上，將我最後一絲希望也跟著打碎。

我跪在儲秀宮門口近兩個時辰，天色漸漸暗下來，鵝毛大雪片片飄落，淹沒了我跪在地上的雙腿，小安子陪跪在側，替我撐油傘遮去頭上的大雪。

我全身僵硬，冰冷麻木，兩膝痠痛，黯然絕望地對自己說：「當日救不了宛如，如今難道連彩衣也救不了麼？」腦子裡翻來覆去想著這句話，頭似裂開一般地疼，整個人昏昏沉沉的。

小曲子在門口四處張望許久，才溜將出來。見我冷汗涔涔，臉色煞白，立時就要撐持不住，他勸道：「德娘娘，彩衣左右不過是個奴才，娘娘已然盡力了，這又是何苦來著？」

我腦子一團混亂，沒聽清楚他說些什麼，只跪著不答話。

小曲子也不敢多待，逕朝小安子手裡塞了個東西，又慌忙跑回去。

小安子揭看手上之物，忙收起傘，趨前小聲道：「主子，奴才得罪了！」說罷也不理會我，逕自解開我披風的帶子，拿個東西往我脖子上一掛，又用力往我胸口塞，復又捂好襖子，繫上披風。

我只覺有股溫暖從胸口湧向四肢百骸。

天色完全暗了下來，我腦中空白一片，神思不清，臉色煞白，突然感覺一隻手伸來撫摩我的臉，明黃繡龍長袖。我木然抬眼，只見一身明黃繡龍袍子，再往上看，皇上那張熟悉的臉蒼白無血，兩眼正怔怔地看著我。

他終於回來了，我心中一鬆，喉嚨處咯咯作響，卻是發不出半點聲音，眼淚如斷線珍珠般大顆大顆滾落而下，滴落在皇上手心。

皇上目光冷凝，伸臂將我打橫抱起，一言不發往櫻雨殿走去。

楊德槐尾隨在後頭心驚膽戰，走了幾步實在忍不住，壯起膽子道：「萬歲爺，奴才叫宮輦過來吧，萬歲爺萬金之軀……」

皇上轉頭狠瞪視他一眼，嚇得他打個激靈，後面的話全嚥進肚子裡再不敢提，龜縮著低聲對小玄子吩咐道：「快去太醫院叫南太醫！」

我被皇上一路抱回櫻雨殿，秋霜、秋菊見此情狀嚇得驚慌失措，忙磕絆著幫皇上扶了我躺落床上。

南宮陽先於其他太醫，一路狂奔而至。皇上顧不上讓他見禮，喚人拉幃帳，只拿了塊錦帕將我的手蓋了，就叫他診脈。

南宮陽搭脈一探，眉頭深鎖，苦了臉色。皇上側坐床邊，見他神色凝重，心中不由驚懼，方寸略亂，又不敢貿然擾他請脈。足足過去半炷香的工夫，南宮陽方才收了手。

皇上強抑住心中驚恐，顫聲問道：「脈象如何？德婕妤的身子怎麼樣？」

南宮陽跪在地上，戰兢兢回道：「婕妤娘娘心力交瘁，大受驚嚇，又在雪地裡跪了幾個時辰，身子虧損得嚴重。幸虧關鍵時刻護住了心脈，方得性命無憂，只需細心調養，恢復過來便無妨。」

「護住了心脈？」皇上感到奇怪，略一沉吟，轉頭問道：「剛才你們給娘娘更衣，可曾發現娘娘身上有甚東西？」

秋霜忙取來從我身上摘下的東西，跪落在地，雙手奉到皇上跟前，「回皇上，這是奴婢爲娘娘更衣時從娘娘胸口解下的暖爐。」

皇上拿過早已冰涼的暖爐捏在手中，高聲道：「小安子！」

「奴才在！」候在門外的小安子忙應聲進來，見皇上若有所思地拿著那暖爐，臉色一變，立時「咚」的一聲跪落地上，連連磕頭道：「皇上恕罪，當時娘娘跪在冰天雪地裡，奴才苦勸不得，萬不得已才出此下策！皇上饒命啊！」

皇上還未說話，給我暖身子的秋菊已驚叫出聲：「不好了，娘娘……娘娘見紅了！」

南宮陽聞聲忙再次診脈，皇上急將暖爐塞給小安子，上前問道：「南宮陽，怎麼樣了？」

南宮陽略定心神，嚥了口口水才回道：「回皇上，娘娘、娘娘有滑胎的跡象……若眞如此，娘娘性命堪憂！」

皇上頓覺四肢無力，整顆心懸在嗓子眼，半晌才問道：「可有甚法子保胎？」

南宮陽回道：「皇上，婕妤娘娘對臣恩重如山，信任之極，親點職位低下的微臣爲她養胎，臣定當竭盡全力。只是此事事關重大，其他幾位太醫皆候在門外，請皇上容臣等商量診治！」

皇上頷首而應，轉頭朝門口吩咐道：「楊德槐，傳幾位太醫入內！」

「奴才遵旨！」楊公公掀了繡簾，太醫們陸續進得殿中，跪在南宮陽旁邊。

「南太醫，你切要拚盡全力，若是婕妤娘娘有個好歹，龍胎不保，你就等著滿門抄斬！」

南宮陽頭冒冷汗，卻也沉著地磕頭回道：「臣定保婕妤娘娘母子平安！」

皇上又轉頭朝其他太醫吩咐道：「爾等亦須全力協助南太醫，若是抗旨不遵，德婕妤有個好歹，你們也別想有好果子吃！」眾太醫誠惶誠恐，連連磕頭道：「微臣遵旨！」

皇上側坐在旁，凝視著我，朝眾人揮揮手，無力道：「都下去吧，研究好了快開方子！」

我躺在床上，眾人的話聽得清清楚楚，我想起身求太醫們想辦法保住我的孩子，卻怎麼也睜不開眼。朦朧中又見到彩衣衣衫凌亂，哭喊著叫我救命，我淚流滿面，竭盡全力卻是無法靠近半分，只能眼睜睜看著她被行刑司的太監們拖走。

正痛心苦悶間，又感覺有人用手輕輕擦去我眼角的淚水，將頭埋進我的肩窩，呢喃道：「傻言言，我說過一切有我的，你怎麼就不信呢？」

我想伸手輕拍他的後背，告訴他「我信」，可怎麼也使不上力，睜不開眼。他卻猛地起身，厲聲道：「言言，你絕對要好好的，朕不許你有事！不許！」

我嚇得全身一激靈，不停地往後退，直至沒入層層黑暗中。

又過了一陣子，只覺有人用力往我口中灌進湯藥，我心中不由湧上一團厭惡之感，這些人怎麼就不讓人好好安歇呢？好不容易睡著了又被吵擾，我微微有些賭氣，又因著湯藥味苦，便用力咬緊牙關，往外吐。

只聽秋霜在旁急得直掉眼淚，嗚咽道：「皇上，方才灌下的藥，主子全吐了出來。」

有人握住了我的手，熟悉之感湧上心頭，耳邊傳來他熟悉而溫柔的聲音：「言言，朕知道你雖沒有馬上醒來，但朕相信，你定能聽見朕的話。聽話，把藥吞下去，它能救你的命，亦能救咱們的孩子！」

孩子！我愣住了。

對，孩子！我不能沒有他的，藥，喝藥！

溫暖而熟悉的唇印在我唇上，隨之而來的是苦苦的湯藥，我頓時明白過來，原來是他不顧湯藥味苦，自己用嘴渡給我喝。我用盡全力將藥往肚裡吞，眼角滾下兩滴熱淚！

秋霜在旁欣喜道：「皇上，吞下去了，吞下去了！主子有救了！」

我整整睡去一日，從身邊之人談話中，我知悉皇上在旁守了我一夜，今兒也沒去上朝。我著急萬分，怎可因著我而不顧自己的身子，不顧朝政和國家社稷呢？我想勸他以身子、國家社稷爲重，卻怎麼也使不上力，睜不開眼，開不了口。

不一會，又聽見有人進得屋中，耳邊隨即傳來太后關切又痛心的責問聲：「皇兒，怎地發生這麼大的事也不派人稟報哀家？」

皇上只轉頭喚了聲「母后」，復又回頭盯著我。

皇上定然消瘦了許多，憔悴不堪。太后強壓著心疼，上前探望一下我，又問身邊伺候的人，「太醫怎麼說？」

秋霜恭敬回道：「回太后，太醫說主子若是能保住胎兒，待完全清醒了便無事，若是不能……」她眼眶一紅，聲音哽咽著說不下去。

「見紅了麼?」

「昨兒個有些微見紅,不過今日已經止住了。」

「止住了就好。」太后轉身走至椅子上落坐,輕聲道:「你們先下去吧!」

眾人謝過恩便退出門外。

太后待人走離後,看著兒子倉皇無措的模樣,心中暗嘆一聲,道:「德婕妤心地善良,待人寬容,老天爺是不會忍心就此收了她去的,皇兒不必太過焦慮。」

皇上紋絲不動,也不答話。

太后沉默片刻,甫道:「皇兒,你這樣不吃不喝於事無補,若是德婕妤醒來見你此等模樣,她也會跟哀家一樣心疼難過的。」

皇上微動一下,抬眼無神地望向太后,還是沒有出聲。

「哀家十五歲進宮,在這宮裡待了四十多年,這等事早已見怪不驚。你這般不顧惜自己的身子,教德婕妤指望什麼?皇兒,你已過不惑之年了,若是眞心疼著德婕妤,就當好好顧惜自己的身子。你如今這般折騰自己,他日德婕妤即便是產下皇子也只能是任人宰割的孤兒寡母。你不顧自己,難道也不顧她了麼?這江山社稷也不顧了麼?」太后說完便起身離去。

屋子裡靜得連根針掉在地上都能聽得清清楚楚。半晌,才聽見皇上提聲道:「楊德槐!」

楊德槐在外頭候著,見太后只坐了半盞茶工夫就走,著實沒明白是怎麼回事。正發愣間,聽得皇上在裡面叫,他忙進得屋裡恭敬地跪道:「奴才在!皇上有何吩咐?」

「傳膳!」

「啊？」楊德槐愣了一下，隨即欣喜若狂道：「奴才遵旨！」說完忙跑出去安排傳膳。

接連三天，我躺在床上，清醒的時間越來越長，昏迷的時間越來越短，但無論怎麼用力也沒法睜開眼、張開嘴。皇上亦逐漸恢復了日常作息，我索性靜心躺著聽屋子裡的動靜。

端木晴來看望過幾次，因著天冷之故，被皇上責令回去靜養。彩衣在皇上返宮次日就被放回，她不顧身子虛弱，一回來就親自照顧我，時常跪在床前低泣自責。

宮裡其他姐妹相繼來探望，病中的皇后令展翠姑姑送來了禮，淑妃來過兩次，就連麗貴妃也親自來過一次。

幾日來，皇上除了早朝及批閱奏摺外，幾乎都待在櫻雨殿裡，親自給我餵藥，守著我，等我醒來。

我感受到了他的心痛，臉頰上滴落的溫熱液體訴說著他的深情厚意。我入宮來初次感到了心痛，對，心痛，如油落燒紅的煎鍋般「嗞」的一聲，從心裡向周圍擴散開，直擴散至四肢百骸，痛得快不能呼吸。我用力地張了口想大口呼吸，正趕上他渡送進喉內的藥，竟嗆了個正著，「咳咳」聲中睜開了雙眼。

手中瓷碗「哐啷」一聲掉在地上，皇上如被人點穴般愣在當場，怔怔看著我。

我朱唇輕啓，連張了幾次，幾不可聞地喚了聲：「肅郎！」

皇上方回過神，確認是我醒轉了，忍了又忍，終克制不住喜極而泣。他伸手抹去眼淚，才微笑道：「是，是我！」他握著我的手，竟不能自已地顫抖著。

我忍不住回握著他的手，鼻子一酸，霧氣彌漫雙眼。

眼前的這個男人已年過不惑，微有些發福，兩鬢也生了白髮，可是，他是除了娘之外第一個給我溫暖、讓我取暖的男人。想想自己，卻僅僅因著權勢而攀附，迎合於他，心中不免湧起絲絲愧疚。

日夜伺候於我身側的小安子邊抹眼淚，邊出去傳喚太醫南宮陽。

南宮陽診完脈，面帶喜色，跪了回道：「啓稟皇上，婕妤娘娘母子平安！」

皇上一聽，懸在嗓子眼的心方才落了回去，大喜，連連道：「好，好。南太醫護佑龍胎有功，重賞！」頓了一下，又不放心地問：「德婕妤可是眞好了？」

南宮陽恭敬回道：「娘娘與龍胎均已平安脫險，只是娘娘身子極其虛弱。臣再開幾帖方子，娘娘好生調養段時日便可痊癒。不過，娘娘日後千萬不可大意，若再出意外，臣也無力回天。」

我在南宮陽開方調養下一天天好轉，皇上每日都會駕臨，又私下增派了侍衛保護櫻雨殿，我這殿中明裡依舊如常，可暗裡就如銅牆鐵壁般，連隻蒼蠅也飛不進來。

彩衣在皇上返宮的當晚便被放回，只因此事事出有因，皇上不便出面責罰，此事遂不了了之。

皇上的恩寵我比昔日更加小心翼翼地受著，時常勸皇上切勿疏於國事，不可因此而冷淡了宮中眾妃，一時倒也風平浪靜。太后同樣甚是滿意，時常叫人送些賞賜之物，雖在病中，我卻同時得了皇上和太后的恩寵，芳名傳遍後宮，無人能及。

這日裡午憩起身，閒來無事，便叫了小安子伺候在旁。

「主子，您可想好了？」小安子又舊事重提，追問我的意思。

「可是，畢竟情同姐妹，本宮又如何下得了手……」雖然早已萬事俱備，只差我點頭了，我仍是猶豫不決。

「主子，您就是心善呀，別人可不同你這樣想的。」小安子見我還在猶豫，不由著急起來。

「小安子，我知你是眞心爲我好，可我……」我歎了口氣，「那黎昭儀之事我已是後悔萬分，如今又要……我這心裡實在愧疚不安啊！」

「主子？您怎麼這般善良呢？您眞眞以爲那日黎昭儀勸您前去求助皇后是出於好心麼？」

「她見我求助無門，才冒了大雪給我引路出主意，你覺得有何不妥呢？」

「主子！您仔細想想，她平日裡本就和皇后、淑妃走得近，那日她勸您求助皇后，主子您去了卻被皇后拒之門外，這難道是巧合麼？」

我正疑惑著，小安子又說：「如今主子的龍胎就是這宮裡所有娘娘主子心中的那根刺，哪個不算計著怎麼拔，又有誰不巴望著出個什麼意外，只是皇上護得緊才沒人敢動而已！那日裡那樣的大雪，那樣的寒冷，主子來回奔波著，倘是累出個好歹來，豈不正順了某些人的心意？再又說了，黎昭儀自己的龍胎沒了，主子若能生出個小皇子，得寵晉位自是不必說的，她的地位只怕會岌岌可危啊……」

小安子的話如醍醐灌頂般令我清醒過來，如今看來她倒眞眞是沒安好心了。可笑我爲了報答她冒雪指路之情，這段時日時常在皇上面前或多或少提起她，皇上還連著翻了幾次她的牌子。可歎我錯把狐狸當羔羊，打心底裡感激著她的情意，不想她卻是安了這心。

我深吸了一口氣，說道：「黎昭儀之事就不再提，可如今眼前這事又與往日不同，畢竟我與她一直以來走得很近，況且她一片誠心待我，我又怎能夠以怨報德呢？」

「主子，奴才在宮中十幾年，這樣的事見多了。她待主子好，不過是因爲她在主子面前永遠是高高在上，主子您的存在影響不到她的地位而已。她懷了龍胎，自有太后照料著，一下子就升了婕妤；主子懷上龍胎，雖說倚仗皇上的聖寵，也升了婕妤。可主子您要清楚，這產下的皇子命運可就完全不同了，這點，不消奴才說，主子也是明瞭的。再說了，主子頂著風雪四處求助無門，又在冰天雪地裡跪了幾個時辰，這宮裡宮女、太監們都知，難道她不知麼？主子幾時見她出現了？不過是瞧皇上回宮，這才巴巴的趕來。」

我閉上眼睛，半晌才小聲道：「小安子，非得要走這一步麼？」

「主子，奴才和小玄子合計過了，只能如此！尤慮及主子如今的情況，定然是萬無一失！」

我點點頭，朝小安子揮揮手。小安子怔愣一下，明顯鬆了口氣，恭敬道：「奴才這就去安排。」

因著我體虛，加之天氣寒冷，大半月來一直待在殿中未出門，實是悶得慌了，就在晴日午後，偶爾到後院茅竹屋前觀雪景，看殿裡的宮女、太監們堆雪人打雪仗。

看著無憂無慮的宮女、太監們在園中打雪仗，我沒來由地歎了口氣。

彩衣一聽，忙問：「主子，怎麼啦？可是他們吵得主子您心煩？奴婢這就叫他們退下。」

我拉住彩衣，淺笑道：「不用了，無事，讓他們玩著吧，能這樣無憂無慮生活著未嘗不是幸福。」

彩衣見我身子無事，方鬆了口氣，接道：「這種無知的幸福，誰知是不是個泡沫呢？也許哪天『啪』的一聲便破碎了，那樣的痛徹心扉也非一般人所能承受的。」

我看著已隱隱含淚的彩衣，輕拍她的手道：「彩衣啊，咱們定會有實現誓言的那天，一定會！」

彩衣省悟過來，忙整了整情緒，歉然道：「主子，奴婢失態了。」

「在我面前，又有何妨？」我溫和地看著她，「你心裡積著太多的事，有著太多的苦，是該發洩發洩。可你要清楚，無論如何也不能在眾人面前露了心緒！這明裡暗裡不知有多少雙眼睛盯著你呢！」
「奴婢明白。瞧奴婢這心緒，害主子也跟著傷感起來了。主子如今可要好好養好身子，平平安安生下龍子才是，別的都是微不足道的。」
彩衣顧及我的情緒，忙轉了話題道：「前幾日小安子已告訴奴婢，奴婢家中之事主子已派人安排料理，讓奴婢不用再著急操心。奴婢謝主子救命之恩，謝主子對奴婢家人的恩澤！」
「彩衣！」我打斷她感激的話，「何須跟我見外，力所能及之事罷了。」
正說話間，小安子從前院進來，走到我跟前跪了見禮，「奴才給主子請安！」
我笑道：「快起來吧，大冷的天，別凍壞了！」
「謝主子！」小安子謝過恩，方才起身。他躑躅一瞬，道：「主子，方才皇上命小玄子送來一籃青果。主子這些日子孕喜沒胃口，不如回去嘗嘗鮮？」
我沉吟了一下，不由得微皺眉頭，不大願意回到那溫暖卻嫌沉悶的屋中。
「奴才見那些青果挺喜人的，才巴巴地跑來稟告主子。」小安子又道：「再說了，這天色已晚，夜寒凍人，倘讓皇上知道主子這會兒還在屋外待著，少不了要責罰奴才們啦。」
我「咯咯」嬌笑起來，「就你嘴會說！」
抬頭見夕陽漸沉，時候確實不早了，我才道：「如此，便依你所言吧！」
小安子邊上前扶我，邊貧嘴道：「主子心善，又如何捨得奴才們被責罰呢……」
「青果要真如你所說那般喜人便罷了，若不然，不等皇上，本宮頭一個罰你！」
小安子一聽，不由得苦了臉，眾人見狀不由得小樂。

回到殿中，秋菊已洗好一盤青果擱在桌上。大雪天的還能看到翠綠的果子，我也忍不住垂涎起來，「這果子果眞喜人！大雪天的，竟還有青果吃，這存放之人也眞眞是花費心思了。」

秋菊將青果切成小塊，去了核，端上前放在旁邊几上，又用小叉叉了一塊塊餵給我吃。

我一連吃了好幾塊，秋菊笑道：「皇上可眞眞是心疼主子，知道主子近日裡孕喜沒甚胃口，淨揀好東西送來。聽和小玄子公公同來的小喜子講，這青果乃是雪域進貢品，統共也沒有多少。皇上給太后、皇后各送了半籃，貴妃、淑妃宮裡送了幾顆，剩下的都分給主子和晴婕妤了！」

「哦？」我又咬了一小塊，狀似不經意地問道：「有沒打聽給晴婕妤送去多少？不夠的話，從本宮這兒分一些送過去！」

秋菊「噗哧」一聲笑了起來，「奴婢就知主子會這樣想，早幫主子打聽清楚了。小喜子說皇上口諭，晴婕妤孕喜較嚴重，送兩籃子過去，主子您這裡送一籃。」

「哦，那就好！」酸甜可口的青果在我口中頓時如同嚼蠟，我不動聲色地說：「本宮還擔心晴姐姐不夠呢，她向來喜食酸。」

「主子和晴婕妤可眞眞是情同姐妹，小喜子說他們先去了煙霞殿，才過來主子這裡。」秋菊全然未覺察到我的異狀，還自顧自說道：「主子，這下子您不擔心晴婕妤了吧？」

我溫和地笑著，推開秋菊又送到跟前的青果，輕聲道：「晴姐姐有太后、皇上好生照看著呢，本宮如今只須好生調養身子，養胎才是正事。」

「主子才吃下這麼幾小塊就不吃了麼？」秋菊見我心情不錯，話匣子又打開了，「聽說晴婕妤可能吃酸的了，才兩個多月的肚子，看起來足足有四五個月那麼大呢！宮裡的奴才們都在說，晴婕妤這是要生皇子的徵兆！」

「哦？」我繼續不動聲色道：「都是些什麼人在說啊？」

「起先，是宮裡上了年紀的嬤嬤，她們見得多，有經驗，後來就傳開了，全是這樣說。聽說都傳到太后和皇上的耳朵裡了。」

「嗯。果眞如此，那便是晴姐姐的福氣了，趕明兒天氣轉好，本宮也去沾沾喜氣！」我笑著示意秋菊，「去，把盤裡剩下的那幾個都切了，給大家一塊嘗嘗鮮。」

正說話間，楊公公掀了繡簾，皇上進來了。

我忙起身，準備下榻行禮，他疾步上前摟住我，「行了，又沒外人，就別起身了。」

我嬌笑著靠在他懷裡，「皇上，您會把臣妾寵壞的！」

「就是想把你寵壞！」皇上點了點我的鼻子，問道：「早些時候送來的青果不喜歡麼？朕進來時看見宮女端出去還剩了不少呢。」

「喜歡得緊！可這大雪天的又不敢多吃，怕寒了胃，所以才叫人端了出去，省得看著眼饞。」我略頓了頓，又問道：「晴姐姐那裡可有？要不臣妾差人送些過去，她向來喜酸！」

「你呀，總是這麼善良，老是把別人放在先。什麼時候你也把朕放在第一位啊？」

「皇上！」我嬌羞著不依，他緊緊將我摟入懷裡。

皇上賴在櫻雨殿中，我三催四請趕他，他卻耍起橫來說：「你看看這後宮，誰不巴望著朕宿在她宮裡，你倒好，偏偏老把朕往外推！朕可不管，朕今天還就不走了，看你能把朕怎麼辦！」

我含笑深情地望著他，柔聲道：「臣妾能拿萬歲爺您怎麼辦呀！這宮裡素來是萬歲爺您說了算，萬歲爺都發話說不走了，臣妾除了伺候您就寢，還能怎麼辦哪！」

皇上像個小孩似的朝我眨眨眼，一副勝利的表情。我裝著沒瞧見，喚了彩衣她們進來伺候就寢。

半夜裡，朦朧間聽聞小玄子在屏風外著急地低聲呼喚：「皇上！皇上！」

皇上起身半臥在軟枕上，問道：「何事？」我立時醒了過來，微抬起身子，將頭靠在皇上身側。

小玄子跪在屏風外氣喘吁吁，顫聲道：「回萬歲爺，晴婕妤、晴婕妤她不好了！」

皇上忽地坐起身來，追問道：「怎麼就不好了？」

「回萬歲爺，晴婕妤半夜裡鬧肚子疼，雲秀嬤嬤派人來稟，奴才不敢大意，這才斗膽稟告皇上。」

我二人俱是一驚，皇上匆匆起身下了床。我跟著要起身，皇上將我攔住道：「你好生歇著，朕去瞅瞅！」

我固執地搖搖頭，愣生生望著他，「臣妾和晴姐姐素來情同姐妹，臣妾對晴姐姐的關心半點也不比皇上少，臣妾留在殿中只會更加焦急不安！」

皇上微怔，按住我的手軟了下去。我忙喚門外守夜的宮女進來伺候更衣。

十二　息事寧人

一行人冒雪趕至煙霞殿，屋子裡跪滿了宮女、太監。皇上揮揮手讓眾人退去，在小玄子伺候下登正位，我坐了右首位。

皇上瞅了瞅伺候在旁的宮女，問道：「晴婕妤究竟怎麼啦？」

小初忙上前跪道：「回萬歲爺，主子白天還好好的呢。萬歲爺命人送了青果，主子素來喜酸，一口氣吃下好幾個呢。可不知怎的，到了半夜直叫肚子疼。雲秀嬤嬤急喚請太醫過來，後來主子疼得越加厲害了，奴婢們不敢大意，這才派人稟報萬歲爺。」

「如今情形如何？」皇上一聽，急了。

小初卻是淚眼婆娑，哽咽道：「雲秀、雲琴嬤嬤伺候在旁，奴婢們沒敢進去打擾，只是剛才奴婢送熱水進去時，聽到雲秀嬤嬤說……」說到此處，小初悲痛得說不出話來。我見皇上臉色不好，忙追問道：「雲秀嬤嬤說什麼，你倒是快說啊！小初。」

小初嚥了口口水，哭道：「雲秀嬤嬤說主子見紅了！」

我全身一顫，不由站起身來，而皇上已然大步走入內堂，我忙跟於後頭。

華太醫正凝神診脈，雲秀、雲琴兩位嬤嬤瞧見皇上和我進來，欲上前行禮，被皇上以手止住。雲秀嬤嬤卻仍將皇上攔下，見禮道：「此處恐有不便，請萬歲爺到正殿稍待片刻！」

「嬤嬤，晴婕妤她怎樣了？朕就在此等候可好？」畢竟是太后身邊的嬤嬤，皇上縱然心中著急亦不敢硬來，況且祖宗規矩，皇上是不可見紅的。

雲秀嬤嬤正為難間，雲琴嬤嬤趨前伺候皇上在窗邊椅子上落坐，又拉了屏風擋在跟前。皇上無奈，只得坐著靜等華太醫請脈。

空氣裡藥味和腥腥血味混雜在一起，瀰漫整間屋子，壓抑著每個人的心，怎麼也喘不過氣來。

我輕悄走至床前，潔白床單上呈現一片怵目驚心的紅，一點點延伸至端木晴身子下。床邊放著的盆裡，水早就被血染成了猩紅色。

我顫抖著手，捂住嘴，強自控制住不哭出聲，眼淚卻似斷線珍珠般簌簌而下。雲秀嬷嬷抹著眼淚，上前扶了我坐在旁邊的軟凳上。

約莫過了半炷香的工夫，華太醫才收回手。我忙上前坐於床側，拉住端木晴的手。她臉色蒼白、神情委靡，感覺到我的存在，用力反握了我的手，半晌才睁開眼，擠出聲來：「妹……妹……你……你來了！」

我剛剛拭乾的淚又忍不住滴落下來，連聲道：「是我，是我！」

華太醫走至屏風外，朝皇上見禮，「微臣叩見皇上！」

皇上顧不上喚他起身，焦急地問道：「怎麼樣？華太醫，晴婕妤她……」

「啓奏萬歲，晴婕妤她……」華太醫跪在地上，遲疑著。

「你，你倒是說話呀！」皇上急了，忍不住提高聲音。

華太醫歎了口氣，搖著頭道：「晴婕妤她性命無礙，身體虛弱，但只需好生調養便可無事，可是、可是已經滑胎！」

「啊！」皇上一個趔趄，小玄子趕緊上前扶著。

「不！」原來躺在床上虛弱無比的端木晴猛然用力尖叫起來。

我忙伏下身子抱著她，連聲道：「姐姐，快放鬆，別使力啊！」

雲琴嬷嬷親自爲端木晴煎藥去了。雲秀嬷嬷在旁著急萬分，卻也無能爲力，「咚」的一聲跪在地上，哭道：「主子，您別折磨自己了！您要罰就罰奴婢吧，都怪奴婢不好，這大冷天的就不該讓您……」

端木晴猛地推開我，急喝住她：「雲秀嬤嬤！都怪本宮自己嘴饞喜食酸，大冷天的一口氣吃了那麼多青果，才惹下這禍事。」說著雙手在錦被上捂著肚子，呢喃道：「孩子！他們說你沒了，怎麼會呢？怎麼好好的說沒便沒了呢？」

我看在眼裡，半點不動聲色，輕聲道：「事已如此，姐姐須多多保重！孩子以後還會有的，姐姐如今可要好好調養才是！」

太后得到消息後即匆忙趕來，進得屋中，也沒顧得上跟任何人說話，逕自走到端木晴跟前。我忙行了禮，退到邊上。此時，端木晴最需要的恐怕便是太后的安慰了，畢竟她們是親人。

門外，雲琴嬤嬤招呼著宮女們送上藥，「快！快著點！快送進去給娘娘早些用了！哎喲喂！笨丫頭，你看著點，灑了娘娘的藥，你拿命也賠將不起！」

「來人啦！」皇上沉著臉，坐在楠木椅上沉聲道。

「奴才在！」小玄子上前跪應。

「你去把煙霞殿裡所有的太監、宮女都給朕帶來！」皇上的臉色難看到了極點。

煙霞殿正殿裡跪了黑壓壓一片，奴才們大氣也不敢出，伏在地上。

「今兒夜裡是誰守夜？」

雲秀嬤嬤跪著上前兩步道：「回萬歲爺，今兒晚上是老奴和宮女小初守夜。」

「那今兒晚上究竟是怎麼回事？」

「回萬歲爺，主子原本好好的，可到半夜裡就叫肚子疼，連著如廁兩次也不見好，老奴不敢大意，急喚人去請了華太醫過來。到後來越發不見好，老奴這才斗膽，命人稟報萬歲爺。後來的事，萬歲爺都知道了。」

「小初呢？」

小初見皇上點到自己的名，忙跪到雲秀嬤嬤身邊。

皇上凝神一看，認出了她便是當初在長春宮中遍體鱗傷的宮女，問道：「你家主子平素飲食如何？最近幾天都食用了些什麼？」

「回萬歲爺，娘娘的飲食奴婢們一向細心著，不敢有絲毫大意。每回用膳均由兩位嬤嬤以銀針試毒，再由奴婢親自嘗了才敢給娘娘享用！昨兒下午萬歲爺命人送了青果過來，娘娘看著喜人，一高興便吃上許多。奴婢勸亦無用，想想主子素來喜食酸，也就沒多干預，怕擾了主子的興惹主子不悅，對養胎不利。」

「該死的奴才，明知天寒還讓你家主子食那樣多冰冷的青果，也不怕寒了胃。那夜裡可有給你家主子食用熱湯？」

「回萬歲爺，這個……這個……奴婢不知！」

「不知！」皇上勃然大怒，「你守夜卻不知你家主子有無食用熱湯？定然是偷懶睡著了！著實該罰！」

小初拚命地磕著頭，額頭上直冒冷汗，「皇上饒命！不是奴婢偷懶，是……是……」

「回皇上，是老奴讓小初去歇著的。」雲秀嬤嬤接了話，「前些日子娘娘孕喜得厲害，殿裡的宮女、太監們跟著累壞了。這段時日娘娘的情況穩定許多，老奴和雲琴嬤嬤思量著，這養胎的日子還長著呢，怕這些奴才們精神不好，伺候主子時便易出了差錯。於是夜裡都是老奴和雲琴兩人輪流帶個小宮女守夜，今兒夜裡老奴見娘娘早早熟睡，就讓小初回去歇著了！」

皇上聽著，也不答話，陰沉著臉。自從上次小初在長春宮裡受了酷刑，亦仍沒吐出半個對端木晴不利的字，端木晴便把小初調到跟前，疼得緊。

我見皇上如今的神色，這小初鐵定逃不了責罰，於是輕聲道：「皇上，小初常日裡對晴姐姐最是忠心，夜裡歇著定然是累到了極點。況且有雲秀嬤嬤親守在跟前，想來也無甚不放心之處，這才大意了。」說著又轉身責怪道：「你也真是的，雖然是雲秀嬤嬤親自守著，你也該警醒著，你家主子身子不爽時就該起來幫著才是。」

小初此時已是六神無主，見我幫襯著說話，才道：「回德主子，奴婢確是睏極了，可只敢小心瞇著，不敢熟睡。三更時，奴婢還聽到主子同雲秀嬤嬤小聲說著話呢，後來……」

「皇上，皇上，不好了！」雲英嬤嬤從內堂奔出，打斷了小初的話，「啟稟萬歲爺！晴婕妤她……見紅了！」

眾人俱是一驚，皇上起身疾步入內堂，我們緊跟其後。

華太醫忙上前凝神請脈，皇上則扶著傷心欲絕的太后，我和雲琴、雲秀嬤嬤幾位立於一旁。屋子裡太后早已命人收拾乾淨了，可繡被下白色床單上又隱隱可見簇簇鮮紅。

端木晴滿頭大汗，面如雪色，嘴唇發紫，呼吸微弱，彷彿隨時會止息般。我心如刀絞，將手塞到口裡咬著，努力控制自己不哭出聲來。

過了好一陣，華太醫倏地起身，走至桌前提筆疾書，寫完後遞給雲秀嬤嬤道：「嬤嬤快去抓藥，三碗水煎一碗水，送與娘娘服下。」

太后和皇上拿探詢目光看著華太醫。華太醫瞧看床上的端木晴一眼，抱拳道：「太后，皇上，請外間說話！」

「不著如此！」原本閉著眼的端木晴此時已睜開眼，聲細如鼠，「華太醫不用瞞著我，我自個兒的身子自個兒清楚，我怕是不行了！」

我們不由齊轉頭看著華太醫，盼他能說端木晴無事。可華太醫卻沉重地點了點頭，太后一個趔趄，虧得皇上站於旁側及時扶住了她。早已泣不成聲的雲琴、雲英嬤嬤忙上前扶太后落坐一旁的椅子上，我再抑不住心中的悲痛，嚶嚶痛哭起來。

床上的端木晴卻滿臉平靜地掙扎著起身，我急急上前扶她，又拿了靠枕墊著她的頭。端木晴虛弱地說：「姑媽，皇上，德妹妹，兩位嬤嬤……都別傷心難過了，這就是命，我認命了！」

「孩子，你還年輕，怎麼說這樣的話呢？」太后還不能接受她非常疼愛的姪女立時便要香消玉殞的事實。

「姑媽，皇上，我已然時候無多了，想和德妹妹單獨待一會子，說幾句貼心的話！」

太后默然頷首，俄頃後道：「好，哀家和皇上就在門外，但有何事，只管喚我們進來。」

端木晴點了點頭，生生扯出個微笑目送幾人離去，又道：「雲秀嬤嬤伺候在旁吧！」

雲秀嬤嬤低聲應了，立於一旁。

端木晴待眾人離去，甫回過頭看著我，「早想跟妹妹說幾句貼己的話，又老尋無適切的空兒。如今再不說，只怕是沒機會了。」

我眼淚忍不住又掉落，嗚咽著出不了聲。

「如今這屋裡沒有外人，我終於可以跟妹妹好好談次心了。」她頓了半晌，才道：「我那些個見不得人的事，想來妹妹是全然清楚的吧？」

我點了點頭，答道：「略知一二。」

「妹妹既然知道，爲何還處處護著我呢？」

「自入宮來，我二人情同姐妹，叫別人姐姐是位分所定，喚你姐姐卻是誠心誠意！」我雖爲了往上爬，爲了報仇，但對端木晴的心卻是眞眞切切的。

「妹妹！」端木晴立時痛心萬分，號啕大哭起來。我忙上前溫言相勸，不料她哭得更厲害了。過了好一會，她才止住了哭聲，穩持情緒道：「妹妹，姐姐於心有愧啊。」

「姐姐何出此言？自入宮始，你我二人情同姐妹，不說我二人自己，這宮裡誰不清楚啊？」

端木晴搖了搖頭，稍整情緒，甫又續道：「妹妹待我自是如此，我待妹妹卻是有了私心。進宮之初，我對妹妹之情亦如妹妹待我，可自從懷上龍胎，姐姐便漸漸有了私心。要說這原因，恐怕得由入宮前說起了。」

「主子！」立於一旁的雲秀嬤嬤越聽越驚心，試圖阻止端木晴說下去。

「嬤嬤！怕是從德妹妹贈我櫻花釀開始，她便已知曉此事了。如今我只想將藏在心裡的話都說給妹妹知，走得輕輕鬆鬆而已！」她頓了一下，又接著說道：「我原與西寧表哥兩情相悅，不料被父親逼迫入宮，心如死水，徒剩一副行屍走肉。雲秀嬤嬤見我可憐，便找了機會幫與我二人通信，讓我和表哥相會。一入宮門深似海，這輩子已然是有緣無分，我也不想耽誤了西寧表哥，選在他出征前欲與他做個了斷，不想卻鑄下大錯，還因此懷上了這所謂的『龍胎』。本已心如死水的我彷彿又有了活下去的希望，我想把他生下來，給他最好的，讓他過最好的生活，成爲人上人。不想妹妹你也懷了龍胎，皇上對妹妹的恩寵教我日夜難安，畢竟一個無寵的后妃產下的皇子也是不會受到重視的。

「正在我挖空心思也找不著機會的時候，彩衣被麗貴妃抓了，你四處求助無門。我便對在殿裡閒聊的黎昭儀說也許求皇后有些用，不過是想你多操勞一下，巴望著能因此掉了胎而已，黎昭儀果真去攔了你。後來聽小初說你長跪在冰天雪地裡不肯起來，我才生了著急，一方面派人快馬加鞭去請皇上回來救你，另一方面卻赴寧壽宮與太后聊天，並暗地裡命人封了消息不讓太后知道。不想人算不如天算，你大病一場，龍胎依然在，而我卻摔了一跤，掉了孩子！」

「那日裡皇上是姐姐派人請回來的？」我滿臉詫異地問道。

端木晴驕傲地點了點頭，「憑端木家裡外勢力，這點小事猶能辦到的。」

我慘然笑道：「妹妹還在心中詫異姐姐爲何不曾出現，原來其中還有這番曲曲折折！姐姐到底還是沒能忘了你我姐妹之情，派人稟報皇上，終是救回妹妹一命。」

端木晴伸手隔著錦被捂住被子，淡然道：「我又豈是沒有私心，只是如今孩子沒了，再爭又有何用？我也沒有活下去的必要了。」

「姐姐！」

「妹妹！」端木晴又道：「所幸你無事，龍胎亦安在，否則姐姐就是去了也不會安心的。你放心，姐姐虧欠你的，定會盡力補償於你！」

「姐姐！」我淚如泉湧，連聲道：「妹妹不要什麼補償，也沒聽說姐姐有甚虧欠妹妹的。只要姐姐好好的活著，妹妹能時刻陪伴在你身邊，便就心滿意足了！」

「傻妹妹！生死有命，誰也違抗不了！姐姐最後再求你一件事。」

「姐姐請講，妹妹定當盡心竭力！」

「西寧表哥歸來，若知我已去，定然傷心欲絕，求妹妹尋個機會見他一面，替我帶句話給他。」

「姐姐請講！」

「世間事不過是過眼雲煙，端木能在有生之年與他相知相戀，不曾後悔！」

我頷首而應，端木晴復轉向雲秀嬷嬷道：「嬷嬷，你待晴兒如親生女兒一般，而德妹妹就如我妹妹，往後我不在了，嬷嬷你要像待我一樣照顧德妹妹，可好？」

雲秀嬷嬷連連點頭，哽咽著說：「娘娘的吩咐，老奴記下了！」

端木晴這才笑了，「德妹妹在宮中勢單力薄，有嬷嬷照顧，我這做姐姐的便就放心了。嬷嬷，晴兒時候不多了，你與妹妹且先出去，請太后姑媽進來。」

我們點點頭，入正殿稟告太后，雲秀嬷嬷扶太后疾步進了內堂。

皇上面露沉痛，上前來扶了我，低聲道：「言言，朕知你與晴婕妤情同姐妹，可如今事已至此，你可要保重身子啊，萬不可再有個好歹，朕可承受不住了。」

我低泣著，頷首輕聲道：「臣妾省得。皇上同要保重龍體，臣妾不能沒有您，宮裡的眾姐妹不能沒有您，天下的百姓也不能沒有您啊！」

皇上緊緊將我摟在懷裡，渾身顫抖著，我知他在用力克制自己情緒。皇上心裡的痛我又何嘗不知，後宮子嗣不旺，太子殿下身子孱弱，而端木晴出身望族，懷了龍胎又被有經驗的嬤嬤指爲最易一舉得男者，如今好好的說沒便沒了，連人也跟著快沒了，教他如何能接受！

眾人正傷心哭泣間，忽聽得雲秀嬤嬤在內堂連叫：「娘娘，娘娘！」

皇上忙帶我們進得內堂，端木晴已然是油竭燈枯，奄奄一息躺在床上。見我們進來，她微抬了頭，輕聲叫喚：「皇上！」

「朕在這裡！」皇上忙應了，大步走至床前，側坐下來。

端木晴拉著他的手，又朝我伸出另一隻手來，我忙上前將手遞過去。她拉了我的手放進皇上手裡，雙手握住我倆的手，道：「皇上，臣妾請求您，在往後的日子裡，將對臣妾的疼愛一併給德妹妹，給她幸福！」

皇上竭力控制住情緒，點了點頭。

端木晴那樣生生地看著他，用盡最後的力氣又道：「皇上……答應臣妾……皇上！」

皇上深吸一口氣，沉重地道：「櫻雨殿德婕妤接旨！」

我忙退了幾步，跪在跟前。

「櫻雨殿德婕妤自入宮始，溫婉友愛，賢良恭順，現由婕妤晉升爲昭儀，賜號『德』，入住月華宮落霞殿，掌一宮之主，欽此！」

端木晴聽著皇上的話，眼含欣慰，面容帶笑，身子倏地軟下去，手直直垂落而下。

華太醫顫聲道：「啓奏皇上，晴婕妤已經去了！」

話音甫落，屋內頓時哭聲一片，太后一口氣沒上來，軟軟地倒落下去，所幸幾位嬤嬤在身側，忙扶住了她。

皇上強忍悲痛，起身吩咐亂成一團的眾人各行其事。

我哭倒在床前，任憑眾人怎麼勸、怎麼拉也不起來，心中之痛無法用言語形容，彷彿用力呼吸一下都會要了我的命。

我死死地拉住端木晴不願放手，怎麼也不相信宮裡那唯一關心我、幫助我、陪伴我的人就此離去了，而這一切皆緣自於我的私心。

我傷心欲絕，哭得肝腸寸斷，終於一口氣沒喘上來，兩眼一黑，身子一軟便失去了意識。

醒轉時我人已置身櫻雨殿中，皇上側坐在旁。見我醒來，眾人方鬆了口氣。

南宮陽拱手道：「啓奏皇上，德昭儀醒來便無事了。只是德昭儀的身子異常虛弱，萬不可再受半分刺激！昭儀娘娘自己亦得保重身子，萬不可再傷懷哭泣。」

「你先下去開方子吧！你們也先退下。」

眾人謝了恩，魚貫而出。

皇上拉了拉我的手，他神情憔悴，雙眼發紅，嘶啞著聲音道：「言言，你可千萬保重自己，朕不能再失去你！」

我鼻子一酸，眼中又瀰漫上霧氣，喊出：「肅郎！」剛一開口，淚水已盛滿眼眶。我想起南宮陽的話，又看看此刻皇上神情，忙深吸了口氣，生生將眼淚逼回去，穩持住情緒才道：「臣妾遵旨！」

他脫靴上床，不再言語，只將我緊摟入懷，閉目養神。我任由他摟在懷中，將頭枕在他肩窩處，伸手反抱住他，他愣了一下，隨即放鬆下來，我頃沉沉入睡。

過了大約半個時辰，我聽得屏風外有人細聲交談，想喝住他們又怕吵醒了皇上。正猶豫間，只聽得皇上開口問道：「誰在外面？」

「稟皇上，邊關三百里加急！」屏風外傳來小玄子的聲音。

「知道了！」皇上拍拍我的背，輕聲道：「言言，你好生歇著，切不可胡思亂想，朕晚點再來看你！」

我點了點頭，「皇上也要好生保重身子！皇上忙，就不消過來了，殿裡這麼多人會侍奉好臣妾的。」

皇上頷首作應，甫下床讓宮女伺候更衣離去。

我又在床上躺了一陣，才喚彩衣伺候我起身。我喝完安胎藥，正吃著甜品，小安子進來稟道晴婕妤跟前的宮女小初過來了，我忙叫小安子帶她進來。

小初進得屋中跪地磕頭道：「奴婢給昭儀娘娘請安，娘娘千歲千歲千千歲！」

「快起來吧。」我示意小安子搬來軟凳，「小初啊，咱們以前也時常在晴姐姐殿裡相見，你到了本宮這兒也無須太拘謹，坐吧。」

我日常去煙霞殿裡，待她們總十分和善，如今晴婕妤雖是不在了，但小初她見我仍似往常那般和善，也不客氣，謝過恩便在軟凳上坐了半個屁股。

「小初，你今兒個來本宮這裡所為何事啊？」我對她的到來終究心存疑惑，除是為了往後的去處，我想不出她到來的其他理由，但是就她對端木晴的忠心程度，如今端木晴屍骨未寒，她應該還不至於……

小初神色嚴肅，起身「咚」的一聲往地上跪道：「娘娘，求您替我家主子申冤！」

「申冤？」我大驚，疑惑道：「小初，你家主子的事已由太醫確診，又怎地扯得上冤枉二字，何來申冤之說？」

「娘娘，奴婢有內情稟報！」

我一聽此言，朝旁邊的小安子遞個眼色。小安子立即示意眾人退下，又到門口、窗口看了，方朝我點點頭。

我這才道：「小初，你起來坐著吧，如今沒有外人，你有何內情只管細細道來。」

小初謝過恩，又再坐回軟凳上，道：「回昭儀娘娘，這段時日我家主子確實孕喜得嚴重，奴婢們日夜伺候在側，也確是十分疲憊。昨兒晚上雲秀嬤嬤見奴婢靠在門口打盹，就叫奴婢先去歇下。奴婢見主子無甚不好情況，也就下去了。可奴婢畢竟是守夜之人，哪敢熟睡，模糊間聽到主子和雲秀嬤嬤談話到很晚，奴婢睏極了，便昏睡過去，但隱約聽到值班的太監打三更天的鑼。不知過了多久，奴婢再次驚醒過來，忙起身前去伺候，不想主子屋子裡一片寂靜，守在門口的雲秀嬤嬤也不見了蹤影。正疑惑間，卻聽得從殿前迴廊處傳來細細的腳步聲，奴婢心裡緊張，不敢擅自露面，便躲入了院中的長青樹叢。」

「你是說……你家主子昨兒夜裡和雲秀嬤嬤一起出去了？」我小心翼翼地追問道。

「奴婢不敢有半句假話，正殿門口的燈籠雖朦朧，可是奴婢看得真真切切。」

「即便是你家主子出去了，這也扯不上什麼伸冤之事啊！」

「請娘娘待奴婢細細說來。」

我頷首而應，示意小安子上茶。

小初也不客氣，接過茶喝了一大口，才穩住情緒續道：「雲秀嬤嬤扶主子上臺階，不想卻在最後一階踩滑了，主子就從臺階上滾落下來。雲秀嬤嬤大驚，連喚主子，奴婢正想上前幫忙，主子卻喝住雲秀嬤嬤，只吩咐扶著她入了正殿。奴婢心吊到嗓子眼，『咚咚』直跳，過得好一會才回過神，忙出來往殿裡奔去，想看看主子的情況。不想也在最後一階滑倒了，所幸未滾下臺階。奴婢爬起身，拿了掛在門口的燈籠細看，這才發現最後一階臺階上竟結了淺淺薄冰，與其他地方積上的雪斷然不同，倒像是被人刻意潑上水一般，上面還鋪了薄薄一層積雪，奴婢將雪擇開，在燈下明晃晃一片。」

「啊！」我驚訝萬分，「先前皇上問起，你爲何不說？這連續的大雪天，想來那冰也不會化掉，你只須稟奏皇上，皇上定會命人詳查，自然會替你家主子作主了！」

「奴婢自然省得，可偏偏……」小初說到此處，不由得紅了眼，淚如雨下，哽咽道：「那時主子不好了，雲秀嬤嬤派奴婢叫了眾人，又去請華太醫。待奴婢請得太醫回來，殿裡殿外早已燒滿火盆，那冰……也早已化成了一灘水。奴婢人微言輕，又無眞憑實據，即便是說了，也沒人相信啊！」

「那你可曾見那潑水掩雪之人？」我緊張得心吊在了嗓子眼，表面卻是絲毫不動聲色。

「回娘娘，奴婢不曾！這才不敢亂說。」

「是了，你既沒見那潑水掩雪之人，又沒了薄冰作眞憑實據，實在很難取信於人！」

「奴婢跪在主子靈前左思右想，實在不忍主子就這麼不明不白的去了，這才冒昧來求娘娘。求娘娘看在平日裡與我家主子的情誼上，幫我家主子申冤啊……」說著又嚶嚶痛哭起來。

我暗自鬆了口氣，安慰她道：「小初，事已至此，你也要節哀才是。你剛才所說，本宮自然相信，只是本宮若就這樣稟了皇上，亦怕很難取信於皇上。你且先回去，咱們得要不動聲色調查出些什麼來，方好稟告皇上。」

小初又跪了，「奴婢先替我家主子謝過娘娘！奴婢這就回去，不動聲色，娘娘但有用得著奴婢的地方，只管派人前來，奴婢萬死不辭！」說著又磕了頭，才怯怯離去。

待小初走遠，小安子方趨前低聲道：「主子，不知這小初方才所言是否有所隱瞞。」

我略一沉吟，「你是怕她還知道些什麼？」

「奴才是怕她還看到別的什麼，對主子有所隱瞞。」小安子思量片刻，又道：「主子，小初可留不得！」

我一驚，「你是說……」

「主子，小心駛得萬年船啊。這個時候寧可錯殺，不可放過。」小安子臉上閃過一絲狠絕表情。

我微愣一下，終點了點頭。

小安子朝我拱手而應：「主子，奴才這就去安排！」

「等等！」我叫住已走近門口的小安子，待他回到跟前，才輕聲道：「這事，不用咱們動手。你去幫我跟雲秀嬤嬤帶句話，就說昨兒晚上小初一夜未睡。」

小安子登時怔愣一瞬，倏地明白過來，笑道：「還是主子高明！奴才這就去辦。」

次日，我睡到午時方才起身，喚彩衣給我著了身素淨的襖裙，梳了個簡單的參雲髻，見桌上有宮女新採來的白玉蘭，吩咐彩衣摘了一小朵含苞待放的黏在鬢上。

彩衣笑道：「我家主子眞眞是天生麗質，怎麼打扮怎麼漂亮，連這最簡單的襖裙髮式在娘娘身上也別有一番風味。」

「就你丫頭愛貧嘴！」我笑著罵她，心裡卻異常舒心。

小安子掀開簾子進來，將手中的盅子擱放桌上道：「主子，該喝藥了。」說著將盅裡的安胎藥往小碗裡倒，「彩衣，方才我命小太監們採了院中長青樹上的積雪，按娘娘說的放入小罈中存起，待來年釀製櫻花釀用。奴才們粗手粗腳的，你且去看看怎麼存放是好，若是不夠，就再叫奴才們改日採。」

「那主子這裡你小心伺候著。」彩衣應話，又朝我見了禮，才轉身出去。

小安子端了盛滿安胎藥的青花瓷碗放在我手上，待我小口喝著，甫小聲道：「主子，方才那邊傳來消息，說小初沒了！」

我微頓一下，又繼續喝著手裡的藥。待喝完藥將碗遞與小安子，我拿了絲帕輕擦著嘴角，「她動作還真快啊，可惜了這麼個伶俐忠心的丫頭！」

「怪只怪她命不好，跟錯了主子。」小安子頓了頓，又道：「主子，按例今兒午後是各宮主子跟晴婕妤告別的時辰，明兒一早便要送往妃陵安葬了。主子，您身子可好？要不要過去露露臉？」

「這宮裡誰不知本宮素來與晴婕妤走得最近，這種時候當然要去，且要去得最早才是。」我略略沉吟，又道：「你去安排一下，用過午膳就過去吧。」

待我到時，麗貴妃和淑妃已然在場安排葬禮事宜，雲秀嬤嬤正爭執些什麼。

我走上前，聽得麗貴妃冷冷地說：「這宮裡有宮裡的規矩，雲秀嬤嬤素來是太后身邊的貼身奴才，在這宮裡也幾十年了，不可能連這點規矩都不知吧。」

雲秀嬤嬤被堵得滿臉發紅，目露凶光，卻是無可奈何，只悻悻然道：「貴妃娘娘教訓得是！」語罷轉身出了正殿。

我忙在彩衣攙扶下上前見禮，「婢妾拜見貴妃娘娘，淑妃娘娘！」

麗貴妃忙笑著上前虛扶我一把，招呼道：「德妹妹來了，快快起來，如今妹妹有了身孕，不消再行跪拜之禮。」

「蒙娘娘厚愛，婢妾萬分慚愧！」

彩衣謝過禮，這才扶了我起身。

淑妃趨前拉住我，溫柔地說：「妹妹身子不好，怎麼也不多休息一下，這麼早便過來了。」

麗貴妃在旁含笑而立，她狀似不經心的目光掃了過來，我卻清楚見到她的眼神像毒蛇之信一般迅速從我小腹上掃過，我不禁打了個寒噤。

淑妃感覺到我渾身一顫，關切道：「妹妹可是覺著冷了？這大雪天的，妹妹得多穿些保暖，涼了身子可不好。」她說著又轉向彩衣，「彩衣，還不趕快給你家主子披上披風，若是凍出個好歹來，你拿命也賠不起！」

彩衣不答話，逕自上前將手中的滾銀狐毛披風披在我身上。

不一會，各宮姐妹陸續來到，我上前寒暄過幾句，揀了個角落的位子落坐。趁眾人聊得正興頭時，我悄悄帶了彩衣出了正殿。

小初停靈在後院空房中，殿裡的宮女、太監們自己動手替她設了個小小靈堂，明兒一早她便要隨晴婕妤一同出宮去。不過端木晴是要葬在皇家陵園的，而她，只不過是亂葬崗眾多無名氏中的一員。好了，有個墳頭，弄得不好，連個墳頭都沒。

我的出現令屋中幾人驚慌失措，一個個跪倒在地，嚇得全身打顫。宮中私祭乃是殺頭的大罪，如今被我撞個正著，定然是六神無主，他們只不停磕頭認罪，連呼饒命。

過了一會還不見主子出聲，那帶頭的太監大著膽子悄悄抬起頭來，見是我才顫聲道：「德娘娘饒命，奴才們是看小初可憐，才偷偷祭奠她。德昭儀素來宅心仁厚，求昭儀娘娘饒了奴才們這一次吧。」

眾人同噤了聲，巴巴地抬頭望著我，我瞧看了這小小靈堂，亦不過是在屋中放了兩條長板凳，鋪了塊門板，將小初放在其上用白布蓋了，在跟前放了個香爐，燒了些香和紙而已。轉身過去，卻見旁邊几上放了些碎銀、玉珮之類的東西，我厲聲喝道：「該死的奴才，竟敢欺瞞本宮，你等明明在此私自賭博，還說甚祭奠宮女小初！」

那帶頭的太監順著我的目光看到了那些錢財之物，頓時明白過來，回道：「奴才們不敢欺瞞娘娘，那些財物是奴才們集體捐出，準備拿去求掌事公公明兒個帶了小初出去，無論如何也給她堆個墳頭。」說著不由得紅了眼眶，更有跪在後頭的小宮女已嚶嚶哭出聲來。

我歎了口氣道：「本宮也是聽說小初沒了，才尋人問了過來看看。怎麼好好的人說沒便沒了呢？」

「今兒早上奴才們起來忙活，過了許久仍不見小初出現。貴妃娘娘和淑妃娘娘一早便來了，奴才怕小初被責罰，派人過去叫她，這才發現小初已經去了。」

「怎麼沒的？」

「太醫院來了個醫官，診後說是服毒自盡的。」

「這好好的，怎麼會服毒自盡了呢？」

「雲秀嬤嬤說怕是她內疚沒能伺候好主子，害主子出了事，這才……可昨兒個小初明明還好好的，神情嚴肅卻無半點異常，怎地會才一晚上就服毒自盡了呢……」

「雲秀嬤嬤呢？」

「雲秀嬤嬤憐小初對主子忠心耿耿，便前去求貴妃娘娘特旨為小初在亂葬崗立個墓碑。不想貴妃娘娘連太后跟前的嬤嬤也不買帳，搬了宮規出來，氣得雲秀嬤嬤扔下五十兩銀票，叫奴才們自己去求掌事太監，自己回了寧壽宮。」

我心下略略瞭然，又問道：「這靈堂也是雲秀嬤嬤帶領你們設的吧？」

「正是。雲秀嬤嬤說小初這般忠心的奴才，即便是去了也要讓她好好上路，不做那孤魂野鬼。」

「你們本是一番好意，可你們有沒想過如此一來會惹禍上身啊。」我歎了口氣，輕聲道：「趁現下還沒人發現，快撤了吧。」

「娘娘……」那太監見我並未怪罪他們，對小初也是一片憐惜之情，卻又讓他們撤了靈堂。

「小初的人生走到了頭，可你們的人生還長著呢！如今晴婕妤沒了，你們便是沒有根的草，指不定明兒就被派到哪個宮裡去了，還是少些把柄讓人抓住為好。」我看看他們，又柔聲道：「你們對小初的情誼本宮感應到了，也瞧見了。你們若是相信本宮，此事就交由本宮來處理，本宮保證她不會是那亂葬崗上的一縷孤魂野鬼。」

眾人忙磕頭道：「娘娘仁愛，奴才們替小初謝謝德主子的大恩大德！」

眾人謝完恩，忙起身七手八腳撤了靈堂。

我正要離去，那為首的太監又上前道：「昭儀娘娘，娘娘素來最是寬容體貼下人，宅心仁厚的，奴才們如今也沒了去處，指不定就要去那辛者庫、浣衣局之類的粗役雜奴之地，求娘娘看在與已去的晴主子情誼篤厚的分上，收留了奴才們吧。」

眾人一併附和著，紛紛跪地磕頭。我鼻子一酸，眼中不由得瀰漫上霧氣，還眞眞是樹倒猢猻散，煙霞殿就這麼散去了。

我深吸了一口氣，穩持住情緒才道：「你們如此瞧得起本宮，是本宮的福氣，可本宮眞眞是心有餘而力不足啊。這後宮宮女、太監的分配歷來是由皇后安排的，如今皇后病著，由貴妃娘娘和淑妃娘娘主事，本宮就是想幫也幫不上忙的。」

眾人一聽又嚶嚶哭泣起來，我心中一軟，柔聲道：「日後不管你們去了哪裡，進了哪個宮，但有本宮能幫上忙之處，儘管來找本宮，本宮定當盡心竭力。」

眾人又忙磕頭謝恩，我心有不忍，忙示意彩衣扶我出去。

十三　暖春暗流

這些日子來，宮裡的姐妹們接連著懷上龍胎，又一個個沒了，太后和皇上遂更加地小心翼翼。太后免去我每日晨昏定省，皇上派了專人管理我的膳食，又暗中派人加強櫻雨殿的護衛。

按制我應搬至落霞殿，但因著後院的茅草屋和桃花源的緣故，我便以已習慣了櫻雨殿的布局，又很是中意院中那兩排櫻花爲由懇請皇上恩准我仍居櫻雨殿，又以進宮時日尚淺，加之身懷龍胎，無力管理一宮事務爲由推卻掌管月華宮事宜。

皇上心疼我，有意允之，唯聖旨已下不好收回成命，便以後宮事務交麗貴妃和淑妃掌管為由將二人請至櫻雨殿中，讓二人拿主意。

麗貴妃略一沉吟，笑道：「本來這聖旨已下，但德妹妹如今確是保胎要緊。依臣妾看，德妹妹入宮始即居在櫻雨殿中，這櫻雨殿在淑妃宮中，還是由淑妃決定好了。」

皇上笑著道：「貴妃如此一說，頗有道理。淑妃，你以為如何是好？」

淑妃見麗貴妃將這難題推了過來，也不為難，胸有成竹道：「回皇上，月華宮落霞殿和這櫻雨殿不過一牆之隔，不如修葺一下，將櫻雨殿劃至月華宮中。此來既不違抗聖旨，德妹妹亦可以繼續住在櫻雨殿中，臣妾仍能像往常般同德妹妹常來常往。」

皇上一聽，喜道：「好，好！就照淑妃的意思辦！」轉頭朝小玄子吩咐道：「小玄子，通知內務府即刻著手準備，待開春冰雪化開後即刻動土。」

淑妃在皇上面前得了臉，自是得意非凡；我心知皇上疼我，自是幸福異常；麗貴妃看了看我，又瞧了瞧淑妃，輕聲冷哼一聲，一副不屑模樣。

楊公公疾步進得殿中，一副喜氣洋洋的樣子跪在皇上跟前，雙手高舉個紅錦包裹的奏摺道：「啓稟皇上，邊關捷報！」

皇上一聽，喜道：「快呈上來！」

皇上打開看著，我們亦不由關注起來。皇上猛地一闔奏摺，拍了下桌子又喜道：「哈哈，邊關大捷，西寧將軍不日便可班師回朝！」

我們忙起身齊拜道：「臣妾恭喜皇上！」

皇上忙上前扶了我，「眾位愛妃快快請起，同喜，同喜！」

西寧楨宇於臘月裡班師回朝，皇上御駕親去迎自是不說。

轉眼見年關將至，黎昭儀再度被太醫診出身懷龍胎。消息傳來，我又氣又恨，離她上次龍胎沒了也不過三個多月，如今又有了一月餘的龍胎，怎麼算也是那些日子我在皇上跟前提攜她時懷上的。

小安子和彩衣幾番勸說，我才靜下心來安心養胎，畢竟她一個無寵的昭儀對如今的我而言，暫不具威脅。

新年裡，太后照舊在寧壽宮中擺宴，宮中五品以上后妃均位列席間，而為顯示皇家重君臣之情，又請了幾位朝中重臣及皇親國戚，西寧楨宇自然在列。

宴席上，我見西寧楨宇頻頻朝我這邊環顧，心裡記掛著桃花源之約，又恐他這般神情引來他人疑心，便藉口向皇上說身子不爽，先行退席。

回到殿中，換了衣衫，我命彩衣守在門口，有人前來只說我身子不爽已睡下。自己則帶小安子挑了僻靜處，一路從櫻雨殿側門來到桃花源的廢棄小屋。

西寧楨宇早已候於屋中，我令小安子守在門口，自己獨自進得屋中。我朝背著我面窗而立的修長身影，微微屈身道：「西寧將軍有禮！」

西寧楨宇一聽，忙轉身朝我單膝跪地，拱手道：「微臣見過德昭儀，昭儀娘娘千歲千歲千千歲！」

我忙虛扶了一把，柔聲道：「此處並無外人，將軍何須多禮！快快請起。」

「謝娘娘！」西寧楨宇謝過恩，甫才起身。

我藉著微弱燈光看清眼前男子，眼前之人一副修長魁梧的身材，剛毅有型的臉配上如雕刻般俊美的五官，讓人倏地想到了神祇。

我微微一笑，心中終於明瞭何以端木晴即便是入了宮門，有了皇上的寵愛，也始終對他眷戀不忘。

西寧楨宇被我這樣直愣愣的目光瞧得略略赧然，輕咳一聲道：「微臣冒昧約見昭儀娘娘，只因雲秀嬤嬤提說，晴兒臨終前有話託德昭儀帶給微臣。」

「正是。」我頓了一下，見西寧楨宇神情憔悴，煞紅的雙眼正用祈盼目光看著我，不由心裡一酸。我緩了緩呼吸，柔聲道：「晴姐姐臨走前，託我告訴西寧將軍：世間事不過是過眼雲煙，她能在有生之年與將軍相知相戀，不曾後悔！」

西寧楨宇一聽更紅了眼，霧氣瀰漫了雙眼，微微帶著哽咽說：「這話，雲秀嬤嬤已經告訴過我了。」他稍整情緒，又道：「今日微臣冒昧相約娘娘前來，主要是微臣心中存此疑問，欲請教娘娘。」

我聞言怔愣了一下，心中直打鼓，表面上卻是不動聲色，「西寧將軍言重了，請教二字實愧不敢當。西寧將軍有何疑問，我自是知無不言。」

「如此，微臣便直言了。」西寧楨宇朝我拱了拱手，道：「雲秀嬤嬤告訴微臣，晴兒是因身子羸弱，懷了龍胎後不慎跌跤，滑胎後血崩而亡，不知情況果真是如此否？」

「這個……」我不知他究是何意，忙淡和地推託道：「當時宮中太醫診斷結果確是如此，況且雲秀嬤嬤在晴姐姐身邊服侍最是清楚。既然雲秀嬤嬤如此說，那自然便是了，我也是聽說晴姐姐見紅了才巴巴地趕過去，著實不甚清楚，大半都是聽說來的。」

「可微臣卻聽說晴兒是吃了皇上命人送去的青果後，方才滑胎而去了。」

我一驚，萬沒料到他連這話兒也知曉，看來肯定是經過多方查證了，我須得沉著應對才可。我略一沉吟，道：「這個……」

西寧楨宇目光炯炯地看著我，「聽姑父說娘娘與晴兒情同姐妹，如今看來也不過如此。晴兒含恨而去，娘娘卻爲求自保，推三阻四，不肯據實相告。」

我歎了口氣，道：「晴姐姐臨了本有交代，宮中爭鬥素來慘烈，分不清誰對誰錯，也就不必讓將軍你知曉箇中因由了，只盼你能早日忘卻她，尋另一個中意之人白首偕老。如今看來，依將軍的性子，不弄個明白定然不會善罷干休。既如此，與其讓將軍費心竭力冒險查證，不若我便據實以告罷了，將軍若是有個好歹，晴姐姐九泉之下只怕也難以安息。」

「倘娘娘不願據實以告，微臣就算丟了身家性命也定要查個水落石出，如今娘娘既願據實以告，微臣先謝過娘娘！」

「晴姐姐滑胎前確實摔了一跤，出事那夜三更天裡，晴姐姐冒了大雪和雲秀嬤嬤外出回返，在殿前臺階上摔了一跤。」

「那日正是冬月十五！我清楚地記得，去年的冬月十五，也是在那樣的雪夜裡，我和晴兒私定終身，並約定待來年開春我上門提親，迎娶她過門。不想我還沒來得及上門，宮裡即傳了太后懿旨，令她三月入宮選秀。從此我二人便一牆之隔，咫尺天涯了！」

「晴姐姐在當天晚膳後也確實食了許多皇上御賜的青果，當天夜裡摔倒前便腹痛難忍，這才叫雲秀嬤嬤扶回殿中，不想竟摔了一跤。」

「微臣用盡一切辦法，在宮中遍查不著青果的下落，卻查出當天下午皇上也賜了昭儀娘娘一籃青果。」

「既然西寧將軍能查到皇上賜與我青果，那肯定也查到了後續。晴姐姐孕喜最喜食酸，而我卻從不食酸，送進我殿裡那籃子青果全進了太監、宮女們的口！」

西寧楨宇愣了一下，未接話。我復又道：「西寧將軍對此事如此上心，定然也知晴姐姐在確診身懷龍胎之前，恰恰被麗貴妃以私通他人淫亂後宮之罪當著眾妃嬪的面圍在長春宮中，幾乎遭人毒手！」

西寧楨宇眉頭深鎖，神色凝重，陷入沉思。我卻恍若未見，自顧自道：「那不知西寧將軍可有查到晴姐姐生性淡泊，無欲無求，卻偏偏在有了身孕之後幸福異常，對腹中胎兒珍惜備至，到去時已有近三個月的身孕，算算日子，受孕之期正好是將軍出征前夕！」

西寧楨宇如遭當頭棒喝，愣在當場，半晌才明白過來。他神情激動，上前兩步顫聲道：「你的意思，你是說……」

我聽他口中連說「你」，並未敬稱「娘娘」，又見他此般神情，忙下了餌，沉聲道：「此事只怕能瞞過眾人，卻瞞不過有心之人的耳目啊！」

「難道……你也懷疑晴兒她是爲人所害？」

我默然站著，沒有答聲。

西寧楨宇這才發現自己情緒過於激動，到底是頭腦睿智之人，他很快便冷靜了下來，理好情緒才開口道：「我知道德昭儀心中的顧慮，這後宮就是吃人的地方，我本以爲布置得宜，萬無一失，不想晴兒還是出了事。既然德昭儀與晴兒情同姐妹，晴兒的妹妹，那便也是我西寧楨宇的妹子，日後妹子但有用得著兄長之處，儘管開口。」

我一聽，便知他有意套近乎，想用懷柔政策從我口中探知更多。我不動聲色，只作不知，微微屈身拜道：「能做將軍的妹子，是我的福氣了，只要將軍不嫌棄我這做妹子的，妹子哪有嫌棄之理。妹妹拜見兄長！」

西寧楨宇忙上前扶了我，柔聲道：「妹妹如今有孕在身，該當好好保重身子才是！」

「謝兄長關心！」我舒了口氣，輕聲道：「晴姐姐之事，妹妹心中一直存著疑問。但在後宮生存如履薄冰，妹妹又無依無靠，豈敢多言；雖說皇上把我掛在心上，可畢竟妹妹我無權無勢，人微言輕，又苦無眞憑實據，遂就只好一直隱忍；再說了，此事亦有些妹子也想不明白之處。如今兄長問起，妹子便如實相告了。」

「妹妹但說無妨，爲兄洗耳恭聽！」

西寧楨宇示意我在旁邊的舊椅上坐了，又取出一只小瓶子，遞到我跟前。

我接了過來，藉著微弱的光仔細看著。

西寧楨宇開口道：「這是邊關驅寒的鹿酒，大冷天的，妹子可別凍壞了身子，先喝上一小口吧！」

我打開來，喝了一小口，頓覺一股暖流從胃中擴散開來。放下瓶子，又將手中的暖爐拿了貼近身子，我才將心中疑惑娓娓道出：「晴姐姐未確診出身懷有孕前，麗貴妃便先一步得悉消息，拿了晴姐姐問罪，所幸皇上及時趕來，方才平安無事。」

「有雲秀嬤嬤在，近得晴兒身邊之人應當都是靠得住的人。」

「妹妹心中也總納悶，晴姐姐並未請太醫診脈，能知晴姐姐月信和行蹤之人，定然是她親近之人了。可有雲秀嬤嬤在，近得姐姐身邊的人實是寥寥無幾了，這麗貴妃究是如何猜知姐姐可能身懷有孕，又是如何得悉姐姐有時不在殿中的呢？」我頓了一下，又接著道：「經麗貴妃這麼一鬧，宮裡或多或少總有人明裡暗裡談論說晴姐姐的身孕並非龍胎。這男人最忌諱的莫過於此，皇上即便貴爲萬歲爺也終是男人，明裡不說而暗地裡有無詳查、有沒查出個好歹來，便不得而知了。」

西寧楨宇點了點頭，「既有此一說，不管是眞與否，皇上都定然會派人詳查了。」

「這也是妹妹心中對晴姐姐之事縱有千般疑問，也不敢在萬歲爺面前提起半句之因了。畢竟兄長便是晴姐姐的命根，若是妹妹提及此事，不慎露了馬腳，晴姐姐九泉之下定然不會原諒妹妹。」

「做兄長的錯怪妹妹了，不該說妹妹在晴兒含冤而去後卻明哲保身。」

「兄長不知道，才有此一說罷了。在晴姐姐出事的第二天，她殿裡的宮女小初來找過我，說是那天夜裡親眼看見晴姐姐跌跤。後來小初她發現那地上竟是被人特意潑水結上冰，又用雪掩埋了，才害姐姐滑倒的！」

「眞的？那當時有沒稟了皇上？」

「妹妹問過小初，當時爲何不稟了皇上。她說當時晴姐姐正在生死關頭，眾人忙成一團，待她忙完再去察看時，殿裡殿外已燒滿炭盆，那冰早和雪一起化爲一灘清水。」

「那豈不成了口說無憑？」

「是啊，妹子想私下查證，待有了眞憑實據再稟告皇上。爲免打草驚蛇，便叫小初先回去，不動聲色。可不想，那小初第二天就沒了！」

「沒了！」西寧楨宇一驚，追問道：「是怎地沒的？」

「太醫診斷爲自盡，妹妹卻是怎麼也不信，小初明明信誓旦旦地對妹妹說要替晴姐姐申冤報仇的，又怎地會尋短呢？」

「殺人滅口啊！」

「妹妹前思後想，猶覺著此事疑雲重重！晴姐姐的死實在可疑，只怕是有心之人精心策劃好的！」

「聽妹妹此話，定然是心中有底了！」

「妹妹亦只猜測，不敢斷言，可是她的嫌疑最大。」

「也是，畢竟晴兒有太后撐腰，在朝中能與她家抗衡的唯只端木家和西寧家的聯盟。她雖身居高位多年，可始終沒能爬上去，也始終無所出，如今晴兒深受皇寵，一旦生下一男半女，她的地位便岌岌可危。從她大張旗鼓地將晴兒圍在長春宮中，便可探知一二了。」

「遭她毒手的又豈止晴姐姐一人呢！近些年這宮中子嗣不旺恐都得歸功於她了，如今妹妹已是如坐針氈，每日裡提心吊膽，度日如年啊。」

「我猜著就是她，不想還眞眞是她。我發過誓，不管是誰，我西寧楨宇就算窮盡此生也定要替晴兒報仇雪恨！」

「報仇之事兄長怎可落下妹妹，晴姐姐的事便是妹妹的事，晴姐姐的仇也便是妹妹的仇！」

西寧楨宇扶了扶我，柔聲道：「難得妹妹有此決心，自今日起，我們兄妹便當同心協力爲晴兒報仇雪恨！」

「好！」我點了點頭，又愁道：「只是這報仇之事可謂難上加難。她的家族權傾朝野，連皇上都要顧忌三分，後宮之中又由她掌權，要扳倒她談何容易！」

「妹妹言之有理，此事須從長計議。今日夜已深，妹妹先行回去，早些安歇，兄長藉故離開宴會已久，亦得早些回去，以免引人疑心。」
西寧楨宇沉吟片刻，又道：「妹妹無須著急，既已下定決心，便要計畫周密了方可行事。妹妹如今無須多想，只管養好身子，生下龍子以穩固自己在宮中的地位，方便日後行事才是。」
「妹妹省得。妹妹先行回去，靜待兄長派人前來。」

回轉殿中，我卻是睡意全無，遂叫彩衣送了些殿裡小廚房煲的熱湯進來。我示意小安子一同喝些，他早已熟知我的性子，也不客氣，先盛了試喝一小碗。確認無事後，小安子便用青花瓷碗盛了送到我手中，自己才又盛了一碗坐在軟凳上喝將起來，我二人邊喝邊閒聊著。
「今年的冬天可眞冷啊，這種雪天裡喝熱湯眞眞舒服啊。主子，您多喝點！」小安子滿臉愉悅地喝著新出鍋的生地龍骨湯。
我看著他喜孜孜模樣，眼神也不由柔和起來，「小安子方才守在外頭凍壞了吧？多喝點，不夠再叫他們送來。」
「主子，您也要多喝點，您如今的身子該好好調養才是。」
「我知，今時我只須好生將養，生下龍胎才是大事，其他的都可暫放一邊。」我大口大口地將碗中湯喝得見底，才將碗遞了過去。
小安子將碗收拾起來置於一邊桌上，欣慰道：「今日主子與西寧將軍結爲兄妹，這西寧將軍可是皇上跟前的大紅人，主子也算是有所依靠啦。」
「依靠麼？」我自嘲地笑笑，「不過是個『你幫我，我幫你』的遊戲，大家純是相互利用，其實彼此心知肚明，心照不宣罷了。」
「奴才也正奇怪著主子怎會突然認了這個親呢，原來……那可真真是一步險棋啊，所幸有驚無險，總算是成了。」
「此乃無奈之舉啊，照他的決心，定然是不達目的誓不甘休之人，與其讓他東竄西撞查出個好歹來，不如放在身邊，時刻關注著他的動靜。」我現下想想，亦是一身冷汗，如若沒有將他引到長春宮那邊，還指不定會出甚事呢。
「主子智勇雙全又膽識過人，才能夠說服西寧將軍，結盟成功。奴才在門外聽著，可是嚇出一身冷汗！」
「但是這位西寧將軍卻絕非浪得虛名啊，所幸他並未查出些什麼，就今日我所說之事，他定會千方百計加以查證。只望他別查出個好歹來，否則我便是前功盡棄了。」
「奴才這就傳下話去，讓大家把嘴巴都閉緊了，避避風聲，養精蓄銳！」
「嗯，此事得要絕密行事，若是出個紕漏，大家的腦袋全都得搬家。」
「主子放心，奴才省得。」
過了些日子，西寧楨宇果真派人前來聯繫，只交代我安心養胎，並暗中扶持我在宮中培養自己的人，形成自己的勢力。而他自己則聯絡了貼心之人，養精蓄銳，以便他日與仇人分庭抗禮。
不知不覺已是三月天，冰雪融化，草青樹綠，園子裡尤是百花爭豔。時光轉眼即逝，不知不覺我已進宮一年了。

殿前兩排櫻花開得繁盛異常，連空氣中都飄散著櫻花香氣。午後的陽光暖洋洋地照在身上，我身著繡櫻花雪紡紗裙，躺在櫻花樹下恣意地享受著陽光。

花香撲鼻，我不覺間竟朦朧著睡去了。迷糊間只覺有人在我身邊，微瞇眼看，卻是彩衣朝我身上蓋了薄被。接觸到她柔情的目光，我不由得睜了眼，微笑看著她。

「主子，雖是春天了，也要注意別著涼。」彩衣見我醒來，輕聲道。

我頷首而應。

「主子，皇后差人來請您前去儲秀宮品茗賞花！」立於一旁的秋霜見我醒來，忙上前稟道。

我抿了一下嘴，不答話。

一開春，儲秀宮便傳出消息，說是皇后的病大好了。好似為了證實這傳言，皇后雖總說不大見好，卻不時的請宮裡眾姐妹過去小聚。

半晌，我才準備起身，彩衣忙上前扶我起身。我雙手扶了扶肚子，在彩衣攙扶下進了東暖閣。

秋霜忙喚小宮女端來熱水，伺候我梳洗。

「主子，今兒想梳哪款髮式？」彩衣問道。

「取那支藍寶石米珠靜宜簪來就好。」我一邊朝秋菊吩咐道，一邊又轉頭向背後的彩衣道：「梳個平常的參雲髻。」

秋菊取來髮簪置於妝臺上後，又去取了套南韓絲繡妝花錦緞的宮裝，脆聲道：「主子，今兒天氣晴朗，穿這套宮裝出門可好？」

我還未轉頭去看，彩衣便開了口：「怎麼把這套衣服拿出來了？快放回去吧，主子又穿不著。」

彩衣性情沉穩，知曉我行事不願張揚的意思，心下也深以爲然。

「這麼好的東西不穿，白放著實在可惜了呀。」秋菊委屈地看著我，「這可是皇上命人專爲主子您縫製的呢，再過兩個月，主子生產了，也沒法穿了。」

我白了她一眼，懶得說甚，這丫頭心地是不錯，偏就是太過天眞。

彩衣見我臉色，忙吩咐她去取了前幾天剛送來的那套粉藍色褶裙，繡工繁複精細的櫻花圖案，底下是月白色的緞子抹胸和百褶長裙，婀娜走動之間輕開合散，不細看卻是看不出我已有八個月的身孕。

「咱主子就是不打扮也比別人美麗十倍！」秋菊眼直直地看著我。

我瞪了她一眼，笑道：「小蹄子，你倒是會賣弄口舌。」

秋菊吐了吐小舌，同彩衣一起扶著我的手走出去，小安子早領著一乘小轎候在那裡。彩衣扶我上去坐穩了，放下織花繡簾，只聽小安子喝一聲：「起！」抬轎的小太監便起身抬了小轎平穩前行。

到得儲秀宮門口，小曲子遠遠看見我，連忙迎上引著我進去。穿過幾道迴廊，折向後花園而去，今天的小筵席就擺在後花園中的小亭裡。

原本空曠的亭子四面此時已用紗簾團團圍起，還未走近，即已聽見裡頭傳出陣陣歡聲笑語。小曲子掀了簾子，伺候我入亭。

一進亭子，一股花朵的清香撲鼻而來，庭中密密擺放著一盆盆牡丹，開得嬌豔無比、富貴逼人，這是皇后最喜愛的花兒，宮中有專職花匠精心培植。四周擺著十幾張楠木雕花座椅，鋪著大紅彩繡坐褥和繡著「福」字的靠背引枕，座椅間擺著海棠花樣的暗紅小几。亭子周圍圍著紗簾，故輕風不侵，亭內暖得如冬日裡燒了炭盆，而從亭內向外望去，那紗簾竟如透明一般，園中美景盡收眼底。

我掃了一眼，宮中位分高的和新近得寵的妃嬪都到了。我一進亭中，眾人紛紛與我笑臉招呼，我一一還禮。

「妹妹，快來這裡坐。」淑妃見了我，滿臉堆笑的向我招呼著。我點點頭，朝她旁邊的位子走去。麗貴妃小口吃著桌上的新鮮瓜果，和下首那位新年筵席上因著一支霓裳舞而得寵的熙常在說著話，也不看向我，我遂就不便上前見禮。

小太監在亭外細聲道：「皇后娘娘到！」

小亭階前兩小宮女掀了簾子，皇后在眾多奴才簇擁下走進來。眾人紛紛起身行禮，「婢妾拜見皇后娘娘，娘娘千歲千歲千千歲！」

皇后走到正中位子落坐，柔聲道：「眾位妹妹快快請起！」

我們謝過恩，方又坐了下來。

皇后精神看似頗佳，臉色微微有些蒼白，身著絲繡五彩金鳳的正紅宮裝，頭戴一支流蘇啣珠金鳳，愣生生地襯得她面色喜慶紅潤。

皇后笑道：「昨兒個，安溪新進了早春的新茶，皇上命人送了一罐過來。本宮想今兒個天氣不錯，園子裡牡丹開得嬌豔欲滴，本宮也想在外面坐坐，呼吸些新鮮空氣，才請眾位姐妹前來品茗賞花。」

熙常在驚道：「春香鐵觀音？臣妾曾聽聞此茶只生長在安溪一帶的高山之中，第一場春雨後，從雨露上採摘下來的才稱之爲『春香鐵觀音』。因著雨露蒸發甚快，也就那麼一兩個時辰的時間採摘，故此產量一向極少的。」

皇后聽後極爲高興，轉向熙常在笑道：「難怪太后和皇上都誇賞熙常在，想不到妹妹你竟如此博聞強記。」

「婢妾見識淺陋，讓皇后娘娘見笑了。」熙常在起身恭敬地回答道。

「妹妹時常跟在太后身邊，日裡夜裡受了薰陶，自然是見多識廣了。皇后誇你，是你的福氣，又何須謙讓。」麗貴妃滿臉帶笑，卻分明顯露一副不屑的樣子。

麗貴妃態度不善，眾妃微微側目，皇后卻置若未聞地看向我，點頭道：「德妹妹今兒的氣色倒真是好，白裡透紅，喜氣逼人，像極了這園中新開的鮮花，嬌豔欲滴。」

淑妃忙笑著接話道：「德妹妹的氣色當然好了，身懷龍胎又調養得宜，哪裡像我們，早就人老珠黃啦。」

我忙笑應道：「淑妃姐姐豈可這樣自貶，姐姐們都是風華正茂，就好比這跟前的牡丹花，開得正好。旁的花花草草，又哪裡及得上萬分之一？」

皇后這才喜笑顏開，道：「老都老嘍，還將本宮比作什麼花兒的。」

麗貴妃斜睨了我一眼，嬌笑道：「妹妹這張嘴就是討人喜歡，怨不得哄得皇上對妹妹另眼相看。」

我嘴角微微一動，終於忍住，只是默然。

淑妃向皇后笑道：「您瞧貴妃姐姐，仗著皇上素來疼她，當著您的面連這樣的醋話都說出口了。」

麗貴妃立時暈紅了臉，嗔怪道：「皇后知道本宮從來都是口沒遮攔，想到什麼說什麼的。」

皇后端坐在中間的位子，笑道：「麗貴妃才是真性情，心事都不瞞人。」

談話間，早有婢女上前擺好茶具，開始細細烹茶，不一會便有淡淡茶香飄蕩在空氣中。

「要說這嬌啊，咱們誰比得上熙妹妹呢？」黎昭儀指了指旁邊的熙常在，「看看這身段，看看這臉蛋，才眞眞是人比花嬌啊！」

黎昭儀一說，眾人皆看向熙常在，只見她身著一襲薔薇紅衫裙，梳了個飛雲髻，髻上別了一束同色系的薔薇花。這身妝扮若是在尋常女子身上定然俗不可耐，可穿在她身上卻是明麗動人，別有一番韻味。

淑妃咯咯笑道：「經妹妹如此一說，還眞眞是個妙人呢！」

皇后也拉著她的手讚不絕口，眾人忙附和著。一時之間，亭中歡聲不斷，笑語盎然。

熙常在被眾人說得紅了臉，不依著站起來朝角落走去，碰到圍亭的紗簾，忍不住伸手摸著極細的紗簾，問道：「皇后娘娘，這亭上掛的紗簾好精緻，是什麼做的呢？」

皇后呷了口茶，淡聲道：「不過是前兒皇上賞賜的，聽送來的太監喚作甚琉璃紗來著。」

眾人一聽，不禁啞然。這琉璃紗是採集死海海底的海藻，與金絲線和蠶絲混織而成，輕軟肉密且暑寒不侵，如煙似霧近乎透明，是世所罕見的珍品，一些低級嬪妃只是聽說過，連見也沒見過。

如今皇后居然用它來圍亭子，這樣的顯擺意欲何爲呢？我心裡沉思著，表面卻不動聲色。

熙常在滿臉欣羨之色，呢喃道：「這麼好的東西用來圍亭眞眞是浪費，我要也能有些就好了，不知宮中幾位姐姐有這好東西呢？」

麗貴妃凌厲地剜了她一眼，嚇得她一個哆嗦，不敢再說，悻悻地回了座位。

淑妃看在眼裡，面上甚是得意，朝麗貴妃和熙常在掃了過去，淡然道：「別說熙妹妹沒見過，就連本宮和貴妃姐姐也只是聽聞而已。這偌大的後宮，眞正有福氣享用的只有皇后娘娘和黎昭儀了。」

「哦？」宜貴人嘗了一小口花糕，問道：「黎昭儀娘娘也有麼？」

榮貴嬪飛了她一眼，「上次黎昭儀娘娘滑胎之時，皇上賞賜的。」

我笑道：「黎妹妹身子原本就比我們嬌貴些，再加上滑胎後身子虛弱，皇上多疼她也是應該的。」

麗貴妃一臉不以為然的轉過頭去瞧賞外邊的花朵。皇后坐在正中認眞地品茗，卻沒有說什麼，只是鬢邊那支鳳口上啣著的一串金珠流蘇輕輕晃動著。

在亭中坐了大半個時辰，茶也用得差不多了。

淑妃提議道：「今兒見到皇后娘娘這園子美景處處，外頭此時正是陽光明媚、風和日麗，咱們也別只坐著，不如姐妹們同去園中賞花可好？」

皇后點頭稱是，一旁侍奉的展翠姑姑忙上來扶了她，眾妃也跟著起身。

園中亭臺樓閣，花草樹木無不透著春日氣息，牡丹芍藥爭奇鬥豔，園中桃花梨花開了滿樹，眞眞是滿園花團錦簇的景象。

眾人都陪著皇后在園中賞花，一路行來，說得熱鬧親切。麗貴妃卻狠狠地掐下一朵開得正豔的牡丹，獨自走在後面。

我看在眼裡，卻只作不見，若無其事地與眾人一起，一會說這朵好，一時誇那朵豔。眾人轉過一處迴廊，只聽前面言笑晏晏，抬眼一看，卻是侍候皇后的小宮女們在日頭下踢毽子。

小宮女們見皇后領著宮中主子們過來，忙停住上前問安。皇后心情舒暢，來了興致，許了她們隨便熱鬧玩耍，自己帶了眾人立於廊下旁觀。

都是些花樣年華的小姑娘，本就喜歡玩耍，更何況在皇后和眾位主子面前，一個個更是使盡渾身解數，踢出許多花樣來，惹得眾人都拍手叫好。只見那個兒較低的宮女身手最為伶俐，每每踢到她跟前，尤能踢出些新花樣，眾人連連誇讚，連皇后也不禁微笑點頭。

麗貴妃姍姍從迴廊處轉出，那宮女瞅見人影，心下一驚，腳下失了準頭，那毽子直直向麗貴妃飛去，眾人失聲驚呼，麗貴妃躲閃不及，正巧砸在身上。

那宮女誠惶誠恐的跪落下去，因著天氣暖和，又踢了好一會的毽子，一張臉上紅彤彤的，額頭上汗珠晶瑩，看起來極是嬌憨動人。

「你這丫頭也真是太粗心了，貴妃娘娘過來也沒瞧見麼？還不快向娘娘請罪？」熙常在見麗貴妃面色不善，忙上前推了那宮女一把。

那宮女這才如夢初醒，心知惹下大禍，忙磕頭道：「是奴婢粗心大意，奴婢知錯了，還望貴妃娘娘恕罪。」

「粗心大意？宮裡頭的規矩是一句粗心就能帶得過去的麼？」麗貴妃怒氣沖沖地把毽子扔到那宮女臉上。

原本因爲我和黎昭儀身懷龍胎、熙常在得寵這根魚刺在喉，再加上一開春皇后的病說好便好了，又若有似無地在她面前顯擺，大有收回中宮權柄之意，而皇上對她的恩寵也不如從前了，重重危機交加，她心情本就不好，偏巧這宮女又當著眾人的面讓她爲躲避毽子出醜，怎能不怒火攻心？

「這丫頭不過是一時粗心，姐姐又何必這麼得理不饒人呢？再說，這些個丫頭想必是剛進宮的新人，年幼不懂規矩，自是不比我們這樣的老人了。」黎昭儀嬌笑著勸道，話裡那個「老」字若有似無地咬得重了些。

淑妃若有深意地瞅了黎昭儀一眼，又向麗貴妃溫言道：「姐姐，我想那丫頭也不是存心的，若非我誠邀眾姐妹一塊步行賞花，也不會有這則事了。眞眞說起來倒是我的不是了，姐姐不如就息事寧人，饒了她一次可好？」

我聽得淑妃如此一說，心下暗自替那小宮女擔心起來，淑妃不勸可能還好，開口了只怕更加壞事，看來小宮女是逃不過麗貴妃的怒火了。

果眞，麗貴妃臉色一陣發青，那個「老」字刺得她一陣陣鑽心的痛，看著跪在地上宮女怯生生的模樣，又看到旁邊熙常在花嬌柳嫩的模樣，再加上淑妃也開口求情，更如火上澆油，沉聲道：「淑妃妹妹這話恐怕不妥吧？國有國法，家有家規，後宮有後宮的禮法，妹妹和本宮一起管理後宮有些時日了，怎麼也說出這種話來？不管新人還是舊人，既然這宮女不懂規矩，那就讓本宮來教她規矩好了。」

皇后的臉刷的一下就白了，麗貴妃居然敢當著她的面拿她宮中的人，分明是給她難堪，她用力地擰著手中的絲帕，絞了又放，放了又絞，卻終究沒有開口。到底她大病初癒，中宮令又還未收回來，而麗貴妃一向代理後宮事務，即使如今恩寵不如從前，但餘威仍在，況且麗貴妃向來和宮中眾姐妹走得極近，擁護麗貴妃的人亦不在少數，自己一時倒也奈何不了對方。

「姐姐，你這不是讓皇后娘娘難堪麼？今兒個眾姐妹難得一塊賞花，一派祥和，姐姐何必大動干戈？」淑妃怎麼說也是皇后跟前的人，若非皇后力薦，她又哪有機會和麗貴妃一起管理後宮呢，勢得站出來說句話。

「本宮也不想這樣。不過本宮受皇上之命、皇后所託管理六宮事務，宮中自有宮中的規矩，本宮也不能徇私枉法，置祖宗規矩於不顧，否則將來如何管束後宮，令眾位妹妹心服？」

淑妃被麗貴妃辭嚴義正的一番話噎得臉色發白，麗貴妃卻只作未見，頓了一頓，又瞪著那宮女道：

「念你是進宮不久，本宮也就不重罰，只罰你杖責二十，你可心服？」

麗貴妃盛氣凌人，那宮女早已嚇得酥軟，聽到貴妃喝問，只木然地點點頭。不多時，行刑司的江鋒領著兩個小太監進來，把那軟作一團的宮女給拖下去。

眾人屏住呼吸，沒人再出聲勸阻，麗貴妃柳眉上挑，得意之情溢於言表。皇后氣色灰敗，淑妃則是銀牙暗咬，我靠在廊柱下微微搖頭，低聲歎息。

從儲秀宮出來，我沒登上等候在宮門口的軟轎，只對彩衣和小安子說道：「你們陪我走走吧。」

小安子吩咐軟轎遠遠地跟著，方趕了上來。

「主子可是在為那宮女擔心？」彩衣望著我。

我歎了口氣，走至園中小亭裡的小凳上坐了下來。

望著滿園春色，我不由得脫口而出：「這杖責二十，說輕也輕，可說重也是要出事的。今兒她偏巧觸在麗貴妃火頭上，行刑司那個掌勢太監一看便是貴妃的人，只怕那些個太監忌憚貴妃權勢，又想討主子歡心，會下死手！」

彩衣一驚，「難道他們就不怕皇后怪罪麼？即便是個無足輕重的小宮女，可也是皇后宮裡的人啊？」

「今日這情形你還看不出來麼？麗貴妃恩寵不如從前了，皇后有心想收回中宮令，今天不過是試探一下而已，麗貴妃多年來掌管後宮，自然不會輕易交權的，如今拿了那小宮女治罪，不過是提醒皇后勿輕舉妄動罷了。」

「是啊，皇后以前聲勢就不如貴妃，如今雖說大病初癒，可畢竟貴妃掌權多年，早已有了根基。不管怎樣，目前這宮裡還是貴妃說了算的，即使皇后要問罪，大不了推託到那丫頭自己身子嬌弱就是。」小安子接道。

「哎，那丫頭真真是可憐至極，無辜受累丟了性命。」我歎道，沉吟一下又道：「那皇后之病也真是奇哉怪也，說病便病，說好也便好了。」

「主子，您的意思是……」彩衣問道。

我朝小安子點了點頭，他則用眼神示意已然省悟。

又坐了一會，我抬頭瞧看天色，夕陽斜射，漫天紅霞，給這滿園春色也灑上了一層淡淡的緋紅色。可這樣的柔和卻讓我想到了鮮血的豔紅，只教人一顆心沒來由的陣陣緊縮，喘不過氣。

我輕聲道：「時候不早了，也該回去了。」說罷便和彩衣、小安子一同出了亭子，順著僻靜小路徐徐往回行去。

遠遠的，便見到兩個小太監抬著一副擔架過來。他們一見到我，忙擱下擔架，跪於路邊行禮道：「奴才見過昭儀娘娘！」

「起來吧！」我望著血跡斑斑的白布，心不住突突地跳著，暗道：「果是如此！」

「敢問公公一聲，這是……」彩衣知我所疑，克制住心中的恐懼，手指微顫指著擔架上白布蓋著的嬌小人兒問道。

「回這位姐姐，這是剛送到行刑司那個犯事的宮女，因身子嬌弱受刑不住，死了。」領頭的小太監回話道。

「你們去吧。」小安子皺著眉頭吩咐道，又看向我，「主子還是少見這些不乾淨的東西為好，免得影響腹中胎兒。」

我點點頭，低聲道：「去吧！小安子，安排一下，請兩位公公給她堆個墳頭吧，死了也好身去，莫再被那些個野狗、野鷹的傷了屍身。」

「昭儀娘娘仁慈，奴才們省得！」

兩位公公收了小安子的銀子，又朝我行了禮，這才抬了人離開。

（待續，請繼續閱讀《棄女成凰（卷二）一手遮天攻心計》）

國家圖書館出版品預行編目資料

棄女成凰（卷一）女兒當自強／木子西著；── 初版．
── 臺中市：好讀，2013.5

面：　公分，──（真小說；30）（木子西作品集；1）

ISBN 978-986-178-273-7（平裝）

857.7　　　　102005099

好讀出版

真小說 30

棄女成凰（卷一）女兒當自強

作　　者／木子西
總 編 輯／鄧茵茵
文字編輯／林碧瑩
美術編輯／鄭年亨
行銷企畫／陳昶文
發 行 所／好讀出版有限公司
台中市 407 西屯區何厝里 19 鄰大有街 13 號
TEL:04-23157795　FAX:04-23144188
http://howdo.morningstar.com.tw
（如對本書編輯或內容有意見，請來電或上網告訴我們）
法律顧問／甘龍強律師
承製／知己圖書股份有限公司　TEL:04-23581803

總經銷／知己圖書股份有限公司
http://www.morningstar.com.tw
e-mail:service@morningstar.com.tw
郵政劃撥：15060393 知己圖書股份有限公司
台北公司：106 台北市大安區辛亥路一段 30 號 9 樓
TEL:02-23672044　FAX:02-23635741
台中公司：台中市 407 工業區 30 路 1 號
TEL:04-23595820　FAX:04-23597123

初版／西元 2013 年 5 月 1 日
定價／200 元
如有破損或裝訂錯誤，請寄回知己圖書台中公司更換

Published by How-Do Publishing Co., Ltd.
2013 Printed in Taiwan

ISBN 978-986-178-273-7

情感小說 · 專屬讀者回函

書名：棄女成凰（卷一）女兒當自強

姓名：________________ 性別：□男 □女 生日：______年______月_____日

教育程度：________________________

職業：□學生 □教師 □一般職員 □企業主管
□家庭主婦 □自由業 □醫護 □軍警 □其他____________________

電子郵件信箱（e-mail）：______________________ 電話：__________________

聯絡地址：□□□ ____

您怎麼發現這本書的？

□書店 □___________ 網路書店 □朋友推薦 □___________網站／網友推薦

□其他____

買這本書的原因是

□內容題材深得我心 □價格便宜 □封面與內頁設計很優 □其他___________

您閱讀此本小說的原因：□喜愛作者 □喜歡情感小說 □值得收藏 □想收繁體版

□其他____

您喜歡閱讀情感小說的原因

□打發時間 □滿足想像 □欣賞作者文采 □抒解心情 □其他________________

您不喜歡哪類情感小說的情節設定

□人人都愛女主角 □女主角萬能 □劇情太俗套 □太狗血 □虐戀 □黑幫

□其他____

最無法忍受的主角人物關係

□父女 □師生 □兄妹 □姊弟戀 □人獸 □ BL □其他__________________

您最常接觸情感小說的方式

□購買實體書 □租書店 □在實體書店閱讀 □圖書館借閱 □在_____________

網站瀏覽 □其他____

您喜歡的情感小說種類（可複選）

□宮廷 □武俠 □架空 □歷史 □奇幻 □種田 □校園 □都會 □穿越 □修仙

□台灣言情 □其他____

推薦你喜歡的情感小說作者或作品（多多益善喔）

____

您這對本書還有其他想法嗎？請通通告訴我們：

____

____

請填妥後對折黏貼，直接投郵即可，無須貼郵票。

廣告回函
台灣中區郵政管理局
登記證第 3877 號
免貼郵票

好讀出版有限公司　編輯部收

407 台中市西屯區何厝里大有街 13 號
電話：04-23157795-6　傳眞：04-23144188

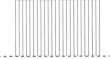

沿虛線對折

購買好讀出版書籍的方法：

一、先請你上晨星網路書店http://www.morningstar.com.tw檢索書目或直接在網上購買

二、以郵政劃撥購書：帳號15060393 戶名：知己圖書股份有限公司並在通信欄中註明你想買的書名與數量

三、大量訂購者可直接以客服專線洽詢，有專人爲您服務：
客服專線：04-23595819轉230 傳眞：04-23597123

四、客服信箱：service@morningstar.com.tw